Änglabarnet

Gunilla Kare

ISBN: 978-91-8080-953-5
© Gunilla Kare 2025
Förlag: BoD · Books on Demand, Östermalmstorg 1,
114 42 Stockholm, Sverige, bod@bod.se
Tryck: Libri Plureos GmbH, Friedensallee 273,
22763 Hamburg, Tyskland

Gustav 1999

Som en spillra av den jag en gång var ligger jag här och väntar på slutet. Oönskad, bortkastad, bortglömd. Oförmögen att klara mig själv. Utelämnad åt andra människors välvilja. Tankarna kommer och går, tankar på det liv jag har levt, som kunde ha tagit slut innan det ens börjat. Som jag anlände till denna värld ska jag tydligen även lämna den. Det händer att mina barn hälsar på mig. Har med sig något. Stannar en stund. Talar till mig som om jag vore mindre vetande. Jag må vara glömsk och det händer att jag blandar ihop saker men jag är inte dum i huvudet. Flickorna som jobbar här talar också till mig som om jag vore korkad. Eller hörselskadad. Långsamt och tydligt så att jag ska förstå. Jag skulle vilja säga åt dem att sluta behandla mig som en imbecill, men jag orkar inte. De kommer med mat ett par gånger per dag, och någon gång städar de.

Jag ligger här som något bortglömt i mitt lilla rum. Jag fick göra mig av med de flesta möblerna när jag flyttade hit, matsalsmöblerna; buffén, bordet och stolarna, linneskåpet och min säng. Det som är kvar är skåpet med mina priser och tv:n som är mitt sällskap. Den står vid fotänden av sängen och jag sköter den med fjärrkontrollen. På hyllan under tv:n står min gamla, slitna läderportfölj där jag har mina obligationer. Men det är bara Magdalena som vet.

Hon var här en dag för ett tag sedan. Hon kommer ibland, min dotter. Stannar inte länge. Skyller på att hon har mycket att göra. Det kan vara så. Jobb, hästar, hus. Jag förstår att det tar tid och jag får skylla mig själv. Jag klippte banden med barnen när de blev vuxna och tyckte att de fick klara sig själva.

Hon har med sig frukt och godis när hon kommer. Frågar om det är något annat jag vill ha. Frågar om maten är bra. På den frågan svarar jag alltid ja; det blir enklast så. Inte vet jag vad jag har fått för mat. Jag är glad att jag alltid kommer ihåg vad hon heter när hon kommer.

Vi förstår inte alltid varandra. Jag frågade om hon hade träffat mamma. Då tittade hon på mig med stora ögon.

"Menar du din eller min mamma?"

Jag förstod inte vad hon menade så jag frågade om det var någon skillnad.

5

"Min mamma har varit död i snart tjugo år och din mamma har varit död i minst ett halvt sekel."

Vad svarar man på det? Nej, jag höll tyst sen och så ursäktade hon sig efter ett tag och gick.

En annan gång beundrade hon en färgglad bild som hänger på väggen mitt emot sängen så jag kan se den. Jag tycker om färger.

"Den är fin", sa hon.

"Jag ska be pappa att han ramar in den", sa jag. "Han är duktig på det." Då tittade hon på mig så där konstigt och sen pratade hon så där stelt och tillgjort med mig igen. När hon hade gått kom jag på att jag hade blandat ihop tiden igen. Pappa dog också för över femtio år sedan. Men det kommer och går som sagt. Ibland är det klart, ibland är det dimmigt.

Nu ligger jag här som ett ruttet russin. Men det har inte alltid varit så. Jag var en atlet, en idrottsman. Reslig, muskulös och ibland skräckinjagande. En gång var jag både stor och stark även om mitt liv började med sämsta möjliga förutsättningar.

Jag tänker allt oftare tillbaka på min uppväxt och hur annorlunda allt var på den tiden.

Del 1

Änglabarn

Anna 1906

Anna sitter på sängkanten och ser ut genom fönstret. Vägen till gården omges på båda sidor av skördad vall. Slåttern är klar för i år och på loftet ligger flera ton av det grannaste hö. Höskörden är god och räcker och blir över till kor, kalvar, får och häst. Längre bort syns åkrarna med halvmogen säd, som ska bli bröd så småningom. I den kulliga, steniga sänkan bredvid den ena vallen går kor och får och betar tillsammans. I vägkanten växer klöver och styvmorsvioler. I beteshagen växer smörblommor som är giftiga och ratas av djuren.

Bredvid Annas säng står Hildas säng bäddad men inte använd på länge. Den tredje sängen är Astas. Hon ska gifta sig med grannens pojke Erik.

Hilda är hennes två år äldre storasyster som alltid tagit hand om henne och delat bekymmer och glädjeämnen. De är inte så värst lika till utseendet, Anna är lång och mörk, Hilda är ljus och har en spädare kropp. Ändå är hon starkare än Anna, på alla sätt. Kroppsligt och själsligt. Inte för att Anna är vek, det är hon inte men Hilda är liksom av ett annat virke och Anna beundrar henne samtidigt som Hilda är hennes allra bästa vän.

Det är ett par månader sedan hon hörde något från sin syster Hilda, som lämnade gården ett halvår tidigare. I det senaste brevet skrev hon att hon jobbar som piga hos en bra familj i Stockholm. Anna saknar Hilda varje dag, saknar att böja sitt huvud mot Hildas och koka över av skratt och fniss, saknar att prata med henne på kvällarna när de ska sova, fantisera om ett annat liv än det på gården. Ett annat liv än att bli gift med en grannpojke och bli bondhustru, att slita hårt, ständigt vara gravid och ha småbarn att se efter samtidigt med alla sysslor som är kvinnans lott på bondgården; ta rätt på mjölken och ullen och förvandla dem till mat och kläder, hålla rent inne och ute. Det är en lång lista med hårt arbete. Inte för att hon är lat, det är hon inte och inte för att hon har något emot barn, det har hon inte, men hon vet vad det gör med en kvinna att ständigt bära på barn, inom sig och utom sig. Det finns ett annat liv nu, ett liv i storstaden, ett liv med ett eget jobb och egna pengar, med bio, nöjen, dans och andra pojkar än grannens söner. Där är Hilda nu och dit vill Anna. Oavsett vad far och mor ska säga.

Genom fönstret ser Anna mor komma gående på vägen. I handen håller hon ett kuvert. Hoppas att det är från Hilda. Hoppas, hoppas. Anna tar trappan i fyra stora kliv trots att mor inte tycker om att hon gör så. Hon får hålla upp kjolen så hon inte ska snubbla på den. Hon öppnar dörren just som hennes mor är framme. Anna ser att hon har svårt att dölja ett leende och det finns ett glitter i hennes ögon. Hon räcker kuvertet till Anna. "Det är till dig. Från Hilda."

Anna tar kuvertet så snabbt hon kan utan att rycka det ur handen på mor, lyfter upp kjolen och tar trappan tillbaka uppför i fyra kliv och går in på sitt rum, döv för moderns "Jag har sagt att du inte ska gå så där." När hon har stängt dörren till sitt rum sliter hon upp kuvertet.

"Kära Anna!
Jag har det bra här i huvudstaden. Allt är annorlunda, det är så mycket liv, mycket folk och många saker jag kan göra; gå på bio, gå ut och dansa, köpa kläder. Men jag saknar dig och jag vill att du också ska komma hit och få uppleva allting. Jag är piga åt en familj på Erik Dahlbergsgatan i Stockholm. Du skulle se våningen, den är enorm. De har tre olika salar och fyra sovrum. Jag bor i pigkammaren som ligger bakom köket så jag kan gå upp och börja jobba utan att väcka eller störa familjen. Jag är ledig på söndagar, de andra dagarna jobbar jag från sju till sju. Mat och husrum får jag här och jag får femtio kronor i månaden. Tänk dig! Femtio kronor. Jag lägger undan det mesta och nu har jag pengar till din tågbiljett."

Anna tar upp det sönderslitna kuvertet och drar isär det och där ligger mycket riktigt en tågbiljett. Från Karlstad till Stockholm. Det står ett datum, tionde juli, redan nästa vecka. Det bubblar i Anna. Både av spänning och förväntan. Hon ska till Stockholm, till Hilda, till storstan. Men vad ska mamma säga? Och pappa? De blev inte glada när Hilda gav sig av. Anna har inte berättat någonting för dem, men hon måste ge sig av, ut i livet, ut dit där det händer någonting. Här hemma är var dag den andra lik. Mor och far har föreslagit giftermål med den äldsta sonen på en gård några kilometer därifrån men Anna vill något annat än att bli bondmora. Hon ser hur mor sliter ut kroppen, hur hon redan har svårt att gå trots att hon inte ens fyllt femtio. Ont i knäna, ont i ryggen, det märks även om hon inte säger något. Mor vill inte klaga.

Det är annorlunda för bröderna. Axel, som är äldst, bor kvar på gården han ska ta över när far blir för gammal. Emil och Johan har flyttat till

9

Karlstad och fått jobb, Emil på karamellfabriken och Johan på bryggeriet. Oscar, den yngste, bara tretton år, har just gått ut folkskolan och han hjälper far på gården. Det går åt många när det är dags för slåtter, då får även Anna hjälpa till att räfsa och hässja. Anna, som annars mest hjälper mor med hennes sysslor; kärna smör, väva mattor, sticka sockor och laga kläder. Bära ner byken till bäcken och tvätta där, spinna fårens ull till garn att sticka strumpor och vantar och tröjor. Det livet vill hon inte ha. Inte nu när hon vet att hon kan åka till storstan och tjäna egna pengar och köpa sånt hon vill ha.

Anna tittar ner på sin slitna klänning som hon ärvt av Hilda. En ny klänning är det första hon ska köpa när hon får egna pengar.

Hon fortsätter läsa:

"Jag har ordnat en plats till dig hos en sömmerska. Jag vet att du är duktig på att sy.

Det andra bladet är till mor och far. Lämna det till dem och hälsa dem så gott att jag har det bra och att de inte ska oroa sig. Jag möter dig vid stationen när tåget kommer in.

Kära hälsningar Hilda."

*

"Nästa Stockholms Central."

Anna har tittat ut genom fönstret hela vägen. Nu ser hon Stockholm växa fram med sina stora, tätt byggda hus på höjden på vänster sida, vattnet till höger glittrar i solens sken, vattnet som hon tror att Hilda har berättat heter Karlbergskanalen eller Klara sjö. Hon ryser av spänning. Äntligen är hon här, äntligen ska hon få träffa Hilda igen, äntligen börjar hennes eget liv. Äntligen har hon fyllt tjugoett och blivit myndig.

Mamma och pappa blev så klart inte glada när hon berättade att hon skulle flytta till Stockholm, pappa blev arg, mamma blev ledsen.

"Det är långt bort. När kommer jag att få se dig igen?"

"Fåfänga är vad det är", sa pappa. "Vad ska du i storstan att göra? Duger det inte åt dig här på landet"?

Men när det var dags att åka spände pappa ändå för hästen och körde henne till tåget och mamma sa att hon fick komma hem om det inte gick

10

bra för henne i huvudstaden. När de skulle åka smög mamma åt henne ett litet knyte med pengar; pengar hon fått när hon sålt smör.

"Här har jag sparat smörpengar åt dig. Men säg inget till pappa."

Pengarna tog Anna tacksamt emot men löftet om att komma hem igen viftade hon bort, så klart att det skulle gå bra och hon hade Hilda där också.

När hon har lyft av sin väska och står på perrongen tänker hon att så mycket folk har hon aldrig sett. Det luktar konstigt, hon känner inte igen alla dofter men den starkaste doften där på Centralstationen måste vara av kolrök från ångloken som kommer och går. Hon ser sig omkring. Var är Hilda? Anna kan inte se henne. Kan hon ha tagit fel på tiden? Anna svettas i värmen. Hon väntar medan de som stigit av tåget rör sig mot utgången. Kanske skulle de träffas utanför stationen? Hon tar upp Hildas brev från klänningsfickan, men det står *vid* stationen.

Tågresenärerna har lämnat perrongen och Anna vet inte vad hon ska göra. Tänk om Hilda inte kommer? Ska hon gå till utgången? Hon tar sin koffert och bär den några steg i den riktning passagerarna gått men blir osäker, stannar igen. Ett tåg kommer in på andra sidan perrongen med kolröken ringlandes ut från skorstenen. Det stannar därefter med ett pysande. Folk väller ut från tåget medan Anna åter börjar röra sig mot utgången. Om Hilda inte kommer, om det blivit ett missförstånd? Om något hänt, vad ska hon göra då? Men efter en stund ser hon Hilda komma emot henne med sina långa, blonda flätor och hon pustar ut och slappnar av.

"Jag blev orolig", säger Anna. "Att du inte skulle komma."

Flickorna kramar om varandra. Länge.

"Jag stod och väntade utanför", säger Hilda. "Hur är det med mor och far?"

"De mår bra. De hälsar så gott."

"Jag är så glad att se dig", säger Hilda. "Det finns mycket jag vill visa dig här i storstan. Som vi kan göra tillsammans."

"Det ska bli spännande."

"Vi hjälps åt med din koffert och tar spårvagnen utanför. Du får bo hos mig några dagar, jag har frågat. Så ska vi hitta ett boende till dig sen."

"Vad är det för plats du har ordnat?"

Utanför tågstationen rör sig hästkärror och folk om varandra. Några cyklar, några promenerar, några går och drar på en dragkärra. Hilda tar med

11

sig Anna till spårvagnen. En bil kör förbi och hon tittar långt efter den. Det är mycket att ta in, många nya intryck. Det är ljud från kärror, hästarnas klapprande hovar, folk som pratar och ropar, en och annan häst som gnäggar, en och annan bil som brummande släpper ut sina avgaser, vars lukt blandas med rök och doft av gödsel som hästarna har lämnat efter sig på gatan. Anna fascineras samtidigt som det gör henne matt och hon ger upp tanken på att ha någon sorts kontroll utan låter sig svepas med.

De går på spårvagnen, åker till Östermalm och hjälps sedan åt att bära Annas koffert in i porten på Erik Dahlbergsgatan. Som tur är finns det hiss och att åka hiss blir ytterligare ett nytt intryck för Anna. Hilda öppnar lägenhetsdörren med en nyckel som hon tar upp ur kjolfickan. Inne i lägenheten går de till höger, där ligger köket och innanför finns jungfrukammaren där Hilda har sin säng.

Anna försöker se sig omkring i lägenheten, hon uppfattar en matsal och flera andra rum men hinner inte se mycket eftersom Hilda tar henne i armen och drar med henne. Allt verkar så fint och hon vill titta närmare.

"Jag ska fråga sen om jag får visa dig runt men inte nu. Det går säkert bra, de är snälla, men inte utan att fråga.

De behöver inte vänta länge. När de är i full färd med att plocka upp några av Annas saker ur kofferten knackar det lätt på dörren till pigkammaren och frun i huset kommer in.

"Så här har vi nu Hildas syster. Anna var det väl?"

Anna nickar och niger.

"Välkommen till storstaden. Jag är fru Bergsten. Vill Anna att jag visar henne runt i våningen?"

Anna nickar och niger igen. Utan ett knyst följer hon med runt i våningen och häpnar över hur stor den är och hur fina möbler och prydnadssaker det finns. I ett rum sitter en man som presenterar sig som herr Bergsten och Anna niger igen.

"Hilda kan se till att Anna får något att äta", säger fru Bergsten när de kommer tillbaka till köket. Hilda dukar upp bröd och smör och mjölk och de äter tillsammans.

Dagen går mot sitt slut, Anna är trött och efter att de har ätit går flickorna och lägger sig. De sover skavfötters i Hildas säng denna Annas första natt i huvudstaden. Hon sover oroligt med drömmar där de nya intrycken blandas i en enda röra.

12

Redan efter ett par dagar har Anna fått ett hyresrum på Bondegatan på söder, inte långt ifrån den plats Hilda har ordnat åt henne på ett skrädderi, hos en fru Nilsson. Hilda följer med Anna till skrädderiet som ligger på Folkungagatan och Anna sätter genast igång att arbeta.

Hyresvärdinnan heter Beata Jonsson. Hon är änka och har inga barn. Anna fattar genast tycke för henne. Beata är liten och rund och har sitt gråa hår uppsatt i en knut. Hon bjuder Anna på mat och kaffe och de båda märker att de har mycket att prata om.

I priset för rummet ingår mat, morgonmål och kvällsmål och dessutom får hon med sig ett par smörgåsar till sitt arbete. Beata verkar uppskatta Annas sällskap.

På arbetsplatsen blir hon bjuden på kaffe och bulle så att hon klarar sig och får till och med lite över på sin lön. Betalningen är blygsam men fru Nilsson är snäll och Anna trivs på sitt arbete.

När hon får sin första lön går hon ut och köper sig en klänning precis som hon har drömt om. Den är grön, Annas favoritfärg, med lång, vid kjol, åtsittande midja och vida ärmar. Anna speglar sig med klänningen på, snurrar runt och är nöjd med vad hon ser i spegeln. När hon kommer hem visar hon upp sitt förvärv för Beata.

"Så tjusig", säger hon. "Nu kommer du få många beundrare."

På skrädderiet får hon till en början sopa, städa och gå ärenden men efterhand börjar hon även hjälpa till med att sy, klippa tyg och bistå vid provning.

Efter några veckor kommer Hilda en lördagskväll och hämtar henne för att ta henne med på bio, något som sedan blir till en vana och när pengarna räcker kan det bli både teater och dans. Hilda bjuder ibland när Annas pengar inte räcker till. För Anna är storstaden allt hon drömt om och mer därtill. Hon lever i ett rus, i en dröm. Jobbet sköter hon lätt med flinka fingrar.

Vintern kommer tidigt med snö och minusgrader redan i november men sedan töar allt bort innan jul. Anna går ut på stan och köper sig en varm kappa för pengar hon har lagt undan. Hon skriver ett långt brev till sina föräldrar med julhälsningar och hon berättar hur bra det går för henne, att hon har boende och jobb och klarar sig själv. Hon får själv ett paket med julklappar från föräldrarna. Det är strumpor som mor har stickat och en varm kofta. Julen firar hon med Beata, som inte har några släktingar men hon besöker även Hilda och blir bjuden på mat hos familjen som Hilda jobbar åt.

Innan våren kommer blir det snö och kallt varvat med töväder några gånger till. Förutom att gå till jobbet och hälsa på Hilda och något biobesök då och då, som Hilda bjuder henne på, håller Anna sig inne. När vårsolen tittar fram börjar flickorna gå ut och dansa igen.

En kväll när de är ute och dansar blir Anna uppbjuden av en lång karl som hon dansar med hela kvällen. Han dansar bra, han luktar gott och han vill träffa henne igen. Han är kraftig och hans blick är intensivt blå, han utstrålar styrka och han tittar rakt in i henne. Sveper med henne i en våg av spänning och lugn på samma gång. Hon känner hur hon dras till honom som en nattfjäril mot ljuset och hon känner sig hemma med honom.

"Vem är det där?" säger Hilda.

"Hjalmar. Han bor på Östermalm. Visst är han tjusig?"

Hilda ser fundersam ut.

"Var försiktig, Anna. Du vet vad som kan hända."

"Nu låter du som mor."

Anna skrattar men Hilda ser allvarlig ut.

"Låt honom inte gå för långt. Jag ser ju att du är förälskad."

Anna träffar Hjalmar varje helg och ibland på vardagskvällarna. Han hämtar henne utanför porten och han följer henne tillbaka dit när kvällen är slut. Han kysser henne och hon drunknar i hans famn.

En lördagskväll bjuder han henne på vin när de är ute och dansar. Anna har inte druckit alkohol förut, hon känner sig yr och lycklig.

På hemvägen går de genom en park. Luften är ljummen och det doftar underbart från häggen. De sätter sig på gräset på en avskild plats och han kysser henne och tar på henne. Hon borde protestera när hans händer vandrar över hennes kropp men hon njuter av hans smekningar. Vinet får henne att glömma alla varningar och trots att det gör ont när han kommer till henne skjuter hon alla betänkligheter åt sidan och njuter av att vara nära honom.

De fortsätter att träffas och det händer fler gånger att de blir intima.

När sommaren går mot sitt slut känner hon sig trött och konstig i kroppen. Hon har inte haft några månadsblödningar på flera veckor. Hon anförtror sig till sin hyresvärdinna, Beata, som bekräftar hennes misstankar, hon är havande.

Hela hennes värld stannar upp. Vad innebär det här? Att få ett barn utan att vara gift är en omöjlighet. Anna förstår att hon har "hamnat i olycka" och berättar det för Hilda.

"Du måste skriva till mamma och pappa", är Hildas svar. "Du får åka hem."

Men det vill inte Anna. Hon skäms. Hilda har varnat henne, mamma har varnat henne och hon har inte lyssnat. Hur ska det gå?

"Har du sagt något till Hjalmar?" säger Beata.

"Jag vågar inte. Tänk om han blir arg."

"Tok heller. Det är han som har sett till att det har blivit så här. Det är inte ditt fel."

Anna funderar över detta. Hon frågar Hilda om det inte finns något sätt att "bli av med det".

"Det är för farligt. Det får du inte göra", säger Hilda. "Du kan dö. Eller bli avrättad. Det är förbjudet och det är inte rätt. Du måste berätta för Hjalmar. Han får ta sitt ansvar och gifta sig med dig. Lova att du inte gör något dumt."

Det får hon lova. Ändå tvekar Anna. Det känns som om det är hennes fel. Som om hon har försatt Hjalmar i en besvärlig situation. Hon grubblar. Får svårt att sova och blir trött. På jobbet är hon matt och orkeslös, allt känns eländigt. Ska hon ändå göra som Hilda säger och åka hem till mamma och pappa? Men hon skulle inte orka med deras förebråelser. Pappas vrede och mammas bekymmer. Hur ska hon göra?

När hon träffar Hjalmar nästa gång berättar hon för honom.

"Då gifter vi oss min Anna. Om du vill."

"Så klart jag vill."

Anna spritter av glädje. Hon ska få gifta sig med sin älskade Hjalmar. Hon svävar på moln. Hjalmar vill gifta sig med henne och de ska få ett barn tillsammans. Det är som om kärleken blir starkare nu. De ses flera gånger i veckan, träffas på kvällen och promenerar genom stan. På helgen skiner solen och då åker de ut till Djurgården, promenerar och sätter sig i gräset. Anna har med sig smörgåsar, kaffe och en filt som de kan sitta på. Pussas, kelar och njuter av tillvaron. De har svårt att slita sig från varandra. Anna trodde aldrig att hon skulle kunna bli så här lycklig.

En dag går de och ser på ringar.

"Jag har inte pengar nu men jag har börjat spara", säger Hjalmar. "Kanske kan mor och far hjälpa till också."

Men nästa gång de träffas har Hjalmar berättat för sina föräldrar som inte vill att deras son ska gifta sig med en enkel arbetarkvinna.

"Jag får inte för mor och far. Jag har fått pengar av dem som du ska få så du kan ta hand om barnet, lämna till fosterföräldrar."

Hjalmar räcker fram pengar till Anna och tittar ner. Hon ser att han skäms och förstår att han inte vågar gå emot sina föräldrar. Så klart att de inte vill höra talas om något äktenskap, inte med någon som Anna.

För Anna är det som om hon har fått ett slag i ansiktet, livet stannar upp och i bröstet blir det tomt. Hon har tillåtit sig att vara lycklig och naturligtvis kan drömmen inte bli sann. Vad ska hon ta sig till nu?

Hjalmar har pratat om fosterföräldrar. Hilda tycker fortfarande att hon ska åka hem. Men Anna är envis, hon vill inte komma hem och bli tvungen att erkänna sitt misstag. Hon anförtror sig åt Beata som hjälper henne att leta upp annonser om fosterhem i tidningen. Det finns många att välja på och det kostar inte mer än att hon kommer att ha råd att betala.

Magen växer och Anna blir tung och otymplig men fortsätter att jobba ända tills det är dags att föda.

En kväll när Anna kommer hem från jobbet känner hon hur något rinner utmed låren.

"Lilla vän", säger Beata. "Det är vattnet som går". Du ska föda nu."

Beata hämtar barnmorskan som kommer direkt. Kvinnorna hjälps åt och när morgonen kommer har Anna fått en liten pojke. Han ligger intill henne och griper om hennes finger med sin lilla hand och hon översköljs av värme och längtan. Hela hennes kropp skriker att hon inte vill lämna bort sin pojke trots att hon vet att hon är tvungen. Hon bestämmer sig för att vad som än händer inte släppa kontakten.

"Du ska heta Gustav", viskar hon i hans öra. "Jag kommer aldrig att släppa dig."

Efter några dagar är Anna tvungen att återvända till sitt arbete om hon ska få behålla det och tillsammans med Beata letar hon upp ett fosterhem. Tyra Persson heter kvinnan. Där lämnar Anna sin son.

Hjalmar har hon inte träffat på flera månader och när hon fick pengarna var hon tvungen att lova att inte avslöja vem fadern är. Det var föräldrarnas villkor.

Varje söndag när Anna är ledig går hon och hälsar på sin pojke. Hon blir varm av att se honom, hon lyfter upp honom och håller honom och känner värmen från den lilla kroppen. Det luktar illa i fosterhemmet men där finns flera spädbarn och Anna tänker att det är naturligt.

En söndag när pojken är några månader och Anna som vanligt besöker honom inser hon att allt inte står rätt till. Hon möts av den vämjeliga lukten av avföring och smuts. När hon ska ta upp Gustav ser han apatisk ut och hon tycker att huvudet är oproportionerligt stort i förhållande till den lilla mjuka kroppen. Något är väldigt fel. Så här ska inte ett litet barn se ut om det är friskt. Hon lyfter upp honom och försöker få kontakt med honom men han är märkligt slapp. Vad är det för fel? Har han inte fått mat? Vad har Tyra gjort med hennes pojke? Vad ska hon ta sig till? Det knyter sig i magen och hon känner hur tårarna kommer. Hon kan inte lämna honom här. Hon tar honom med sig och fräser åt Tyra:

"Har hon inte märkt att han inte mår bra? Här kan han inte stanna."

Tyra verkar oberörd och besvarar inte Annas fråga. Anna bär med sig barnet hem och knackar på hos sin hyresvärdinna. Anna är förtvivlad och vet inte vad hon ska ta sig till. Tårarna strömmar nedför kinderna. Beata, är förstående och tröstar och lugnar. Gustav ser piggare ut efter att Anna har burit honom en stund.

"Rakitis", säger Beata. "Eller engelska sjukan. Undernäring, brist på D-vitamin, han behöver fiskleverolja. Men det verkar vara gott liv i gossen. Gråt inte Anna, det ska nog gå bra, vi hittar ett bättre hem åt honom. Nu ska vi ge honom välling och i morgon tar vi honom till doktorn."

Hon lovar att hjälpa Anna finna ett bättre fosterhem för barnet. Gustav får stanna i Annas hyresrum över natten.

På måndagsmorgonen tar Beata med sig pojken till en läkare som hon lovat. Läkaren undersöker Gustav och konstaterar att han bör klara sig bara han får mat och D-vitamin. Beata köper ricinolja och ger Gustav och tar sedan med sig pojken till Annas arbetsplats. Hon pratar med fru Nilsson som känner många genom sin kundkrets i skrädderiet.

"Jag ska undersöka saken, jag har bekanta som bor ett par kvarter härifrån, på Helgagatan."

"Jag tar hand om pojken så länge, säger Beata."

Nästa dag har fru Nilsson besked till Anna när hon kommer.

"Det är ett äldre par, de har sex egna barn men tre har redan flyttat ut och de säger att de kan ta pojken. De är ordentliga människor, frun har jobbat här hos mig i skrädderiet."

Det låter hoppfullt. Efter jobbet går Anna och hämtar Gustav och beger sig tillsammans med fru Nilsson till de nya fosterföräldrarna, Kristina och Emil Karlsson. De kommer överens om en mindre summa per månad och Anna får komma och hälsa på varje söndag.

Gustav 1908

Jag föddes som oäkting och kunde ha blivit en ängel. Om inte min mor hade vägrat släppa taget om mig hade jag förmodligen gått samma öde till mötes som de andra spädbarnen hos änglamakerskan.

I början av 1900-talet, då jag kom till världen, fanns ingen barnomsorg och inga av de sociala skyddsnät som idag är självklara. Mycket är annorlunda i samhället nuförtiden. Ibland säger folk att det var bättre förr men de vet inte vad de pratar om.

Oäkta barn var förr ett rättsbegrepp för barn som fötts utom äktenskapet, de saknade enligt den tidens begrepp börd och bördsrätt. Samhället gav inget stöd till ensamstående mammor, tvärtom, de skulle skämmas. Kvinnan förväntades vara oskuld när hon gifte sig och hennes plats var i hemmet. Där passade hon upp på sin man och skötte hushållet och barnen. Hon blev försörjd av sin man.

En ogift kvinna fick själv jobba för att försörja sig och kunde inte ta hand om ett barn, såvida hon inte hade rika föräldrar.

För en ensamstående kvinna som blev gravid fanns inte många alternativ. Hon kunde vända sig till någon som utförde illegala aborter. Det var inte tillåtet att fördriva foster och både den gravida kvinnan och den som hjälpte henne kunde bli straffade. Det fanns olika metoder för att framkalla abort; man intog arsenik, fosfor från tändstickor eller sprutade in tvållösning. Många kvinnor dog i sviterna av fosterfördrivning

Kvinnor som "hamnade i olycka" och valde att föda barnet kunde lämna bort det till fosterföräldrar och betala en ersättning för detta. Fattiga kvinnor tog sig an dessa barn för en mindre summa men ofta blev barnen vanvårdade genom svält eller misshandel och många av dem dog, blev små änglar, och så kallades kvinnorna för änglamakerskor. Det blev ekonomiskt mer lönsamt att låta en del av de här barnen dö i förtid. Det erhållna pengabeloppet fick behållas ändå och på grund av att den biologiska modern sällan eller aldrig besökte sitt barn eller ställde några frågor brukade de inte bli avslöjade.

Adoption infördes inte som alternativ förrän 1917 och så som vi känner till det med rättigheter för adoptivföräldrarna och utan möjlighet att häva den så sent som 1959.

Preventivmedel fanns inte att få tag på och var inte tillåtna.

"Nu kan bara ett mirakel rädda henne."

Läkarens ord kramar mitt inre med en iskall järnhand. Jag är tillintetgjord.

Jag borde ha förstått. Nelly och jag har levt tillsammans i över trettio år. Vi är båda i sjuttioårsåldern och njuter av att inte behöva jobba. Barnen är utflyttade och det har blivit som vi skojade om när vi var unga, inte behöva jobba och dessutom få lönen hemskickad.

Krämporna har blivit fler, min rygg och mina knän är utslitna. När jag inte kan motionera så mycket jag vill får jag problem med magen och svårt att sova. Nelly har problem med magen, i perioder kan hon inte äta alls. Vi har det ändå bra tillsammans. Visst blir det gräl ibland som för alla andra men vi håller ihop. Vi reser till olika platser på jorden, Sri Lanka, Gambia, Indonesien.

Resan till USA på försommaren får vi ställa in för Nelly är dålig, hon har inte kunnat äta ordentligt på månader och är svag och orkeslös. Hon opereras en gång på våren men det blir inte bättre och operationen måste göras om. Jag besöker henne dagen efter. Allt har gått bra säger läkaren men hon är så svag så svag.

På kvällen ringer han, Nelly är plötsligt sämre. Jag åker in till sjukhuset. Hon ligger i respirator.

Jag kan inte tänka, vill inte tänka tanken klart. Det blir kallt i mitt inre. Jag förstår förnuftsmässigt men kan inte ta till mig att hon kommer försvinna från mig.

Nästa dag dör hon. Min livskamrat är borta. Jag är lämnad ensam och vet inte vad jag ska ta mig till.

Med facit i hand tänker jag att jag kanske skulle ha anlitat den privata sjukvården. Hade det hjälpt?

Efteråt får jag reda på att dödsorsaken är sepsis, blodförgiftning.

Jag måste ringa barnen.

Jag ringer Martin. Han är tyst i telefonen men säger att han ska komma hem.

Magdalena är i Tyskland och jobbar. Jag ringer telefonnumret min dotter har lämnat och får efter en stund tala med henne. När jag berättar vad som har hänt kan jag inte hålla rösten stadig utan brister ut i gråt. Magdalena lovar att komma hem snarast och några dagar senare hämtar jag henne och Annika, hennes kamrat, på T-centralen, släpper av Annika i Kolartorp och fortsätter med Magdalena till Handen, till lägenheten med den fantastiska utsikten över sjön Rudan och skogen där bakom. Där har vi haft vårt hem sedan 1967 och det är flera år sedan barnen flyttade hemifrån.

Det är försommar, varmt och soligt och Magdalena är brunbränd. Jobbet med hästarna har väl tillåtit en hel del utevistelse. Hon har sitt långa hår uppsatt i en hästsvans och är klädd i jeans och tröja.

Mitt hjärta värker när jag inser att jag inte vet hur jag ska kunna trösta barnen, nu när jag själv är slagen till marken. Men barnen har ändå sina kamrater, jag är ensam nu.

Magdalena är märkbart behärskad och det är hon sedan hela tiden fram till och även under begravningen. Hennes bror, Martin, är mer miserabel.

"Man skulle ha varit annorlunda", säger Martin och jag håller med honom. Magdalena säger ingenting.

Jag tror inte att hon är oberörd, hon är den av oss som hade den varmaste relationen med sin mamma, min Nelly. Hon visar det bara inte. Kanske är det just att de inte hade något ouppklarat sinsemellan som gör att hon kan förlika sig.

"Mamma ville inte bli gammal", säger hon vid ett tillfälle.

Jag ordnar med begravning. Nellys kör, Haningekören, som hon har varit med i femton år, kommer och sjunger. Alla Nellys systrar och väninnor är där. Det blir en stor tillställning, femtio personer. Jag är själv officiant, håller talet. Rösten bär ganska bra men gråten sitter i halsen. Kören sjunger och violinisten jag har fått tag på spelar.

Nellys släkt sover hos oss och Magdalena lagar den goda middagen. Släkten återvänder till Småland, Martin åker hem till sitt och Magdalena blir kvar hos mig.

Eftersom döden har tagit min livskamrat blir jag medveten om att jag själv kan dö närsomhelst och jag ger Magdalena fullmakt till mitt bankfack samt instruerar henne hur hon ska bete sig om jag dör.

"Gå direkt till banken och ta ut obligationerna."

Jag visar henne mina dagböcker som ligger travade i skåpet under min prissamling.

"Du kan läsa dem sen ifall du vill. Du får bo hemma så länge du har lust. Du behöver inte betala något."

Magdalena har med sig ett par tusen D-mark från Tyskland som jag växlar in åt henne. Jag köper hem mat som Magdalena lagar till och det smakar alltid gott. När vi har ätit diskar hon. Hon tvättar. Hon klipper mig. Det lilla hår som finns kvar. Vi småpratar. Min värld blir mindre tom. Vi sitter vid köksbordet och hon håller på med sitt långa hår när hon har ätit klart. Hon samlar ihop det till en knut där bak.

"Så där ska du ha håret, Magdalena, det klär dig bäst.

Hon svarar inte men släpper ner håret igen.

Det går några veckor.

Vi sitter vid köksbordet och nu har hon funderat. Hon vet att jag föddes som oäkting och lämnades till en änglamakerska. Kanske är det hennes mammas död som får henne att fundera över familjerelationerna.

"Kände du din riktiga mamma och pappa? Varför kom du till ett fosterhem?"

"Min biologiska mamma var bara en snäll tant som kom med godis på söndagarna. Hon var inte gift och kunde inte ta hand om mig."

Hon funderar över detta en stund. Sen fortsätter hon att fråga.

"Hur var det att växa upp utan riktiga föräldrar?

"Jag hade mina fosterföräldrar. De var mina riktiga föräldrar. Blod är inte tjockare än vatten."

"Vilka var de? Vad jobbade de med?"

"Pappa var isutkörare och mamma skötte hemmet."

"Isutkörare? Vad är det?"

"Isutkörare eller iskarl. Det fanns inga kylskåp i början av 1900-talet så man kylde maten med is. Isskåp hade man."

"Men var hittade de is mitt i sommaren?"

"De bröt upp is ur Mälaren i stora block på vintern och isolerade den i sågspån. De sågade med jättelånga issågar. Och så hade de ishacka, isbill och istång. Sen på sommaren körde de ut den med häst och vagn och bar sedan blocken. Det var ett hårt slit. Pappa var ofta trött."

22

Det gläder mig att hon är intresserad av mitt liv. Hon reser sig och börjar plocka undan disken.

En annan dag undrar hon:

"Hur var det under första världskriget. Fick ni svälta?"

"Jag minns inte så mycket, jag var liten då. Jag hade nyligen fyllt sex år när det stora kriget, första världskriget, bröt ut. Jag tror inte att vi svalt även om det var knapert. Det blev brist på allt möjligt men det fanns alltid något att äta även om det mest var potatis och gröt och bröd."

"Men om din pappa var isutkörare och din mamma skötte hemmet, hur kom det sig att du började läsa och lära dig en massa?"

"Jag hade de där andra, som bodde ovanför oss. Erika och Farbror."

1908

Fosterhemmet där jag växte upp var kärleksfullt. Det fanns tre halvstora barn, Erik, Anna-Stina och Elsa och tre äldre som redan flyttat hemifrån, Oscar, Sigrid och Einar.

Fosterföräldrarna var gamla; över femtio år när jag kom till dem men det var ingenting som bekymrade mig när jag var liten.

Det var trångt i de två rum och kök där vi bodde. Vi barn sov i ett rum och i det andra rummet sov mamma och pappa. Vi bodde enkelt, omodernt, som de flesta andra på den här tiden. Det betydde att vi hade vedspis, rinnande kallvatten och dass på gården.

Pappa var ofta trött på kvällarna och hade ont i kroppen. När han kom hem drack han brännvin för att lindra smärtan.

Mamma tog hand om mig och mina fostersyskon men hon hade även en symaskin och kunde hjälpa folk med att laga och göra ändringar och på så vis tjäna en extra slant.

En trappa upp i vårt hus på Helgagatan på Södermalm i Stockholm bodde Erika som blev som en extra förälder för mig. Hennes man kallade jag aldrig för något annat än Farbror. Farbror var droskägare och Erika tvättade och manglade tvätt och de hade det bättre ställt än mamma och pappa.

De hade inga egna barn och jag och mina fostersyskon tillbringade mycket tid hos dem. De hade tre rum, i ett rum sov de själva och ett rum var finrum där Farbror ibland tog emot affärsbekanta. I det tredje hade Sigrid och Oskar bott innan de flyttade hemifrån och när jag blev äldre

23

flyttade Elsa och Erik upp dit för att det inte skulle vara så trångt hos mamma och pappa. När Anna-Stina gifte sig och flyttade hemifrån fick jag ett eget rum.

Hos Erika och Farbror fanns saker som inte fanns hemma hos oss, böcker, tidningar, fina tavlor och dyra möbler. Det fanns silverbestick och husgeråd av koppar som jag fick hjälpa till att putsa till jul. Jag trivdes däruppe och de uppmuntrade mig att skaffa mig en utbildning.

"Kunskap är makt" brukade Farbror säga. Det tog jag fasta på. Farbror var en viktig person i mitt tidiga liv. Erika var också viktig. Hon blev som en extra mamma, såg till att jag var hel och ren, att jag fick mat men hon kunde också tjata.

"Har du tvättat dig, Gustav?" eller "Nu måste du gå och lägga dig."

Jag var lika ofta hos Erika och Farbror som hos mamma och pappa.

"Det var en ung man här och frågade efter dig", säger Beata. Anna har avslutat ännu en dag på skrädderiet och just kommit innanför dörren. Hon tar av skorna och ställer dem på skohyllan, hänger kappan under hatthyllan. Benen blir darriga och hon sätter sig på pinnstolen som står i hallen. Kan det ha varit Hjalmar? Beata har aldrig träffat Hjalmar och känner inte igen honom.

"Han lämnade sitt telefonnummer och ville att du skulle ringa."

Beata räcker fram en papperslapp. På lappen står ett telefonnummer och ett H. Hjalmar alltså?

Anna tänker inte ringa, har ingenting att säga honom. Hon knycklar ihop lappen och slänger den.

"Men han såg trevlig ut, verkade snäll", fortsätter Beata men när hon ser Annas ansiktsuttryck blir hon allvarlig.

"Var det han?"

Anna nickar.

Några dagar senare står han utanför skrädderiet när hon slutar arbeta. Han ser vädjande ut, tycker Anna. Eller lite skamsen. Han slår ner blicken när hon tittar på honom. Han står kvar, närmar sig inte.

"Vad vill du", säger Anna när hon är framme hos honom.

"Jag saknar dig", svarar han. "Kan vi inte ses? Kan jag inte få bjuda dig på bio?"

"Man saknar inte kon förrän båset är tomt. Jag har inte hört ett knyst från dig sen du sa att du inte kunde gifta dig med mig. Inte när jag var gravid, inte när pojken föddes. Jag vill inte se dig mer."

Anna rätar på ryggen, drar tillbaka axlarna och höjer blicken. Utan att säga något mer eller lyssna på Hjalmars svar går hon därifrån. Ett uns av dåligt samvete gnager i henne men det är lätt att vifta bort det. Hon vet att han egentligen ville gifta sig med henne och ta hand om Gustav men att han inte fick för sina föräldrar.

Men om hon hade betytt något för honom hade han struntat i vad föräldrarna sa. Det är inte han som har fått ta konsekvenserna av graviditeten. Han har inte ens frågat efter sin son. Hade han brytt sig om henne hade han åtminstone hört av sig när hon var gravid och när hon måste ordna för sitt barn.

Nu är det för sent.

Det fina de hade har gått sönder.

Det blir söndag och Anna går som vanligt förbi karamellaffären och köper en strut karameller som hon kan ta med sig när hon går och hälsar på Gustav. Han lyser upp när han får se henne men det är troligen mest tack vare karamellstruten. Det gör ingenting. Anna blir varm inombords av att se hur bra Gustav har det hos Kristina.

Gustav är ett rejält barn. Stor och frisk. Sån tur att det blev så bra trots den svåra början han fick på sitt liv. Anna tycker att han är vacker med runda kinder och fylliga läppar som ofta ler. Har han ärvt några drag efter Anna? Eller Hjalmar? Kommer det bruna håret och den stora näsan från Hjalmar? Han är ändå inte lik någon av dem. Han är en alldeles egen liten person.

Han kallar Kristina för mamma och Kristinas man, Emil, för pappa. De har kommit överens om att vänta med att berätta att Anna är hans biologiska mamma tills han blir äldre och kan förstå. Erika, som bor en trappa upp, kallar han vid namn och hennes man kallar han Farbror. Han är tre år och har börjat prata ordentligt.

Kristina bjuder på kaffe och Erika kommer också och dricker kaffe. Det finns kanelbullar och bondkakor på ett fat. De sitter vid köksbordet och Gustav leker på golvet med en leksaksbil som Farbror, Erikas man, har gjort åt honom av ett vedträ, några knappar och lite ståltråd. Han har en nalle också, en gammal, sliten nalle som han har ärvt efter sina fosterbröder. De har alla haft den nallen.

"Hur går det på skrädderiet", undrar Erika.

Anna berättar att hon har fått mer ansvar, får ta hand om kunder själv och sy upp kläder till dem. Och löneförhöjning.

"Berätta hur det går för Gustav. Sköter han sig?"

"Åh, han är den goaste unge", säger Kristina. "Jag är så glad för honom."

Det känns varmt i Anna när hon hör det. Det hade varit hemskt om han hade varit besvärlig. Samtidigt svider det i hjärtat när hon tänker på hur gärna hon hade velat vara Gustavs mamma, ta hand om honom.

"Vetgirig unge", säger Erika. "Han är ofta uppe hos oss och då frågar han alltid en massa."

Det känns som om han är i goda händer. Det enda som oroar Anna är att Emil, Kristinas man och den som Gustav kallar pappa, är lite för glad i flaskan. Nu var det tal om att införa begränsning av alkoholinköp och det tyckte Anna var bra. Särskilt för Kristinas och Gustavs skull.

Samma år som jag fyllde sju började jag i Folkskolan. Som jag hade längtat att få lära mig läsa och skriva och räkna. Vi var en stor klass med både pojkar och flickor. Fröken hette Signe och hon var både snäll och sträng på samma gång och jag gillade henne. Hon hade grått hår, uppsatt i en knut, för det mesta lång, vid kjol och blus med krås. Det är i alla fall så jag minns henne.

En dag när jag kom hem från skolan satt mamma och grät. Det högg till i bröstet, jag hade aldrig tidigare sett en vuxen människa gråta.

"Vad är det mamma?" sa jag.

Hon dolde ansiktet i sina händer och först ville hon inte svara men efter en stund sa hon:

"Det är pappa. Han tog min symaskin för att stampa på den."

"Stampa?"

Jag såg för mitt inre hur han la den på marken och stampade på den med foten.

"Han lämnade den på pantbanken för att få pengar till brännvin."

Mamma fortsatte att gråta.

"Har han sålt den?"

"Man kan köpa tillbaka den om man har pengar. Han har lämnat den i pant kan man säga."

Jag förstod inte riktigt det där men jag tyckte väldigt synd om mamma. Så vitt jag minns fick hon aldrig tillbaka sin symaskin.

När jag hade gått ett år i skolan fick jag åka till barnkolonin Barnens Ö på sommaren. Barnens ö är egentligen flera öar i Väddö socken i Norrtälje som drivs av Barnens Dag. Vi var flera från min klass som åkte tillsammans och det var en härlig tid med kamrater, bad och aktiviteter. Det var en möjlighet för fattiga stadsbarn att komma ut i skärgården.

Vi hade nyligen börjat i andra klass när fröken berättade att vi skulle få göra en utflykt till Skansen. Vi var trettiotre elever i klassen, blandat flickor och pojkar och innan utflykten var det ett väldigt tjat både från fröken och mamma att vi måste sköta oss och lyssna på fröken.

Vi uppförde oss exemplariskt, åkte med Djurgårdsfärjan från Slussen och allting var kolossalt spännande. På Skansen tittade vi på djuren och besökte de gamla byggnaderna. En fotograf tog en bild på hela klassen. Jag har bilden kvar och när jag tittar på den ser jag att jag, liksom många av mina kamrater, hade sjömanskostym. Det var så vi var klädda.

Vi hade matsäck med oss, jag hade två bröd och en flaska saft, men några av barnen hade inget med sig så jag delade min matsäck med en annan pojke, jag tror han hette Sten. Han hade sällan något med sig och han hade gamla slitna kläder. Jag tänkte att de måste ha varit fattiga men det var det flera som var och det bekymrade inte oss barn.

När jag fyllde tio år fick jag gå med i scouterna. Jag fick en scoutkostym som jag älskade och alltid hade på mig sen. I scouterna var vi ute i naturen och lärde oss att känna igen olika växter, att göra upp eld och en massa annat skoj.

I staden fanns ett myller av allt möjligt att upptäcka och jag kastade mig ut för att se allting. När jag var liten var det folk till fots, damer i långa klänningar, gubbar i hatt och framförallt cyklister. Det var hästkärror och ynglingar med keps som drog runt på dragkärror och man kunde även se enstaka bilar. Ute på gatorna luktade det allt möjligt, avgaser och hästspillning blandat med matos och smuts.

En dag kom det hem en fotograf och tog ett kort på mig och min mamma och pappa. Mina fostersyskon skulle inte vara med på bilden, de hade redan blivit fotograferade. Kortet har jag fortfarande kvar och när jag tittar på det minns jag att vi var tvungna att först sätta på oss finkläder. Mamma tog sin ljusa, vida klänning med en rosett i halsen, pappa hade satt på sig vit skjorta och kostym med väst. Det hela blev till ett festligt äventyr. Pappa hade en stor mustasch, en så kallad Preussare, en ganska vildvuxen historia. Den hade han ansat och kammat. Jag fick ta på mig min vita skjorta och slips. Vi satte oss alla tre i finsoffan, en soffa av ek med grönmönstrat tyg.

På väggen bakom oss hängde tavlor med fotografier av äldre släktingar med ramar som pappa själv hade tillverkat och bredvid soffan stod den jättelika blomkrukan med palmen, mammas stolthet. Rummet var nyligen tapetserat med ljusa, mönstrade tapeter. Det var ett stort ögonblick och jag anlade en allvarlig min precis som mamma och pappa. Jag satt i mitten, mellan dem, och det hela var både högtidligt och spännande.

När jag var tolv år började jag tjäna egna pengar. Min äldsta syster, Sigrid, var jämngammal med Erika och de hade känt varandra sedan de var små. Sigrid hade gift sig med Axel Fromm redan innan jag kom till världen. Hans föräldrar hade ett skrädderi och klarade sig bra på det. Jag fick gå ärenden åt dem och tjänade på så vis inte enbart någon krona utan lärde mig även att hitta överallt i stan.

De flesta av mina syskon var snälla mot mig, Erik och Elsa gillade jag skarpt, de var inte mycket äldre än jag var. Ibland kom mina äldre, utflyttade syskon på besök, Sigrid, Einar och Oskar. Jag kom bra överens med alla mina fostersyskon utom med Oskar som alltid skulle retas och vara elak. När jag blev arg skrattade han bara. Han kallade mig för hittebarn och oäkting och allt möjligt annat som inte alls var kul för mig. Han däremot verkade tycka att det var skoj. Om mamma hörde honom fick han skäll. Som tur var kom han inte ofta på besök.

När jag var liten funderade jag inte så mycket på det där att jag var oäkting men när jag blev äldre insåg jag på ett annat sätt vad det innebar och jag började även fundera på vilka mina biologiska föräldrar kunde vara. Jag visste att mamma och pappa var mina fosterföräldrar men jag måste ha *riktiga* föräldrar också. Någon som jag var lik, som jag kunde känna igen mig i, förstå varför jag var som jag var.

Anna 1923

Anna och Hilda går fortfarande ut och dansar ibland men på senare tid har Hilda fått en fästman och det har inte blivit av. Det gör inget, Anna vill helst inte ha mer med karlar att göra. Hon vill inte gå ut och dansa mer men på lördagarna går hon ibland på bio i sällskap med Greta som hjälper till med lite av varje på skrädderiet, städar, går ärenden och kokar kaffe. Ibland går de bara ut och promenerar och pratar. Greta är inte så gammal och bor fortfarande hemma hos sina föräldrar. Hon är pigg och glad och rolig att prata med.

Till sommaren gifter sig Hilda med sin Olof och Anna blir bjuden på bröllopet. Festen hålls hos Hildas blivande man ute i Vendelsö, dit Hilda flyttar direkt efter bröllopet. Anna är glad för Hildas skull men det blir tråkigt att de inte kommer kunna träffas så ofta.

"Ska jag fråga om du får ta över min plats nu när jag slutar?" sa Hilda.

"Jag vill hellre vara kvar på skrädderiet."

Anna trivs med det större ansvaret på skrädderiet, att ta hand om kunder själv, ta mått och sy upp både klänningar, kappor och kostymer.

Ivar blir en av hennes kunder. Han kommer in en dag och Anna får ta mått och hjälpa honom att välja tyg när han vill ha en kostym uppsydd.

"Jag är bjuden på bröllop till sommaren", säger han. "Min bror ska gifta sig och då får jag se till att vara presentabel."

Anna tar mått och skriver upp. Han är inte så lång men han är bred. Inte tjock men han har muskler. Hon måste mäta överallt och det känns nästan lite intimt att ta på den unge mannen. Hon märker på honom att han reagerar när hon tar på honom med sina händer och blir full i skratt men hon säger inte något. Ivar verkar vara en vänlig man och Anna ser fram emot de gånger då han ska komma in och prova.

"Vilket fint arbete fröken har gjort", säger han vid andra provningen.

Nu är det bara några småändringar kvar och någon vecka senare kommer Ivar in för att hämta och betala för sin kostym. Det känns tråkigt att de inte ska träffas mer.

Han har tydligen samma tanke för han frågar om han får bjuda henne på bio. Anna tackar ja och redan nästa lördag går de och ser en film tillsammans. De fortsätter sedan att träffas på samma sätt, han bjuder henne på bio på lördagarna. Han hämtar henne och följer henne till porten efteråt.

31

Hon trivs i hans sällskap, han är artig och hänsynsfull och tar ingenting för givet. När de ses för tredje gången frågar han som vanligt om han får bjuda henne på bio nästa lördag och sedan kysser han henne.

Hon kan inte säga att hon blir förvånad men känner sig ändå överrumplad på något sätt. Vet inte hur hon ska reagera men kysser honom tillbaka. Vill hon ha den här mannen?

"Hejdå", säger hon, vänder och går in genom porten.

Det går en tid, de fortsätter att träffas och Anna kommer på sig med att längta. En kväll efter den obligatoriska avskedskyssen säger han:

"Skulle du kunna tänka dig att gifta dig med mig, Anna?"

Hon behöver inte fundera. Åren har gått och hon har nästan gett upp hoppet om att finna en man, att bli gift. Bättre man än Ivar tror hon inte att hon kan hitta även om känslorna inte är så omvälvande som när hon träffade Hjalmar.

"Det är något du måste veta först", säger hon. "Jag har ett barn. Han bor i ett fosterhem så du behöver inte ta hand om honom, men jag vill att du ska veta att jag har fött ett barn."

32

Magdalena stannar över sommaren, men försvinner ibland till sina vänner. "Annika och jag ska köpa en lägenhet tillsammans", säger hon när hösten närmar sig.

När hon flyttar blir jag ensam i den stora lägenheten. Ute blir det mörkt och kallt och kylan sprider sig till min själ. Tomheten i mitt bröst är större än tomheten i den stora lägenheten. Min livskamrat är borta och ensamheten gnager i mitt inre.

Då och då bjuder jag hem barnen på mat. När Martin kommer försöker jag mig på att steka varsin biff åt oss och gör en skysås av stekfettet, spär bara med vatten. Det blir riktigt gott. Martin är tacksam och äter med god aptit. Det blir väl inte mycket lagad mat därhemma nu när hans fästmö har flyttat ifrån honom.

När Magdalena kommer får hon oftast hjälpa mig med matlagningen. Hon hjälper mig även med tvätten och klipper mig.

Vi har pratat om min uppväxt tidigare och en dag tittar vi i mitt röda fotoalbum tillsammans.

"Hade alla kvinnor hatt? Hur var det om någon gick ut utan hatt? Tänkte man att det var en "dålig" kvinna då?" säger Magdalena.

"Nej, nej, det var att hon var ute och "sprang.""

"Hurdå sprang?"

"Ja, att det hade hänt något. Att hon inte hann sätta på sig hatten."

Hon begrundar detta ett tag. Jag måste säga att jag uppskattar att hon intresserar sig för min ungdom.

När hon har gått lägger jag mig på sängen en stund. Jag tittar på travarna med vaxduksböcker, mina dagböcker, och får för mig att jag ska läsa lite så jag tar fram den understa, min första dagbok.

Måndag 1 Januari 1923

Nu ska jag försöka komma ihåg att göra dagboksanteckningar varje dag detta år som i sanning månde bliva märkligt. Mitt 15:de. Till verket alltså. För att börja året på ett värdigt sätt bevistade jag nyårsvakan i Katarina Kyrka. Sedan gick jag hem och knöt mig och vaknade inte förrän klockan ½ 11 på förmiddagen. På eftermiddagen gick jag ut ett tag. Då jag kom hem var det tid att krypa till kojs, och så var årets första dag tilländalupen.

Jag bläddrar och läser lite längre fram i boken.

Tisdag 9
I dag började skolan. Nu blir det till att suga i igen.

År 1923 var året jag fyllde femton, året jag konfirmerades och året jag fick reda på vem min biologiska mamma var.

Jag frågade mamma efter att Oskar hade varit hemma och hälsat på vid jul och hållit på och sagt att jag var en oäkting och ett hittebarn.

"Du har ingen egen mamma och pappa", sa han. Du är en oäkting. Du ska vara glad att vi tar hand om dig."

Jag kunde inte svara. Han trampade på mig så att jag blev en våt fläck på mattan.

"Du är ett hittebarn", fortsatte han. Det var ingen som ville ha dig."

"Men mamma ville väl ha mig?" fick jag fram.

"Nej, det var för att hon var snäll som hon tog hand om dig."

Jag kände hur det blev tomt inom mig. Mamma hade sagt att hon tyckte om mig. Gjorde hon inte det? Hade hon bara sagt det?

Oskar gick hem till sitt och jag kände att jag måste fråga mamma. Hon stod vid diskbänken i köket och höll på att laga mat.

"Var kommer jag ifrån? Är jag ett hittebarn?"

Jag var orolig att mamma skulle svara att de hade hittat mig i ett dike.

"Du vet Anna, som kommer och hälsar på ibland?"

"Hon som alltid har med sig en strut karameller till mig."

"Hon är din riktiga mamma. Det är hon som har fött dig."

"Varför bor jag inte hos henne då?"

"Skulle du hellre vilja det?"

Jag behövde inte fundera länge. Jag gick fram till mamma där hon stod vid diskbänken och kramade henne.

"Nej. Det är du som är min riktiga mamma."

"Och du vet att jag håller av dig minst lika mycket som de andra barnen."

Jag nickade. Hon vände sig mot mig och kramade om mig.

"Din biologiska mamma hade ingen möjlighet att ta hand om ett litet barn när du föddes eftersom hon inte var gift utan måste jobba hela dagarna för att försörja sig."

34

"Men hade jag ingen pappa då?"

"Jo det hade du så klart men jag vet inte vem det var eller varför han inte kunde gifta sig med Anna. Det får du fråga henne. Nu måste jag ta hand om maten."

Jag kände mig lugnad, mamma tyckte visst om mig, men jag tänkte också att jag måste fråga Anna nästa gång hon kom på besök. Nu visste jag i alla fall att även om jag var en oäkting var jag i alla fall inte något hittebarn. Ingen hade hittat mig i ett dike.

Kanske var det för att jag så småningom fick höra om min biologiska mammas dilemma, kanske för att jag växte upp omgiven av kvinnor, männen var ofta frånvarande, som jag lärde mig att respektera kvinnor. Jag berättade aldrig för mina kamrater att jag var en oäkting trots att jag visste att jag inte var den enda.

Allt mer tid tillbringade jag uppe hos Erika och Farbror. Där fanns böcker och där fanns tidningar. De tog mig med på teater och bio; de uppmuntrade mig att läsa och att gå till biblioteket och låna böcker.

Det här året, 1923, firades fyrahundraårsjubileet av Gustav Wasas intåg i Stockholm. Det var även invigning av Stockholms Stadshus och den nya cykelvelodromen i Kristineberg. Det här läste jag uppe hos Erika och Farbror. Jag satt vid deras köksbord och bläddrade i tidningen.

"Ser du att läsa där?" undrade Erika.

Det var sent på eftermiddagen och dagsljuset lös med sin frånvaro. Det fanns en elektrisk lampa i köket men den gav inte mycket ljus.

"Jag ser."

"Ja du är ung och har friska ögon."

Jag bläddrade vidare och läste att pansarkryssaren *Cataluña* hade anlänt till Stockholm.

Det stora samtalsämnet var emellertid att Kronprins Gustav Adolf förlovat sig med lady Louise Mountbatten. I november gifte de sig i London och i december blev vi lediga från skolan för att kunna se när kronprinsparet skulle åka kortege genom staden.

Sverige skulle ta emot sin nya kronprinsessa, Louise Mountbatten och alla måste ut och titta. Närmare hundratusen människor mötte upp längs kortegevägen, hurrade och viftade med flaggor. Stockholmarna var glada

35

att kronprinsen, Gustaf Adolf, som sedan tre år tillbaka var änkling med fem barn, hade hittat en ny livskamrat.

Jag gav mig ut för att kunna åse spektaklet. Det var fullt med folk på gatorna, jag kunde knappt ta mig fram. Färdvägen var illuminerad och Stockholm smyckat till fest med blommor, ljus och flaggor som lyste upp i vinterdunklet.

Jag var ute i god tid och gick ända upp till centralstationen dit de skulle anlända med tåg. När tåget kom in på stationen sköts det salut från Skeppsholmen. Jag skyndade mig utmed kortegevägen fram till korsningen Drottninggatan–Kungsgatan där en lysande furstekrona hängde mellan husväggarna. Där stannade jag för att få se paret passera förbi. Jag fick tränga mig in bland åskådarna för att ha en chans att få en skymt av kronprinsparet. Det gick långsamt och värdigt och till slut hade de passerat och jag återvände till Södermalm.

Uppe hos Erika och Farbror kunde jag även läsa i tidningen att Hasselbacken hade brunnit ned igen för sjunde gången i ordningen, troligen på grund av kortslutning. Det stod på första sidan, tidningen låg som vanligt på köksbordet när jag kom upp dit efter skolan. Jag satte mig och bläddrade i tidningen och hittade en artikel om att en lastautomobil, ombyggd för passagerare, hade kolliderat med ett tåg utanför Göteborg varvid ett flertal personer hade dött.

En fascistisk militärrevolution hade ägt rum i Spanien och italienska diplomater hade blivit mördade i Grekland. Italien begärde skadestånd. Det fanns en rädsla för att ett krig skulle utbryta. Jag frågade Erika och Farbror vad de trodde om saken men Farbror menade att det inte var någon överhängande fara. I september hände det sig ändå att Italien besatte Korfu och dramat i Grekland fortsatte med att kung Georg var tvungen att bege sig ur landet medan de bestämde regeringsform.

Den amerikanska presidenten Harding hade blivit matförgiftad och avlidit 57 år gammal och Sven Hedin, den svenska upptäcktsresande som främst var känd för sina resor i Centralasien, återvände från sin jordenrunttripp och hade synnerligen smickrande omdömen om Ryssland.

Ett stort samtalsämne i november det här året var det som hände i Tyskland: Rehnrepubliken utropades av separatister och i München avsatte de tyska nationalisterna regeringen och tillsatte en nationalsocialistisk med Hitler och Ludendorf i spetsen. Det hela misslyckades emellertid och alla blev fängslade utom Hitler som lyckades fly men senare blev även han tillfångatagen. Stor oro rådde i Bayern.

Det som intresserade mig mest var ändå idrotten, Finnkampen och Arne Borgs framgångar i simspelen vid Långedrag utanför Göteborg. På Stockholms Stadion hölls idrottstävlingar, bland annat SM i Friidrott och jag gick dit och tittade. Det gjorde jag även när det blev simtävlingar vid Strömmen. Jag följde idrottarna och deras resultat och drömde om att själv en dag kunna ägna mig åt att idrotta och kanske bli framgångsrik.

Efter jullovet blev det upprop i Sofia skolas samlingssal.

"Gustav Karlsson."

"Här."

Magistern ropade upp oss alla i tur och ordning. När han sa namnet skulle man ställa sig upp och svara, vi var trettio elever i klassen så det tog en stund innan alla var uppropade.

Det var kul att återse mina skolkamrater igen; Arne, Harry, Hilding och alla de andra men vi vågade inte prata så länge uppropet pågick, vi fick vänta till efteråt.

Ute på gatorna var det slask och inne i salen luktade det blöt ylle. Det var inget jag brydde mig om, jag kände det knappt; jag var van vid att det luktade. Det sved ibland i ögonen av rök från eldningen, det stank av gödsel från hästarnas högar och det luktade avgaser från de bilar som rörde sig på gatorna. Vissa av klasskamraterna luktade smuts och svett, säkerligen även jag ibland. Vi hade inte precis någon dusch hemma även om jag försökte tvätta mig på viktiga ställen med en tvättlapp. Jag hade i alla fall inte smutsiga eller trasiga kläder. Det såg mamma och Erika till.

Sofia Folkskola ligger på Skånegatan på Södermalm, vid Vitabergsparken. Jag bodde några kvarter därifrån, på Helgagatan. Skolan rymde såväl folkskola som realskola. Efter årskurs sex kunde man avlägga prov till realskolan för att fyra år senare ta realexamen. Jag var inne på mitt andra realskoleår.

Jag var redan lång; huvudet längre än de flesta andra. På skolfotot stack jag upp ovanför mina kamrater.

"Hur har lovet varit", undrade Arne, vännen med stort V, när alla var uppropade och klara och vi hade sluppit ut ur samlingssalen igen.

37

"Som förväntat. Nyårsvaka i Katarina kyrka och jag var på Svenska Teatern och såg *Gustav Vasa*.

"Hur var den?"

"Skarp. Jag gillar historia. Blev bjuden av Fromms, bussigt av dem."

"Är det de där som du går ärenden åt ibland?"

"Och tjänar någon krona. Min syster, Sigrid, är gift med Axel Fromm, så de hör till släkten. Förresten var jag på Svenska Teatern med Erika också och såg *Peter den Store* med Emil Jannings.

"Vem är nu Erika igen?"

Jag försökte att inte visa att jag blev irriterad; jag hade berättat om Erika tidigare. Arne var bussig och en riktig vän som alltid ställde upp men hans minne verkade inte vara så bra. Fast i skolan klarade han sig utmärkt.

"Hon som bor ovanför oss, Johanssons, det har jag väl berättat? Hon är som en extra mamma."

"Du är lycklig du, som har två mammor. Har du aldrig tänkt att du är bortskämd?"

Jag visste inte om jag var bortskämd; egentligen hade jag tre mammor i så fall om det nu var något att stå efter. Förutom mamma Kristina och Erika var det Anna, min biologiska mamma, den snälla tanten som kom med en godisstrut på söndagarna. Kristina var min riktiga mamma som såg till att jag fick mat och var min stora trygghet i tillvaron. Jag hade inte berättat för kamraterna om Anna ännu. Det fick bli en senare fråga.

"Själv då, vad har du gjort på lovet?"

"Jag har mest varit hemma och hjälpt mamma. Min enda mamma."

Arne log försiktigt. Han bodde ensam med sin mamma. Jag visste inget om hans pappa. Han kanske var död eller bortrest eller kanske hade han aldrig funnits. Jag brydde mig inte om vilket. Det enda jag behövde veta var att Arne var en riktig vän.

"Du är en snäll gosse, Arne. Men nu randas bistrare tider. Vi är snart igång igen och går till kvart över tre, hem och göra läxor, äta kvällsmat och läsa någon roman och sen sovdags."

"Det blir konfirmationsläsning också. Med pastor Gyberg. Han ska vara en rolig prick."

"Rolig prick, det vet jag inte precis men han ska vara modern, inte bara präst utan även idrottare och sångare. Och han är emot krig. Det tycker jag passar bra för en präst eftersom kristendomen förespråkar fred."

38

"Hjälper han inte fattiga barn och åldringar också?"

Jag nickade. Jo, det hade jag också hört.

"Jag tycker att det låter bra med hans idrottsengagemang. Jag vill börja idrotta. Kanske bli en framgångsrik löpare."

"Inte sångare då", frågade Arne med ett skratt.

Jag log för att visa att jag inte tog illa upp. Jag var medveten om att det inte var mycket bevänt med min sångröst. Eller för att vara tydlig; jag hade ingen. Vi skiljdes åt och jag gick hem till Helgagatan.

Jag funderade över mina föräldrar. Kristina var min mamma och Emil min pappa och nu visste jag att Anna var min biologiska mamma men vem var min biologiska pappa? Jag skulle vilja veta vem denna pappa var och hur han såg ut och om jag var lik honom. Jag tänkte *biologiska* pappa, inte *riktiga* pappa, för någon riktig pappa var han inte eftersom han inte alls fanns i mitt liv. Om jag fick träffa honom skulle jag fråga varför han inte gifte sig med Anna.

Men jag var nöjd med att bo hos den jag älskade mest i världen; min mamma Kristina.

I skolan ägnade vi oss åt laborationer och tysk skrivning. Vi rättade tal i geometri inför provräkningen som skulle komma. Jag var bra på att räkna men matte var ändå inte mitt favoritämne, det handlade inte längre om att räkna utan mer om att kunna en massa krångliga formler. Jag kämpade ändå på; visste att jag måste klara provet.

Nu skulle vi ha skurlov.

"Är det meningen att man ska vara hemma och skura?" sa Arne.

"Äh, man kan väl göra vad man vill", svarade jag. "Inte behöver man skura." Mamma hade inte sagt något om det.

"Vi stänger skolan för den ska skuras", sa magister Nilsson.

Vi tittade på varandra och fick svårt att hålla oss för skratt. Javisst, ja, så var det, det hade vi båda glömt bort.

"Dels behövs en grundlig rengöring av allt ni drar in här, lera, grus och gödsel. Dels behöver vi få bukt med ohyra, loppor och löss. Men det är mest för att förhindra spridning av allvarliga sjukdomar, framför allt Tuberkulos."

Hur som helst var det skönt med en extra ledig dag.

När vi kom till skolan dagen efter stod en främmande man utanför klassrummet där vi skulle ha engelska. Han följde med oss in i klassrummet och ställde sig bredvid magistern.

"Det här är läroverksrådet Johansson", sa magistern och visade med en gest på mannen. "Han ska inspektera undervisningen, se så att det går rätt till."

Johansson gick och satte sig längst bak och ägnade sig åt att anteckna hela lektionen. Det var otäckt när man inte visste vad han skrev. Blickar flög genom klassrummet mellan oss grabbar. Oroliga blickar. Vad skrev han? För en gångs skull uppförde vi oss exemplariskt.

Johansson blev kvar i skolan hela dagen och dök upp igen på mattelektionen och på biologin. Vad skulle det vara bra för egentligen? Jag vågade inte fråga.

När dagen var slut hade jag redan glömt inspektionen. Jag hade andra frågor att grubbla över. Som det här med att Anna var min biologiska mamma och att jag ville veta vem min biologiska pappa var. Jag förstod inte varför jag inte hade fått veta något. Jag bestämde mig för att fråga Anna nästa gång hon kom på besök, både om honom och om hur det gick till när jag föddes. Det är en sak en ung man behöver veta om sig själv.

Jag behövde inte vänta länge, ett par veckor senare kom hon och hälsade på. Mamma hade berättat för Anna att jag numera visste att hon var min biologiska mamma men det var inget vi pratade om. För mig var hon fortfarande en snäll tant som kom med godis. Hon kom då och då men inte varje söndag som när jag var liten. Godis hade hon emellertid fortfarande med sig och det var något jag alltjämt uppskattade.

Mamma bjöd på kaffe och vi satt i köket och pratade. Jag väntade på ett bra tillfälle att fråga Anna men jag ville vara på tu man hand med henne då. Något sånt tillfälle dök inte upp trots att Anna var kvar över natten. Jag ville inte göra det när mamma eller pappa var med utan jag ville vara ensam med henne. Sanningen var kanske även att modet svek mig.

"Jag ska berätta en sak för dig, Gustav", sa Anna strax innan hon skulle gå.

Jag tänkte att nu; nu kommer hon att berätta för mig om min tillblivelse och om den man som var min biologiska pappa. Nu skulle jag kanske till och med få träffa honom och se hur han såg ut.

"Jag ska gifta mig."

Och först tänkte jag att det var han, den biologiska pappan, som hade bestämt sig för att gifta sig med Anna men snart insåg jag att så inte var fallet när Anna berättade om den nya mannen.

Först blev jag nästan förbannad. Jaså, ville jag säga, jaså nu passar det. Men min pappa kunde du inte gifta dig med. Jag måste fråga henne om det också, varför hon inte kunde gifta sig med min pappa.

Men jag ville inte ha någon annan mamma än Kristina och hade aldrig önskat leva i någon slags familj med Anna. Det var inget jag behövde bry mig om. *Blod är tjockare än vatten* var ett talesätt jag hade hört men jag tyckte inte att det stämde. Inte blev kärleken större för att man var släkt?

"Jag har träffat en man och vi ska gifta oss. Vill du komma på bröllopet? Det blir till sommaren. Det är planerat till den nionde juli."

Ville jag det?

"Nej", sa jag och mitt svar accepterades av både mamma och Anna utan vidare diskussioner.

Ute var det storm och hattarna dansade ikapp med sina ägare ute på gatorna. Gamla löv och allehanda skräp for ikring och det var säkrast att hålla sig inomhus. När stormen hade bedarrat ville mamma att jag skulle hjälpa henne, något som jag självklart gjorde utan mankemang.

"Vill du gå ner till Mälartorget och köpa äpplen, Gustav", sa hon och höll fram två hinkar och tre enkronor. "Det är bra priser nu. Jag ska koka äppelmos och äppelkräm."

Jag tog pengar och hinkar och gav mig iväg från Helgagatan, där vi bodde, till Mälartorget på andra sidan Slussen. Jag fick gå till fots, isen hade smält, det hade slagit om till mildväder igen och sparkstöttingen var tillfälligt undanställd.

"Vad kostar äpplena", frågade jag när jag kom fram till Mälartorget.

"Sjuttiofem öre kappen", svarade gumman som sålde äpplena. "Skörden var stor i höstas så vi säljer billigt nu."

Gumman var kort och tjock och hade en blå, stickad mössa och vantar av samma garn. Jag tyckte att hon såg snäll ut.

"Det var ett bra pris. Jag tar båda hinkarna fulla."

Hinkarna fylldes på.

"Det blir tre kronor."

Jag räckte fram pengarna jag fått med mig. Jag kunde faktiskt räkna och visste att hinkarna rymde två kapp vardera.

"Stämmer precis."

Det blev tungt att bära efter ett tag så jag stannade, satte ner hinkarna och vilade några gånger men till slut kom jag hem med äpplena.

"Du får ett äpple för besväret", sa mamma. "Vill du bära in hinkarna i köket och lyfta upp dem på bänken?"

"Jag har redan ätit ett".

Mamma blev inte arg. Det hände att hon blev bekymrad men nästan aldrig arg.

Det slog om och blev kallt igen, is på gatorna, och jag passade på att ge mig ut och åka sparkstötting efter skolan. Undan gick det och jag skrattade av den höga farten. Det var glest med folk ute och inte stor risk att jag skulle köra på någon.

Kylan höll i sig och det gick att åka skridskor vid Hammarby idrottsplats och när vi fick idrottslov gick vi ner till dit och spelade bandy.

En morgon var luften full av stora, långsamt dalande vita flingor som la sig på gatorna. Det blev en särskild lukt av snön. Jag sträckte ut händerna och lät snöflingorna smälta mot huden. Efter någon timme var marken täckt av ett tjockt snölager.

När vi hade gymnastiklektion på förmiddagen var det alldeles vitt på gatorna och vi fick åka skidor. Det var inget jag var särskilt bra på, det blev en hel del kullerbyttor, men det var ändå skoj.

När det blev töväder igen var skolgården så lerig att vi inte kunde vara där ute och gymnastisera. Istället fick vi ha gymnastiklektionen i klassrummet med genomgång av regler för bollspel.

Anna 1923

Anna har kommit hem efter dagens arbete på skrädderiet. Hon har stått hela dagen och benen värker av trötthet så hon lägger sig ovanpå för att vila en stund.

Det knackar lätt på dörren till hennes rum.

"Kom in."

"Du har Hilda i telefonen", säger Beata när hon gläntar på dörren.

Anna svänger benen över sängkanten, ordnar klänningen och håret och går ut och tar telefonluren i hallen.

"Pappa är död", säger Hilda.

Hilda snyftar i telefonen. Anna känner hur det drar ihop sig i magen. Pappa död. Död. Han var visserligen gammal, 76 år och det var inte oväntat men det blir ändå ett omvälvande besked. Hennes pappa. Hon har inte träffat honom på länge och nu är han borta. Det känns overkligt.

"Men varför, vad dog han av?"

Det är nästan två år sedan hon var hemma i Värmland och besökte föräldrarna. Hon har berättat om Gustav och föräldrarna blev inte glada men det kändes som om de ändå stod på hennes sida, ansåg att det var synd och skam att inte Hjalmar tog sitt ansvar.

"Det var hjärtat. Vi måste åka hem till begravningen", fortsätter Hilda i telefonluren.

Stackars mamma, är nästa tanke som dyker upp, hon blir ensam nu. Hon har ju Axel där så klart och hans familj men hennes livskamrat är borta. Axel, som är äldst av syskonen, har redan tagit över skötseln av gården.

"När blir det?"

"Den tionde, om två veckor. Jag ordnar med tågbiljetter men du måste se till att du får vara ledig några dagar."

"Det blir nog inga problem."

Men så snart hon har lagt på luren slår det henne att begravningen kommer att krocka med hennes eget bröllop som är bestämt till den nionde. Om begravningen är den tionde måste hon åka till Värmland allra senast den nionde, helst tidigare. Om hon känner Hilda rätt bokar hon tågbiljetter ett par dagar tidigare för att de ska hinna hjälpa mamma att ordna med allt. Hur ska det nu gå med bröllopet? Vad ska Ivar säga? Tänk om han ångrar sig. Nu måste hon be honom skjuta på bröllopet. Tänk om han blir besviken. Och alla gästerna. Det känns som om någon drar undan mattan under henne. Hur ska det gå?

Anna har berättat om bröllopet för Kristina och för Gustav som nu har hunnit bli fjorton år. Hon ville bjuda Gustav på bröllopet men han ville inte komma. Det blir en liten tagg i hennes hjärta att han inte vill. Hon skulle så gärna vilja dela lite av sitt liv med honom.

Kristina blev glad när hon fick höra nyheten, glad för Annas skull. Men en begravning är en begravning och det är hennes egen pappa som ska begravas.

Ivar är förstående, säger att det är inga problem, klart de måste skjuta på bröllopet när Annas pappa har dött. Inte sa han något om Gustav heller utan sa att han såg fram emot att få träffa honom. Vilken tur hon har haft som har träffat en så snäll karl.

Hilda och Anna tar tåget tillsammans några dagar senare, Hildas man är inte med, fick inte ledigt. Anna har inte träffat Hilda på ett tag och det är fint att ses men det är något med Hilda, hon är inte som vanligt. Hon ser annorlunda ut. Hon har satt upp sitt blonda hår i en knut istället för flätorna och det är något med ögonen.

"Mår du inte bra?"

Jo, det gör hon, varför undrar Anna?

"Det är något. Säg vad det är."

Hilda ler och nu glittrar hennes ögon.

"Jag är havande."

"Så roligt", säger Anna, glad för Hildas skull. "När är det dags?"

"Det blir tidigt i vår om vi har räknat rätt."

Resan tar några timmar och Anna och Hilda hinner prata om allt som inte har blivit sagt den senaste tiden. Om Ivar och det förestående bröllopet, om Gustav och om Hildas nya hem.

Storebror Axel hämtar vid stationen med häst och vagn, de andra syskonen är redan där. De kramar om sin mamma i ett försök att trösta henne, kramar om varandra och tårarna kommer.

Sedan blir det full fart med förberedelserna inför begravningskalaset. Det ska ordnas med mat och dryck, många är inbjudna. Så småningom är allt klart. Anna och Hilda sover i sitt gamla flickrum. Om det inte hade varit

44

för att de inte kan sluta tänka på den förestående begravningen hade det varit mysigt att sova tillsammans igen.

Så kommer dagen för begravningen. Det är inte långt till kyrkan och de går dit tillsammans. Längst fram i kyrkan står kistan och familjen får ta plats längst fram och bakom dem fylls bänkarna av vänner och bekanta. Prästen om vilken fin människa far har varit och alla gråter. Det är hemskt men ändå fint på något sätt. Kistan är översållad med olika blommor. Församlingen sjunger "Härlig är jorden" och Anna bryr sig inte om att försöka dölja tårarna. Nästan alla andra gråter också.

Efteråt samlas de hemma hos mor. Karlarna låter brännvinet tränga undan sorgen och kvinnorna rycks med i stämningen som inte är så dyster längre. Axel får för sig att han ska säga några sanningens ord till sina systrar:

"Det var ju storsint av er att ni kunde komma hem och förära oss med ett besök, ni som har flyttat till Stockholm och blivit för fina för er familj."

"Det där är inte alls sant", säger Hilda. "Och det vet du."

Axel verkar inte höra vad hon säger utan klämmer till med:

"Och du Anna har syndat."

Anna vet att Axel är berusad, att han aldrig skulle säga så om han var nykter. Det biter ändå, får fäste i ett dåligt samvete som inte handlar om att vara för fin utan om att hon inte har besökt hemmet tillräckligt ofta och om att hon har dragit skam över familjen med ett utomäktenskapligt barn.

"Tyst med dig, Axel", säger Hilda.

Anna blir inte ledsen utan snarare arg. Varför är det bara kvinnan som har syndat? Det är inte rätt. Hon får lust att säga något till Axel men hon hinner inte innan mor går emellan:

"Vakta din tunga Axel så den inte slinter och du får ångra dig."

Först ser det ut som om han tänker protestera men så blir han tyst.

Begravningskalaset pågår till långt in på natten.

Anna och Hilda stannar kvar ett par dagar för att hjälpa mor med städningen.

"Jag ska gifta mig, mor", säger Anna.

"Det var roligt, Anna. Berätta. Vem är det?"

Anna berättar om Ivar, hur snäll han är, hur mycket hon uppskattar honom.

"Sån tur att du kunde finna någon som ville ha dig när du redan har ett barn", är mors kommentar och Anna måste hålla med. Hon har haft tur.

"Det skulle göra mig glad om mor ville komma på bröllopet."

"Kära Anna, jag orkar inte åka ända till Stockholm med min gamla trötta kropp. Men min välsignelse har du."

Tisdag 13 februari 1923
Vi har fettisdagslov i dag. Nu tjäkar vi förstås semlor så mycket vi orkar. Å de är ju ganska lattjo.

Onsdag 14
Vi hade ganska mariga plugg tills idag men massa klarade skivan galant som vanligt.

Jag ler för mig själv åt uttrycken jag använde då; *lattjo, mariga plugg.* Bläddrar fram en bit och fortsätter läsa.

Måndag 12
Jag var ute och "sparkade" ett tag. Föret är nästan för bra idag. Hela gatorna äro isbelagda och sparkstöttingen slirar oupphörligen. En kvart över 6 var jag i konfirmationsläsningen för pastor Gyberg. Det är en väldigt kul prick förresten.

Vi hade hört talas om pastorn.

Per Gyberg var en "modern", utåtriktad präst med starka sociala intressen. Han var sångare, idrottsman och en populär ungdomsledare i Katarina församling, arbetade för fattiga åldringar och barn. Han var fredsvän och ansåg att krig och kristendom aldrig kunde förenas.

Det var en hållning som gick i linje med mina åsikter. Även om jag själv inte var troende kände jag till kristendomens kärleksbudskap, ofta missbrukat av religionsutövandets företrädare.

Läsningen med Pastor Gyberg började redan andra skolveckan.

"Välkomna", sa pastorn. "Varsågoda och sitt."

Jag hade funderat över hur det skulle bli, om det skulle vara tråkigt eller kul; vi hade hört om pastorn att han skulle vara speciell. När han började berätta blev det så spännande att jag glömde bort jag inte var intresserad. Vi läste kristendom i skolan men där var det ett av de tråkigaste ämnena.

Pastor Gyberg var kul att lyssna på. När pastorn berättade om Jesu liv blev det fascinerande, som en saga. De andra höll med, det var rena underhållningen. Jag såg mig omkring; alla var lika fokuserade som jag. När det var slut ville jag att han skulle fortsätta, men nu fick vi vänta till nästa vecka.

"Kommer ni på måndag?", sa pastorn efter läsningen. "Det är möte med PU, Pastorns Ungdomar.

"Vad är det?" frågade en mörkhårig grabb framför mig.

"Jag hoppas att ni är intresserade av att idrotta och att gymnastisera. Jag är säker på att det är bra för varje ung man och har därför startat Pastorns Ungdom, PU, där vi utövar både gymnastik och idrott. På måndag kommer jag att visa skioptikonbilder från min Italienresa och längre fram kan ni får börja idrotta."

Det lät spännande. Arne och jag bestämde oss direkt för att gå på mötet.

Pastorn pratade om sin resa och visade de utlovade bilderna med en apparat som förstorade bilderna på den vita väggen. Han berättade bland annat att han hade blivit lurad på pengar i Italien.

"De verkar vara tränade på att lura folk där nere", sa jag till Arne efter mötet.

Vi följdes åt en bit på hemvägen med våra sparkstöttingar. Efter tövädret hade det slagit om och blivit kallare; Stockholms gator var täckta av is och sparkstötting var det överlägset bästa sättet att ta sig fram. Dessutom var det kul, särskilt i nerförbackarna. Där gick det undan.

På nästa möte med PU höll pastorn föredrag om Gräsö där han fick sin första befattning som komminister. Han fick det att låta intressant och vi blev alltmer förtjusta i den trevlige pastorn. Mötena blev veckans höjdpunkt, något att se fram emot.

Måndagskvällarnas läsning hade blivit en favorit för oss men när vi kom dit en måndag var inte Pastor Gyberg där utan istället stod där en främmande man.

"Nu ska vi sjunga psalmer", sa mannen och delade ut psalmböcker till samtliga. "Vi börjar med nummer trehundratjugosex."

Någon skönsång att tala om blev det nu inte, inte förvånande med tanke på att det inte bara var min sångförmåga som hade en del i övrigt att önska. De flesta av oss var dessutom i målbrottet. Trots detta fortsatte mannen med att försöka få oss att sjunga en god stund, jag misstänkte nästan att han plågade oss med flit för att vi sjöng så illa. Vi hade hunnit ta oss igenom fyra olika psalmer med våra brutna stämmor innan pastorn gjorde entré.

48

"Tack och lov att pastorn kommer och frälser oss", viskade Arne, varvid den främmande mannen gav oss en argsint blick innan han lämnar lokalen. Vi fnissade tyst med händerna för munnen.

Efter många veckors läsning blev det dags för Konfirmation. Det var fullt med folk och massor av blommor och jag klarade det hela galant, tack vare pastorns roliga lektioner. Tänk om alla lärare kunde vara så bra och underhållande.

Sedan en tid tillbaka hade Pastorn talat om träningen och gymnastiken för Pastorns Ungdomar, PU, som han själv ledde. Vi hade varit på möten med PU flera gånger och längtat efter att själva träningen skulle köra igång. Nu skulle det bli av och vi var fyllda av förväntan. Äntligen skulle vi få börja träna.

Det började med gymnastik; vi fick göra armhävningar, knäböj och sidoböjningar. Nu skulle jag bli stark och vältränad. *Mens sana in corpore sano; En sund själ i en sund kropp* hade jag lärt mig av gymnastikläraren.

"I maj börjar ni träna på Östermalms idrottsplats", sa pastor Gyberg. "Ni behöver idrottsgrunkor."

"Vad är idrottsgrunkor, pastorn?"

"Det innebär gymnastikskor, tröja och byxor", förklarade han.

Hur skulle jag få tag på det? Hur mycket kostade det? Jag gick och tittade i affären på priser och konstaterade snabbt att jag inte hade pengar till detta och frågade mina kamrater hur de skulle göra.

"Du kan få köpa min gamla utrustning", sa Harry, som hade idrottat tidigare men slutat.

Jag följde med Harry hem efter skolan och provade "grunkorna". Det visade sig att de passade någorlunda, jag kunde i alla fall använda skorna utan att få ont i tårna, tröjan och byxorna var väl tilltagna och gav gott om plats.

"Du kan få allt för nio kronor."

Det lät som ett bra pris. Jag slog till efter att ha blivit lovad att få ta med mig utrustningen direkt och betala av så snart jag kunde.

Jag gick över till Fromms skrädderi och frågade om de hade något jobb åt mig, vilket de hade. Jag fick snabbt ihop pengarna genom att gå ärenden.

49

Söndag 17
Nästan hela dagen har jag hållit på med skolarbetet, Klockan 7 voro Erika
och jag på Mosebacke och sågo "Mälarpirater". Filmen var bra och man
måste göra den reflexionen att de svenska filmerna äro nästan trevligare
än de utländska.

När jag gick på bio eller teater var det oftast tillsammans med Erika. Vi såg
Gatans Hjälte och *Blekansiktet* på Birkabiografen och *Under skilda fanor*
på Stora teatern. Vi gick på bio på Mosebacke och såg filmer som *Hårda*
viljor samt *Falske Hertigen* med Harold Lloyd. Jag umgicks allt mer med
Erika, hon var verkligen som en extra mamma men hon var yngre än
mamma och orkade mer.

När jag inte gick på bio eller teater roade jag mig med att läsa romaner.
Efter att jag hade gjort mina läxor förstås. På biblioteket lånade jag en bok
som jag tyckte var väldans skarp, *Styrman Karlssons Flammor* av Sigge
Strömberg. Jag gick regelbundet på biblioteket, jag läste snabbt. Särskilt
när boken tilltalade mig som den här skildringen av resor på haven.

Samtidigt lärde jag mig någonting.

Första söndagen i mars, den fjärde närmare bestämt, kördes Vasaloppet för
andra året med 165 startande varav en kvinna, fröken Margit Nordin.

Jag gick till Dagens Nyheters annonskontors fönster, där resultaten
visades. Där kunde jag läsa att Oskar Lindberg segrade på en tid som var
en timme snabbare än den förra årets vinnare hade. Där såg jag även att
svenskarna var europamästare i ishockey för 1923 samt att en
sinnesjukhusläkare hade skjutits ihjäl av en före detta patient.

Jag funderade på om jag någon gång i framtiden skulle kunna bli så pass
bra på skidor att jag skulle kunna vara med i Vasaloppet men jag behöll
funderingarna för mig själv, ville inte göra mig märkvärdig.

"Ni ska få resultatet av era provräkningar", fick vi veta på
mattelektionen.

Det fladdrade till i min mage; hade jag klarat mig?

"Maxpoängen är elva. Gränsen för godkänt dras vid sju."

Sen läste han upp samtliga resultat och efter en stund blev det min tur.

"Gustav Karlsson nio."

Jag rätade på mig och kände mig nästan mallig. Jag hade inte bara klarat mig utan detta med råge. Trots att jag inte ens var bra på matte. "Nu har ni påsklov i två veckor. Vi ses igen den nionde april. Glad påsk." Efter påsklovet skulle det bli prov i biologi och vi fick ta med oss hem och plugga under lovet.

"Varför ska vi kunna de latinska namnen på alla växter?" viskade jag till Arne men han hade inget svar. Läraren vågade jag inte fråga, ville inte riskera att bli betraktad som obstinat. Jag hade redan utmärkt mig ett par gånger och ville inte riskera att han hörde av sig till mamma, ville inte utsätta henne för det.

Påsklovet inledde jag med ett besök på Auktionsverket. Jag hade aldrig tidigare sett en riktig auktion men jag upptäckte att det var spännande och det gick verkligen undan. Sen gick jag par ärenden åt Fromms men tjänade bara tjugofem öre. Inte mycket att lägga i spargrisen men jag tog igen det genom att åka gratis på spårvagnen.

På påskaftonen uträttade jag flera ärenden och tjänade tre kronor. Gatorna var fyllda av folk som köpte påskägg i karamellaffärerna. Skulle jag själv få något påskägg?
Svaret fick jag när jag kom hem och hittade ett ägg fyllt med karameller på min säng.
"Vänta tills vi har ätit", sa mamma.
Det klarade jag. Knappt. Sen glufsade jag i mig nästan halva ägget. Jag har alltid haft svårt att motstå karameller.

På påskdagen, som detta år inföll den första april, blev jag bryskt väckt av mamma på morgonen,
"Gustav. Du måste vakna. Du har försovit dig."
Jag for upp ur sängen, yrvaken, rufsig och med en blick som jag inte kunde fästa och möttes av:
"April, april din dumma sill
Jag kan lura dig vart jag vill."
Jag kan inte säga att jag till fullo uppskattade att bli jagad ur sängen i förtid men fann det bäst att klä på mig nu när jag ändå var vaken.

51

Vädret var halvtaskigt och jag höll mig inne större delen av dagen men på kvällen hjälpte jag mamma att hugga ved. Jag gick ner i källaren och högg så det räckte i flera dagar. Mamma blev glad och då var jag nöjd. Nästa dag gick jag ett ärende åt Erika.

"Vill du gå med detta till Folkungagatan 60 så får du en krona?" Bra att kunna tjäna en slant och tyckte det var ganska kul att gå ärenden. Jag tog paketet med ren, nymanglad tvätt och gav mig iväg, levererade tvätten till rätt adress och fick min krona när jag kom tillbaka med förrättat ärende. Pengarna sparade jag. Var det något jag hade fått klart för mig så var det hur viktigt det var att ha pengar undanlagda.

Uppe hos Johanssons läste jag i dagstidningen att den Brantingska ministären hade fått lämna in sin avskedsansökan.

Branting var sedan 1920 stadsminister, den första socialdemokratiska. Socialdemokraterna hade föreslagit att rätten till understöd skulle kvarstå för de som varit arbetslösa i minst sex månader men propositionen avslogs och regeringen avgick den sjätte april.

Ett par veckor efter detta tillträdde en ny ministär med Trygger som stadsminister.

"Kommer det att bli skillnad nu då? ville jag veta, men ingen av de vuxna hade något svar på min fråga.

I skolan nästa dag fick hela klassen en utskällning:

"Är ni idioter?" undrade biologiläraren.

Det var ingen av oss som kunde besvara den frågan. Tydligen hade hela klassen misslyckats med biologiprovet. Det sved men jag ruskade av mig obehaget relativt snabbt. Det hade kanske underlättat om vi fått veta varför alla dessa latinska namn var nödvändiga att kunna. I så fall hade det säkert gått lättare att lära sig. Vad skulle jag ha kunskapen till? En blomma är en blomma och det räcker att veta vad den heter på svenska.

Efter skolan gick jag till Södermalms badinrättning på Bastugatan 4 för att bada karbad. Det var härligt att få skrubba sig ordentligt ren. Sen gick jag till Helgagatan för att rusta skorna.

Om man ville bli riktigt ren fick man lov att gå till en badinrättning; att tvaga sig hemma i en balja var omständigt och inte särskilt effektivt. Oftast gick jag till simbastun på Sturebadet. Där kunde jag även passa på att kolla vikten som brukade ligga på sextiosex kilo, vilket var en bra vikt för en ung och ståtlig man.

På kvällen bjöd Erika på bio, *Doktor Jack,* en komedi med Harold Lloyd. Förbaskat skoj, jag skrattade så jag fick ont i magen.

I maj var det inträdesprov för de som skulle söka till realskolan. För att komma in krävdes att man gjorde ett omfattande prov i folkskolans årskurs sex, vilket innebar att skolan var upptagen för detta ändamål hela dagen. Vi blev alltså lediga och kunde ägna oss åt träning på Stockholm Stadion. Vi sprang olika sträckor, 100, 200, 400 meter och terränglöpning därefter. Det var jobbigt och svettigt och jag njöt. Jag drömde om att bli en framgångsrik idrottsman och jag visste att det skulle krävas ansträngning. Jag gillade att anstränga mig, gillade att ta ut mig, att bli svettig och andfådd. Jag var beredd att satsa och vi hjälpte varandra, hejade och manade på varandra så att vi alla presterade vårt bästa. Pastorn var där och ledde träningen.

Anna 1923

En månad senare är det dags för bröllop. Anna har sytt sin bröllopsklänning själv på skrädderiet, stannat kvar några kvällar efter arbetstidens slut, fått hjälp med provning. Den är enkel, ljusbeige, rak. Vitt passar inte, tycker Anna, det är oskuldens färg.

Bröllopet hålls i Södertälje och det är många gäster, mest Ivars familj. På Annas sida kommer bara hyresvärdinnan Beata som blivit en av Annas bästa vänner, arbetskamraterna på skrädderiet samt Hilda och hennes man. Anna är alldeles darrig och undrar hur hon ska klara av det där med ringarna men det går bra.

Kristina och Emil har skickat telegram och från Annas familj kommer också telegram med lyckönskningar. Ivars familj bjuder på kalas och hon dansar med Ivar och känner hur han trycker sig extra mot henne. Det gör henne pirrig och hon ser fram emot bröllopsnatten. Ser fram emot att få bli Ivars hustru.

Efter bröllopet flyttar Anna till Södertälje. Ivar har en lägenhet i staden men han är uppvuxen på Svartsjölandet, norr om Södertälje och väster om Stockholm, där han jobbar som bergsborrare vid stenhuggeriet. Anna slutar jobba på skrädderiet och det är med ett visst vemod hon lämnar det arbete som hon har haft i många år och trivts med. Hon tar farväl av hyresvärdinnan Beata.

"Det blir tomt här utan dig, Anna."

"Jag kommer att sakna dig, Beata, du som var ett stort stöd för mig när jag hade det svårt."

Ögonen blir grumliga och Anna ser hur även Beata får torka bort en tår i ögonvrån.

"Lycka till nu Anna, det kommer säkert att bli bra."

Lägenheten i Södertälje är inte stor men det finns ett litet kök och två små rum varav de använder det ena som sovrum. I veckorna jobbar Ivar och övernattar hos föräldrarna på Svartsjölandet. Anna blir ensam i lägenheten. Till en början njuter hon av att få rå sig själv, städa, pyssla, dekorera men ganska snart känner hon sig sysslolös. Kanske ska hon prata med Ivar om att skaffa ett jobb? Jobba halva dagen så att hon ändå hinner med att sköta hemmet?

1923

Det blev bröllop för Anna och hennes nya man. Det var inget stort bröllop och mamma och pappa skickade telegram med lyckönskningar men brydde sig inte om att gå på själva tillställningen. Bröllopet skulle hållas i Södertälje och de hade ännu inte fått träffa Annas man.

"Lite nyfiken är man allt", sa Erika. "Vi vet inte mycket om honom." Mamma höll med men jag kände mig inte nyfiken alls. Jag ville veta vem min biologiska pappa var, inte vem Annas nya man var. Den skulle man få råka ändå så småningom.

Med sommaren kom idrottandet igång på allvar. Inte bara löpning nu, utan vi fick börja med olika friidrottsgrenar; kula, diskus, längd och höjd. Vi blev helt utmattade och svettades ymnigt så det var bara att ta sig till Sturebadet för tvagning när vi var klara.

Kvällarna var ljumna och de kvällar vi inte tränade sparkade vi boll nere på gatan.

En dag var det storstädning och det blev min uppgift att bära ner mattorna och piska dem. Jag tog min uppgift på så stort allvar att jag fick fullt av blåsor i händerna.

Under sommaren när jag var ledig från skolan fick jag hjälpa till med allt möjligt. Jag hjälpte Erika att vattna landet utanför huset. Där odlade hon grönsaker och potatis. Ibland hjälpte jag henne att dra mangeln och tjänade en slant. När Fromms kom hem från semestern i Båstad återupptog jag min vana att gå ärenden åt dem och på det sättet tjäna några krisch. Pengarna la jag undan, det kunde vara bra att ha en sparad slant, det hade både Erika och Farbror sagt åt mig.

Sotaren skulle komma till Oscars och det blev min uppgift att vara där och passa och släppa in. När jag kom hem upptäckte jag att jag blivit full med loppor. Det kliade och jag kände hur de kröp och bet mig i skinnet. Jag ägnade en lång stund åt att ha ihjäl dem; avrättade dem genom att mosa dem mellan fingrarna och lyckades bli av med alla men betten var kvar och de kliade förskräckligt.

"Låt bli att klia", sa mamma. "Det blir bara värre."
Det var lätt att säga. Jag försökte verkligen men kunde inte låta bli.

Under sommaren övergick vi till att träna på Östermalms idrottsplats och när det blev varmare badade jag i Årstasjön istället för på Sturebadet.

Mina drömmar kom alltmer att handla om en framtida idrottskarriär men jag hade ännu inte bestämt mig för vilken gren jag skulle satsa på. Det skulle visa sig, tänkte jag, om jag fortsatte att träna flitigt på olika grenar.

1980

Jag lägger undan dagboken. Det är roligt att läsa och tänka tillbaka på min ungdom.

När julen närmar sig bokar jag en resa till Israel. Att fira jul hemma orkar jag inte, saknaden efter Nelly skulle bli för märkbar. Barnen klarar sig utan mig, de kan fira med sina kamrater. Martin firar med sin före detta fästmö och deras gemensamma son, Magdalena blir bjuden hem till Annikas föräldrar.

Flygturen går snabbare än vanligt eftersom vi har medvind men den vunna tiden förlorar vi i passkontrollen som tar en evinnerlig tid innan israelerna bryr sig om att starta.

Vädret är soligt, varmt och skönt och jag åker på guidad bussresa till Jerusalem, passerar kibbutzer och bor på högklassigt hotell.

Dagen därpå är det ösregn och rundtur till olika kyrkor byggda över heliga platser, Oljeberget, Getsemane. Därefter till köpmännen på Via Dolorosa, till Betlehem och marmorkrubban där Jesus låg. Vilka dårar.

Det bär av till museet med dödahavsrullarna och det över nazismens offer, vi besöker Jeriko, Nasaret och övernattar på kibbutz.

Jag blir utled på guidens eviga snack om allt på en underlig svenska och orkar inte lyssna. Vi reser vidare via Tel Aviv, badar i Döda havet där man flyter på rygg som en stor korkdyna, tämligen hejigt.

I en turistshop växlar jag in 200 kronor och får 165 shekel per hundralapp, vilket var bättre kurs än på banken. Sista dagarna får vi bada i polen och sola. Om solen visar sig. Det stinker svavel, kommer tydligen från en närbelägen fabrik.

Värmen är härlig och jag gör en del nya bekantskaper. Jag umgås med två olika par som är trevliga.

56

Sen blir det skönt att komma hem igen och jag hittar en Droste chokladask på diskbänken med ett brev från Magdalena, där hon berättar att hon har åkt till Dalarna med några av sina vänner och att hon har stekt en kyckling åt mig och ställt i kylskåpet. Så omtänksamt och snällt. Innanför dörren ligger en hel hög med julkort.

Anna 1923

En dag kommer Gustav cyklande till Södertälje för att hälsa på Anna. Anna blir alldeles varm. Tänk att han har cyklat hela vägen till Södertälje för att hälsa på henne. Han måste ändå bry sig om henne litegrann. Nu har han ju också fått veta att Anna är hans mamma.

En riktigt stilig ung man har han blivit. Stor och reslig är han trots att han bara är femton år. Tänk att han är hennes son.

"Jag fick cykeln i femtonårspresent", säger han. "Väldans skoj, nu kan jag ta mig vart jag vill."

Anna bjuder på choklad och bullar.

Ivar är kvar ute på Svartsjölandet och Gustav sover över i hans säng efter att ha blivit bjuden på köttbullar till middag. Nästa morgon blir det frukost, gröt och mjölk.

Anna vill inte snoka men vill försöka ta reda på hur det går för Gustavs pappa Emil. Han har ju tidigare varit svår på flaskan. Anna pratar ibland med Kristina i telefon men har inte velat fråga henne rakt ut.

"Hur är det hemma? Med Kristina och Emil?"

"Det är bra. De börjar bli gamla."

"Vad tycker de om att ha motbok?"

"Pappa är arg. Men mamma tycker att det är bra."

Gustav ler lite snett och menande och Anna känner sig lugnare.

"Vi kan gå till ån och meta och bada om du vill", säger hon.

"Gärna."

Anna plockar fram metspön, hink, spade och en burk att lägga mask i. De går ner till ån, gräver upp några maskar vid åkanten. Gustav vet inte hur han ska göra när han ska trä på mask på kroken men Anna visar honom och sen sitter de vid åkanten med sina spön. Efter en liten stund får Gustav napp och Anna visar honom hur han ska göra med abborren.

"Berätta hur det går med ditt idrottande", säger Anna. "Kristina har sagt att du tränar flitigt."

"Flitigt kanske men jag gör inga bra resultat ännu."

"Det är bra att du idrottar. Det är nyttigt för kropp och själ. Resultaten kommer nog ska du se."

Gustav skiner upp.

Då och då guppar flötena till och de får upp fler abborrar. Ibland är det istället mört som nappar.

"Den får vi kasta i igen", säger Anna. "Den kan man inte äta."

"Anna", säger Gustav tvekande efter en stund. "Jag vet ju att du är min mamma men vem är min pappa?"

"Jag kan inte avslöja det", säger Anna. "Jag förstår att du undrar men jag har lovat att inte berätta det."

"Men varför ville han inte ha mig?"

"Det ville han nog men han fick inte för sina föräldrar. Du förstår det var inte så lätt för någon av oss."

"Men kan du inte berätta hur det var?"

Och då berättar Anna sin historia. Tänker att han är tillräckligt gammal för att få höra och förstå. Hon berättar om hur hon kom till Stockholm, hur hon gick ut och dansade och träffade Hjalmar, blev gravid och blev tvungen att lämna bort Gustav. Hur han kunde ha dött hos änglamakerskan om inte Anna hade tagit honom därifrån.

Gustav blir tyst, verkar fundera men frågar inget mer.

Solen värmer och de hoppar i och badar, simmar en bit. Gustav har fått låna ett par badbyxor av Ivar.

De har fisk så det räcker i hinken och går hem till lägenheten igen.

"Du kan ta hem fisken om du vill."

Hon stoppar fisken i en påse som Gustav sätter på pakethållaren innan han cyklar hemåt.

1923

I femtonårspresent fick jag en begagnad cykel av Erika och Farbror. Av mamma och pappa fick jag tio kronor som jag stoppade direkt i spargrisen. Jag hade länge önskat mig en cykel och nu när jag hade fått en ville jag ut och prova den direkt men jag fick nöja mig med att cykla runt en stund nere på gatan. Cykeln innebar att jag skulle kunna ta mig till olika platser på egen hand, utan att behöva köpa biljett till spårvagnen eller bussen. Det var en känsla av frihet att obehindrat kunna ge mig iväg vart jag ville, när jag ville.

Dagen därpå invigde jag cykeln med en tur till Södertälje för att hälsa på Anna som hade flyttat dit. Det tog mig två timmar och tjugo minuter och det blev en bra träning jag fick på köpet. Jag hade oroat mig för att träffa Annas man men det hade jag inte behövt för han var inte där. Jag frågade inte heller efter honom och Anna sa inget.

Anna och jag badade och metade tillsammans. När vi hade badat uppbådade jag allt mitt mod och frågade henne:

"Anna, hur var det när jag föddes? Vem var min pappa?"

Och då berättade hon om hur hon hade kommit till Stockholm, träffat min pappa och blivit gravid. Om hur jag höll på att dö hos änglamakerskan men blev räddad i tid.

När Anna slutade berätta satt jag tyst ett tag. Jag visste först inte vad jag skulle säga men sen frågade jag:

"Hur gick det med min pappa? Träffade du honom igen?"

"Det var ingen idé och jag ville inte heller. Jag tyckte att han hade svikit mig."

"Men vad heter han?"

"Det säger jag inte. Jag har lovat."

Jag begrundade detta medan vi gick tillbaka till lägenheten, tänkte att jag inte skulle ge upp så lätt. Jag skulle försöka komma på ett sätt.

Jag sov över och gjorde mig iordning för att cykla tillbaka nästa dag.

Cykeln bar mig ut på långa turer åt olika håll. Att se landskapet passera förbi i lagom takt och ändå kunna stanna när som helst gav mig många nya upplevelser. En dag när jag hade cyklat ut mot Nacka gick kedjan av och jag fick följaktligen det tvivelaktiga nöjet att gå hem med cykeln. Det tog sin lilla tid. Sent på kvällen kom jag hem och ville helst av allt bara äta och gå och lägga mig.

"Du är sen Gustav. Du vet att vi äter klockan sex."

Mamma lät för ovanlighetens skull irriterad.

"Kedjan gick av."

Nu gick den sista luften ur mig och det var nära att jag gav svar på tal men jag hade svårt att säga emot mamma Kristina och knep ihop munnen för att inte säga något jag skulle komma att ångra. Jag mumlade ett "förlåt", satte mig vid bordet och skyndade mig att äta den sparade maten och sen gick jag till sängs.

Nästa morgon vaknade jag med insikten att jag måste laga kedjan. Skulle jag våga be pappa? Han var sällan hemma och när han var det satt han mest och vilade, muttrade svar på mammas frågor. Jag sträckte på mig och tänkte att jag måste få detta gjort om jag ville fortsätta att cykla.

Han satt vid köksbordet och åt sin morgongröt. Gröten stod på spisen, jag öste upp en portion och satte mig på min plats vid bordet.

"Pappa?"

"Ja, Gustav. Vill du ha hjälp med cykeln?"

"Om du har tid."

Pappa skrattade till lite.

"Det är redan kirrat. Jag var uppe i ottan."

Jag var på väg att resa mig och gå fram och krama om honom men kom på att jag var nästan vuxen och tyckte inte att det passade sig så jag nöjde mig med att tacka för hjälpen.

Jag hade lovat Erika att dra mangeln och gick upp till henne när jag hade ätit upp min gröt. På eftermiddagen gick jag ut och cyklade igen.

Jag skulle äta hos Erika och Farbror men var tydligen sen igen för Erika verkade förargad.

"Var har du varit?"

"Jag har varit vid DN:s annonskontor och kollat på idrottsresultat."

"Kom och sätt dig nu. Maten är snart kall."

"Vad tror DN om Olympiaden i Paris?"

Det var Farbror som undrade.

"Uruguay vinner fotbollen tippar de."

Jag tänkte ett slag sen frågade jag:

"Vem är den där Ras Taffari som är här på besök?"
"Såg du det också i DN:s fönster? Det är Abessiniens regent."

Abessinien blev senare Etiopien och Ras Taffari blev kejsaren Haili Selassie, den sista kejsaren i Etiopien. Rastafari utvecklades senare som en religiös rörelse på Jamaica med honom som centralfigur.

1980

Det är ensamt men livet går vidare. Några av mina gamla kunder kommer fortfarande och jag jobbar med deras bokslut och deklarationer. Det är Wallin, Strandh, Wilhelmsson, Ljungberg och ett par andra.

Jag städar och putsar min prissamling.

Jag bjuder Martin på mat och pratar med honom. Han säger inte mycket. Han bor i en lägenhet med en kompis nu när hans fästmö har tröttnat på hans supande och hans otrohet. Jag förstår inte att han har slarvat bort sin lilla familj på det här tråkiga sättet. Samtidigt tycker jag synd om honom.

Ibland passar jag sonsonen som är väldigt rar och fin att ha att göra med. Det är när hans mamma ska ut och roa sig. Martin är tydligen inte betrodd, vilket jag kan förstå.

Själv är jag i dålig form, träningspromenaderna har jag slutat med, vänsterknäet ömmar för mycket. Smärtan i axeln har medfört att armhävningarna får minskas ner till ett miniantal av fem eller tio mot tidigare femtio. Kanske kan jag komma igång bättre framåt sommaren.

Sömnen är otillräcklig, ofta sover jag ett fåtal timmar, vilket får till följd att jag känner mig som en urvriden trasa dagen efter. Jag vill inte ta sömntabletter varje dag, trots att jag har många att välja på, I går kväll tog jag en halv Mandrax och mår bättre idag men känner mig lullig ända in på eftermiddagen.

På tv ser jag Frank Andersson vinna EM i brottning. Björn Borg vinner tennismatcher och Ingmar Stenmark slalomtävlingar.

På tv har jag även sett Lysistrate med Lena Nyman i huvudrollen. Mycket naket och ett otillständigt tal som aldrig hade gått för sig på 50-talet.

Jag bestämmer mig för att åka bort igen och bokar en resa med Jambo Tours till Indonesien, Singapore och Malaysia och får malariatabletter och vaccin mot kolera vilket får mig att må dåligt. Betalar in resan som kostar 9 450 kronor och biljetterna kommer strax därefter. Det passar bra att ha en sparad slant så att jag kan unna mig att åka bort. Jag har ju alltid levt sparsamt och affärerna jag ägnat mig åt, bilar och fastigheter, har gett bra avkastning. Obligationerna ger också en del vinst och jag säljer fortfarande en och annan bil trots att jag fyller sjuttiotre nästa gång jag har födelsedag. Jag går till biblioteket och läser på om resmålen.

Resan blir en skön avkoppling med många intressanta upplevelser. Sightseeing ingår i priset och det är en fantastisk rundtur. Vi besöker Borneos djungler längs Kinabatangan-floden, Bali och olika shoppingcenter där jag köper med mig presenter till Martin och Magdalena. Det blir även tid för sol och bad på fantastiska stränder. Träffar några trevliga par och vi säger att vi ska träffas vid hemkomsten men det vet man hur det blir med det.

Efter hemkomsten ringer jag till Magdalena men det är Annika som svarar att Magdalena är på kurs i Dalarna. När hon återvänder ringer hon och kommer på besök. Jag ligger på sängen när hon kommer.

"Vad har du alla medicinburkar till", undrar hon med en blick på mitt nattygsbord.

"Det är mest sömntabletter och värktabletter."

Innan jag hunnit stiga upp är hon framme och läser på mina burkar: "Saridon, Egazil, Valium, Mogadon, Revonal, Naprosyn. Det var ett rejält apotek du har. Är det verkligen bra?"

"Egentligen inte men jag måste få sova."

Jag tror inte att hon är nöjd med svaret men hon säger inget mer utan lagar mat som vi äter tillsammans innan hon åker hem.

Fredag 3 Augusti 1923
I förrgår störtade löjtnant Montgomery med sin flygmaskin vid Rotterdam. Han avled genast. Jag var oppe på Östermalms och tränade.

Mamma hade en nyhet att berätta:

"Jag ska få åka på sommarhem."

"Varför då"?

"Det är för gamla gummor som mig, så att vi ska få vila upp oss."

"Men mamma, du är ingen gammal gumma."

"Åh, Gustav, du är en sån rar unge", sa hon och gav mig en riktig björnkram.

Jag tyckte inte om att hon beskrev sig själv som en gammal gumma. Visst var hon gammal men jag brukade ändå inte tänka på henne så. Jag ville att hon alltid skulle finnas kvar hos mig.

"Men mamma hur gammal är du egentligen?"

"Jag är född 1855. Du kan räkna själv."

Det gjorde jag.

"Sextioåtta", kom jag fram till.

Mamma nickade.

"Du får äta hos Johanssons men sova hemma", sa hon.

Det var inga problem för mig att äta hos Erika och Farbror. Jag var lika hemma uppe hos Johanssons som hemma hos oss.

Mamma gav sig i väg och jag tillbringade det mesta av min tid hos Johanssons förutom när jag var ute på långa cykelturer.

Sen cyklade jag omkull och slog i ett finger.

"Gå till Maria sjukhus", sa Erika. "Men du tvättar håret först."

Hon kunde vara barsk, Erika, men hon var snäll innerst inne. Jag fann det för gott att göra som jag blev tillsagd även om jag inte var fullt övertygad om att någon tänkte kolla om jag hade nytvättat hår. Inte värst kul att stå och tvätta håret under kallvattenkranen i köket med ett trasigt finger men Erika hjälpte mig.

På sjukhuset fick jag fingret spjälat men efter några dagar varade såret och jag fick återvända till sjukhuset för att få det omhändertaget på nytt.

"Vi ska också åka bort några dagar, Gustav", sa Erika veckan därpå.

"Hur ska vi då få mat", undrade jag.

"Elsa tar över matlagningen."

Det lät lugnande. Min syster Elsa var bra på att laga mat.

"Vart ska ni åka", ville jag så klart veta.

64

De skulle till Torsby i Värmland och hälsa på någon släkting. Det lät inte direkt spännande, i alla fall inte tillräckligt för att jag skulle velat följa med.

Dagen efter satt vi vid matbordet, Erik, Elsa och jag. Elsa hade lagat pannkaka som var väldans god och jag var inne på min andra portion när Elsa sa:

"Jag flyttar snart hemifrån, Gustav. Jag ska fara till Skåne för att gifta mig."

Jag visste inte vad jag skulle säga men jag förstod att det skulle bli tomt utan henne i huset.

"Vem är den lycklige?" fick jag fram efter en stund. Något måste jag säga.

"Åh det är en man jag träffade förra sommaren när jag var därnere."

"Ska du bli skåning nu då?"

Både Elsa och Erik skrattade. Det var tydligen en dum fråga.

"Vi ska bo i Stockholm sen."

Hon skulle inte försvinna för gott i alla fall och det var en tröst.

I augusti öppnade sig himlen. Det regnade flera dagar i sträck och det blev översvämning i staden. Fullt med vatten överallt på gator och torg och jag fick hålla mig inne.

Mamma kom hem till stan igen och skolan startade. Jag började i tredje klass på realskolan. Det var inte utan att jag kände mig mallig för att jag hörde till dem som hade klarat sig kvar så här långt och nu tillhörde de äldre eleverna på skolan. Jag hade bestämt mig för att lägga manken till och ta studierna på allvar, fortsätta att klara proven och göra både mamma och Erika glada. Betygen hade hittills varit mediokra. Nu skulle de bli mer än så. Alltså bestämde jag mig för att spendera helgerna inne och skriva tyska och svenska uppgifter samt att träna extra på de andra ämnena.

Jag läste såväl engelska och tyska som franska och insåg att den franska grammatiken på intet sätt var enklare än den tyska, nej, den var till och med svårare med alla olika tempus av verben.

"Och jag som trodde att det var uttalet som var svårt", sa jag till Arne.

"Det hade räckt med det. Fy katten."

"Ska du på gymnastiken med PU i kväll?"

"Självklart. Ska inte du?"

65

"Jo, vi ses där. Jag ska bara gå till gymnastiska Centralinstitutet först och
få mitt finger masserat."

"Är det inte bra ännu?"

"Det har hållit på länge nu. Man börjar tröttna."

"Ses i kväll då."

Till konfirmationen behövde jag skaffa mig en kostym och Erika gick med
mig till skräddaren för att beställa och ta mått. Farbror och Erika skulle
betala hälften och Anna den andra hälften.

När den började bli klar fick jag gå dit och prova. En vecka senare var
den färdig och Erika gick med mig och hämtade den och sen bjöd hon mig
på blåbärskräm med vispad grädde. Väldans gott.

Mamma Kristina blev dålig och låg till sängs och min värld började skaka.
Jag visste att hon var gammal och att hon en dag skulle dö. Tankarna
snurrade i mitt huvud, hur allvarligt var det, skulle hon bli bra igen? Jag
visste att hon närmade sig sjuttio och att det är en hög ålder då många
människor dör men jag hoppades att hon skulle leva många år ännu. Jag
önskade att jag kunde göra något för att få henne att bli frisk och leva länge
men visste inte vad.

Hösten övergick i ett förstadium till vinter och vädret växlade mellan slask
och minusgrader. Cykeln fick ställas undan. När det var kallt och isigt
kunde jag åka sparkstötting men när jag försov mig en dag fick jag springa
i halkan och satte förstås en rova, drattade på ändan, alltså. Jag blev väldans
öm i baken.

Ett par dagar senare var det slask och jag var dyngsur om fötterna när jag
kom fram till skolan.

Anna 1923

När Anna fyller år på hösten åker hon till Stockholm för att hälsa på. Kristina bjuder på kaffe och Gustav kommer med en tårta som han har köpt till henne. En prinsesstårta som hon tycker så mycket om.

"Grattis på födelsedagen", säger han.

Hon förhör sig om hur det går i skolan och hur det går med idrottandet och Gustav berättar. Anna behöver inte oroa sig. Gustav är en ordentlig ung man. Det kommer säkert gå bra för honom.

Tiden går långsamt i den lilla lägenheten. Anna städar och tvättar, bakar och lagar mat men får ändå mycket tid över. Ibland går hon ut och promenerar i stan men det roar henne inte egentligen, hon som är van att jobba hela dagarna. Kanske ska hon prata med Ivar om att börja jobba lite? Men hon vet inte riktigt hur hon ska lägga fram det, det känns som om hon är otacksam.

Hon pratar i telefonen med Hilda, Kristina och ibland med Beata. Det händer att hon tar bussen in till Stockholm för att hälsa på Gustav. När hon är i Stockholm passar hon även på att titta in på skrädderiet och hälsa på sina gamla arbetskamrater.

Så får hon tiden att gå.

"Vill du flytta ut till Svartsjölandet?" säger Ivar en kväll. " Mor och far vill hellre in till stan nu när de börjar bli gamla. De frågade om vi vill byta."

Det spritter till i bröstet. Svartsjölandet. Anna har varit där och hälsat på svärföräldrarna. Det är mer på landet, mer som Anna är uppvuxen, som hon trivs. Hon har aldrig trivts i stan. Svaret är enkelt:

"Gärna."

"Och så blir det ju närmare för mig till jobbet. Jag kan vara hemma mer. Så snart de har skördat och tagit rätt på allt kan vi flytta dit."

Redan ett par veckor senare flyttar de och det är skönt att komma ut i naturen, skönt att kunna gå rakt ut genom dörren på morgonen utan att stå och åma sig framför spegeln och utan att behöva bestämma vart hon ska gå. Det är höst nu och trädens löv sprakar i färger som gör henne glad. Lukten av jord och löv väcker en känsla av tillhörighet, hon blir lugnare och mer tillfreds.

Nu är det tillräckligt för henne att kunna gå ut i naturen men det finns trädgårdsland där hon kan odla potatis, grönsaker och blommor till våren. Hon kommer att vara sysselsatt.

När illamåendet kommer känner hon igen det. Blödningarna har upphört och hon känner hur det trycker på urinblåsan. Hon får gå upp och kasta vatten på natten. Den här gången är det inte förenat med desperation och oro, den här gången är det ren glädje.

Det är också med glädje Ivar tar emot beskedet.

"Nu gör du mig lycklig, Anna. Jag har längtat efter barn."

Anna börjar sticka på en sparkdräkt. När hon hälsar på i skrädderiet skickar de med henne stuvbitar som hon syr kläder av. Ett litet lapptäcke blir det också. Hon syr, virkar och stickar och snart har hon en hel uppsättning med barnkläder.

Ivar går upp på vinden och hittar en vagga som han själv hade när han var liten, tillverkad av hans far. Utsirad och ornamenterad.

"Om det blir en flicka vill jag att hon ska heta Hilda Charlotta ", säger Anna en kväll efter maten när de sitter i soffan. "Efter min syster och efter min mormor."

Ivar lägger undan tidningen som han läser.

"Jag vill inte ha någon flicka. Jag vill ha en son. På den punkten kan jag inte ändra mig, en son vill jag ha och han ska heta Stig efter far min."

Anna tittar forskande på Ivar. Vad är det han säger? Hennes snälle, förnöjsamme man. Hon försöker spåra ett leende som visar att han skojar men nej, han är allvarlig.

"Vi får allt ta det vi får", säger hon. "Jag blir glad bara barnet är friskt."

"Så klart", säger Ivar. "Men jag känner på mig att det blir en pojke."

Nu ler han lite och Anna ler tillbaka och andas ut.

Kristina ringer och säger att Gustav behöver en överrock nu när det börjar bli kallt ute.

"Jag kommer", säger Anna. Jag tar med honom ut och handlar."

"Det behöver du inte men jag tänkte att vi kanske kunde hjälpas åt? Både att ta med honom ut på stan och att betala."

Anna tar bussen till Stockholm och går hem till Kristina. När Gustav så småningom kommer hem beger de sig ut på stan för att skaffa en överrock till den unge mannen så att han ser respektabel ut. Det vill Anna gärna vara med och se till.

De går till en av de stora herrekiperingarna och hittar snart en rock som de tycker passar. Gustav får prova och godkänna rocken.

"Hur mycket kostar den", frågar Anna den manlige expediten.

"Nittioåtta kronor", blir svaret.

"Ska vi säga sjuttio", säger Anna som inte är främmande för att pruta, van från kundernas prutande på skrädderiet där hon jobbade.

"Det är inte möjligt. Då går vi back. Men något kan vi kanske gå ner i pris, jag ska höra med chefen."

Han återvänder strax med sin överordnade, en äldre gråhårig herre i prydlig mörkblå kostym.

"Det här är en överrock av ypperlig kvalitet", inleder denne. "Till ett bra pris."

"Vi bjuder sjuttio kronor", upprepar Anna och känner sig imponerad av sin egen förslagenhet.

"Det kan jag inte gå med på men jag kan tänka mig att gå ner till nittio kronor."

"Sjuttiofem", säger Kristina, tydligen uppmuntrad av Annas prutande.

"Åttiofem", kontrar affärsinnehavaren.

"Då säger vi åttio så betalar vi kontant", säger Anna i det hon tar upp börsen och börjar bläddra med pengarna.

"Damerna är verkligen bra på att pruta. Ni får den för åttio. Gratulerar till ett bra köp."

Anna betalar sina fyrtio kronor och Kristina betalar den andra halvan. Gustav är redan på väg ut, verkar skämmas över sina mödrars prutande. Men Anna känner sig nöjd, extra nöjd över att ha fått ner priset rejält.

1923

Mamma blev bättre igen och jag kunde koncentrera mig på skolan och träningen utan att oroa mig. När Anna fyllde år kom hon på besök och jag uppvaktade henne med en tårta. Kort därefter kom ett brev från henne. Hon hade flyttat till sin make på Svartsjölandet. Jag tänkte ta en tur ditut för att hälsa på men jag tvekade när jag tänkte på Annas nya man. Jag funderade även på om jag skulle kunna pressa henne på något sätt för att få henne att avslöja mer om Min pappa, Hjalmar, men jag lät saken bero så länge.

När jag kom hem från skolan en dag var Anna där och vi gick tillsammans med Erika ut och köpte en överrock åt mig. Det begärda priset var nittioåtta kronor men det prutade damerna ner till åttio kronor. Verkade rena österlandet om ni frågar mig. Men det var det ingen som gjorde, förstås.

1981

Martin tar emot trasiga tv-apparater för att laga och sälja och jag hjälper honom med försäljningen. Han kommer hit med tv-apparaterna, jag sätter in annons och säljer dem. Jag har ju tid nu som pensionär. När han kommer brukar jag passa på att bjuda honom på mat och prata med honom om livet, försöker få honom att ändra sin livsstil men det landar troligen inte väl hos honom. För honom handlar allt om gamla bilar och lekkamraterna ute i Lissma, raggarna.

Jag har börjat gå min träningsrunda igen och jag ökar antalet armhävningar succesivt och i och med det känner jag mig bättre men ensamheten gnager på min sinnesro. Det är därför jag sätter in en kontaktannons i tidningen, Dagens Nyheter som jag får i min brevlåda varje dag.

Kerstin från Rotebro svarar med ett glatt och hejigt brev. Jag ringer upp henne och konstaterar att hon är självpratande. Det är även en änka i Farsta som svarar på annonsen. Ytterligare en kvinna hör av sig, hon heter Freda och är ursprungligen tyska. Hon kommer på besök och dricker te. Hon är pratsam och trevlig, är officersdotter, men hon tycker att Gösta Bohman är toppen. Det tycker inte jag. Det bästa man kan säga om Bohman är att han åtminstone är ärlig när han säger att han representerar storfinansen.

Det blir emellertid inget mer med dessa kvinnor, tycke uppstår inte och jag bryr mig inte om att sätta in någon ny kontaktannons. Även om de är trevliga är de inte Nelly.

Flera dagar i veckan pratar jag i telefon med Sten och Sonja Bergman, mina vänner från ungdomstiden. Ibland ses vi och äter tillsammans. Antingen hos dem inne på Kungsholmen eller hos mig i Handen men det är bara Sven som kommer ut hit. Sonja mår inte bra, hon har besvär med sin mage. När Sven kommer dricker vi whiskey och äggtoddy och dagen efter mår jag alltid bra, sover bra utan magont. Kanske är det bra för matsmältningen med alkohol?

Sven och jag tar en tripp till Paris. Jag går upp till banken och växlar till mig franc. Vi är borta i tio dagar, äter och dricker gott. Vi besöker de obligatoriska sevärdheterna, Eiffeltornet, Montmartre, Notre-Dame, Triumfbågen och har härligt väder de flesta dagarna, soligt och ljumt i luften. Jag har varit här tidigare, flera gånger, och det mesta är välbekant men för Sven är det första gången.

När vi befinner oss utanför Eiffeltornet blir vi omringade av en barnskock i olika åldrar som tjattrar på franska. De drar mig i armen, vill hålla mig i handen och frågar var vi kommer ifrån. Min franska är bättre än Svens och jag svarar. De undrar om de kan få en slant och jag försöker förklara för dem att vi inte har några pengar. Efter en stund ger de sig av. När jag känner efter i innerfickan på kavajen upptäcker jag att plånboken är borta.

"Helsike."

Som tur är har Sven sin plånbok kvar och kan låna ut pengar till mig.

I september åker Magdalena, Martin och jag till Småland och hälsar på Nellys släktingar i några dagar. Magdalena tillbringar det mesta av tiden med att studera och Martin vet inte vart han ska ta vägen. Jag ser hur det kryper i kroppen på honom, att sitta still och prata med mostrar och kusiner roar honom inte någon längre stund, han vill ut och röra på sig. Det var nog sista gången han åkte med dit.

En dag när jag ska tanka är det kö. Jag ber föraren till bilen framför mig att köra fram när han går in och betalar. Han får ett vredesutbrott och skriker:

"Du som snart ska dö! Man borde slå dig på käften."

Jag tänker att han måste vara psykiskt sjuk, det sägs att av barn och galningar får man höra sanningen. Visste han något som inte jag kände till? Nyligen har jag läst i tidningen att medellivslängden för en man är 84 år och konstaterar att jag har åtta år kvar att leva.

Till jul kommer både Martin och Magdalena hem. Magdalena kommer tidigare för att laga mat, koka risgrynsgröt och laga till lutfisken som jag har köpt i centrum. Jag vågar mig inte på att göra sås men Magdalena kan konsten lika väl som hennes mamma kunde.

Lutfisk är vad jag vill ha till middag på julaftonen, precis som när jag var ung och jag äter den helst med potatis och tjock gräddsås, salt och malen kryddpeppar. Tyvärr är Martin och Magdalena inte särskilt förtjusta, sitter mest och petar och äter sås och potatis med salt och peppar. Risgrynsgröten med kanel och mjölk gillar de bättre.

Efter middagen äter vi nötter, fikon, dadlar och Aladdin.

Jag har köpt ett halssmycke i silver i julklapp till Magdalena och Martin får byxor, strumpor och underkläder. Han är fortfarande dålig på att köpa kläder åt sig själv.

Det har även kommit en rejäl slant från mormor, Nellys mamma.

Jag får en chokladask av Martin och ett par strumpor av Magdalena. När vi har bytt presenter visar jag film från deras barndom ute på landstället och det tycker de är kul att se. När barnen har åkt tar jag fram dagboken där jag passande nog också har hunnit fram till julfirandet.

Onsdag 19 december
Klockan sju steg jag upp och började genast skura kopparn. Då det var färdigt gick jag till Erika och hjälpte henne att byta vatten på lutfisken. Gymnastikuppvisningen gick någorlunda. Pastorn var där och sjöng till luta ("icke sov i oro").

Jag lägger ifrån mig dagboken och funderar. Nuförtiden kan man köpa färdig lutfisk i affären som bara är att koka men när jag var barn gick inte det och dessutom var det viktigt att följa traditionerna. Den torkade fisken som var långa, skulle läggas i blöt på Annadagen den 9 december. Man la den i vatten och sodalut och därefter följde regelbundet byte av vatten. Det är en tradition från långt tillbaka när torkning var ett sätt att spara mat men vi är många som fortfarande tycker att det är gott även om det finns modernare metoder numera. Jag fortsätter läsa.

Torsdag *20*
Avslutningen i Storkyrkan ägde rum under vanliga former. Sist utdelades betygen. Jag fick godkänt i alla ämnen, i de flesta lite mer. I matte t.o.m. BA. Jojo, det knallar och går.

Jag gick till Nordiska Kompaniet för att köpa julklappar men hittade inget passande. Den tjugotredje december ägnade jag hela dagen åt att dekorera lägenheten med pappersgirlanger. Någon gran var det inte tal om, det fanns säkert i mer besuttna hem men inte hos oss.

I julklapp fick jag gymnastikskor samt pengar. Gymnastikskorna var från mamma och pappa, pengarna från Erika och Farbror. Det var mina första nya gymnastikskor och det blev en ny start på idrottandet.

På juldagen gick jag upp klockan fyra för att hinna till julottan halv sex.

Efter julhelgen skulle Fromms åka med snälltåget till Frankrike och jag infann mig på Centralen för att vinka av dem. Jag gick hem och bar upp ved åt Erika som jag hade lovat och sen gick jag till Sturebadet för att tvaga mig. Jag kostade även på mig fem öre till vägning. Jag vägde sextiosju kilo, ett kilo mer än sist. Kanske hade jag tränat ihop till ett helt kilo muskler?

Under Jullovet besökte jag den katolska kyrkan vid Södra Bantorget.

Konfirmationsläsningen under våren hade fått mig att fundera över detta med religion. Jag hade inte varit särskilt intresserad innan läsningen och hemma fanns inget större intresse för kristendomen, förutom att mina föräldrar gick till kyrkan när seden så påbjöd. Det hade varit trevligt att läsa om kristendomen med pastor Gyberg men jag kom ändå fram till att religionen inte skulle komma att få någon större plats i mitt liv.

Däremot funderade jag över katolicismen, om den kunde få mig att ändra uppfattning? Vilken var egentligen skillnaden mellan protestanter och katoliker? Jag var fascinerad av deras sakrament, särskilt det där med bikt och nattvard tyckte jag verkade spännande. Jag var även fascinerad av de sju dödssynderna.

För att stilla min nyfikenhet gick jag alltså till katolska kyrkan vid Södra Bantorget. Jag blev emellertid inte särdeles förtjust utan konstaterade att jag skulle komma att förbli kättare.

På nyårsaftonen stannade jag således hemma och sov istället för att gå till kyrkan. Vad skulle en kättare upp mitt i natten att göra? Jag ler för mig själv. Kättare, jag hade tydligen humor redan då. Året 1923 gick över i 1924. På den tiden firade man inte nyår som man gör nuförtiden, med raketer och festligheter, man gick till kyrkan. Religionen hade fortfarande ett grepp om samhället.

1982

Jag har nyår även här och nu, nästan sextio år senare när 1981 går över i 1982 men så mycket firande blir det inte nuförtiden.

På det nya året får jag en snuva som inte vill ge med sig trots idogt gurglande med jodopaxvatten. Jag hittar en gammal penicillinkur som jag äter men den verkar inte heller hjälpa.

Magdalena kommer inte så ofta som jag skulle önska. Efter nyår följer hon med några kompisar till Idre för att åka skidor och i mars bär det av till Flyinge för körkurs med hästar.

Det är mycket hon har på gång, har alltid varit. Hon kommer och hjälper mig när hon är hemma men jag får även klara mig själv med tvätt och matlagning. Det går någorlunda. Nu har hon varit på kurs i Dalarna.

"Vad var det för kurs du gick i Dalarna", frågar jag när vi har satt oss vid köksbordet för att äta.

"Det handlade om styrelseuppdrag och bokföring i klubben. Vi har den där 4H-klubben vid stallet och nu var jag tvungen att gå den där kursen för jag ska åka till Tunisien sen och besöka våra fadderklubbar. De bjuder på resan."

"Det var generöst. Så spännande."

Jag bjuder Martin på middag men han dyker inte upp. När jag ringer svarar han inte. Nästa dag när jag ringer visar det sig att han har glömt bort att han skulle besöka mig men kommer samma kväll istället.

Bortglömd. Raderad ur barnens liv. En tråkig plikt som ska uppfyllas, det är vad jag har blivit reducerad till.

74

Jag tar fram nästa dagbok.

Tisdag 1 januari 1924 Nyårsdagen
Det gamla året sov jag ut och det nya in. Måtte det nya året giva mig en
vinst på 200 000 på mina obligationer är min önskan. Ty likaväl som
kunskap är makt är pengar det. Jag satt emellertid ingalunda och
filosoferade över detta utan gav mig ut på skidor bortåt Järlahållet till så
fort mina tämligen bristfälliga insikter i denna sport tilläto. Efter dryga tre
timmar var jag hemma igen vederkvickt till kropp och själ.

Tänk att vi kunde åka skidor och skridskor inne i stan. Det var en helt annan
tid, utan halkbekämpning och med en blygsam biltrafik.

På det nya året fortsatte jag att träna. Jag åkte skidor på Järlasjön där föret
var bra men jag hade inte riktigt hittat den rätta tekniken och fick det jobbigt
att ta mig fram i snön. Övning ger färdighet hade jag hört och jag bestämde
mig för att jag fick helt enkelt träna mer. Behövde hitta bättre balans och
teknik.

Skolan började igen efter jullovet och det var bra skridskois nere vid
Hammarby. Jag bestämde mig för att ge mig ut och åka.
"Mamma, var är mina skridskor?"
Jag kunde inte hitta dem någonstans.
"Har du tittat i skjulet på gården?"
Det hade jag inte tänkt på men där hittade jag dem efter en stunds letande
bland allehanda bråte och började ta mig till Hammarby för att åka på
kvällarna. Om några av mina kamrater var där lirade vi bandy men ibland
var det bara jag och då åkte jag runt en stund på egen hand.
Vi spelade bandy på frukostrasten. En av de gångerna drog Hilding till
ordentligt med sin bandyklubba och träffade mig i ansiktet. Det var så klart
inte hans avsikt men det gjorde ändå förbaskat ont. Till råga på allt hade
han lyckats slå av en tand. Efter någon dag var värken fruktansvärd och jag
blev tvungen att gå till tandläkaren. Där fick jag två pulver som hjälpte lite.
Jag fick en tid för att få tanden åtgärdad och sen blev den lagad med guld
täckt av porslin och jag fick för detta punga ut med tjugoåtta kronor som

jag fick ta ur min spargris. Det sved ordentligt att behöva lägga pengar på något så onödigt.

På kvällarna framåt våren fortsatte friidrottsträningen och jag hoppade fyra och nittio i längd, vilket var nytt rekord för mig. Jag fortsatte även löpträningen, förbättrade inte mina resultat men det var bara att bita ihop, fortsätta träna och inte ge upp. Jag hade ett mål och jag blev påmind om det när de åttonde olympiska spelen gick av stapeln i Paris. 674 000 betalande åskådare besökte tävlingarna, något jag kunde läsa om i tidningen hos farbror och Erika. Själva invigningen ägde rum den 5 juli men dessförinnan hade man spelat fotboll bland annat. Det var som vanligt den allmänna idrotten som intresserade mig mest.

Nu drömde jag inte bara om att bli en framgångsrik idrottare utan hoppades även att jag någon gång i mitt liv skulle få se de Olympiska spelen i verkligheten.

Varje dag efter skolan samt på helgerna tränade jag på Stadion och det gav resultat, jag blev uttagen till Svenska Dagbladets stafett för att springa med Pastorns Ungdomar och sprack nästan av stolthet. Laget kom trea och jag bestämde mig för att satsa ännu mer på löpningen. Det blev som ett rus, både själva löpningen, ansträngningen i sig, och att jag märkte hur träningen gav resultat när framstegen började komma.

En stor del av min lediga tid gick åt till idrottande men jag roade mig även med att läsa romaner och gå på bio eller att åka omnibuss runt i stan. En kväll såg jag *Robin Hood* med Douglas Fairbanks på bio. Erika bjöd på Mosebacke som gav *Norrtullsligan* en kväll och en annan kväll *Gösta Berlings saga*. Det blev även teater, Erika och Farbror tog mig med till Folkteatern vid Östermalms Torg för att se pjäsen *Hemslavinnor*. Farbror och jag promenerade dit medan Erika, som hade ont i knäna, åkte spårvagn. Inte konstigt, förresten, att hon hade ont i knäna, hon hade många extra kilon att släpa på. Jag hade sagt något om det tidigare men det togs inte väl emot.

Jag funderade ofta på det här med pengar. Farbror hade berättat för mig att man kunde köpa obligationer och vinna en massa pengar, närmare bestämt 200 000 kronor, men det var ändå inte som ett lotteri eftersom obligationerna hade sitt värde kvar efter att vinsterna dragits. Jag tyckte det lät toppen och bestämde mig för att köpa obligationer för mina julklappspengar och en del som jag hade sparat.

Jag gick och lämnade en tipskupong på Idrottsbladet och hoppades på en storvinst som tyvärr uteblev.

Ett annat sätt att tjäna pengar var att gå och björna åt Fromms, alltså kräva deras kunder på utestående skulder men jag fortsatte även att gå andra ärenden åt såväl Fromms som Erika. Lika ofta som jag tjänade pengar på att uträtta ärenden hjälpte jag till utan att få något för besväret. Istället för pengar kunde jag ibland få något annat, jag kunde bära upp ved åt Erika och få pannkakor med sylt och grädde och det var verkligen inte illa.

Jag hade märkt att jag kunde tjäna pengar genom att skriva uppsatser till Dagens Nyheters uppsatstävlingar. Nu skrev jag på löpande band. Ofta blev de antagna och då fick jag en slant. Jag ansåg mig ha uppnått en viss skicklighet i uppsatsskrivning eftersom jag dessutom fick litet a på de flesta av mina svenska uppsatser i skolan. Skulle skribent bli mitt framtida yrke?

På påskdagen gick vi till Riddarholmskyrkan och deltog i påskottan där.

Uppe hos Erika och Farbror läste jag i tidningen att Lenin var död och att ett par bilolyckor inträffat med så kallade billiga bilar. Därvid hade två gossar omkommit.

"Farbror, vad är "billiga" bilar?"

"Sådana som massproduceras. Priset blir lägre och kvaliteten förmodligen därefter."

Vid valet i Tyskland fick Socialdemokraterna och de tyska nationella ungefär lika många röster. I Wembley i England invigdes den stora imperieutställningen och Grekland utropades till republik.

På våren regnade det kopiösa mängder över Stockholm, det höll på flera dagar i sträck och till slut hade det kommit så mycket regn att Mälartorget översvämmades; vattnet steg etthundratrettiofem centimeter. Jag blev nyfiken och gick dit för att se på översvämningen. Jag stod en bra stund och tittade på vattnet som hade dränkt torget. Det var en märklig bild.

Det var inte bara i Stockholm det regnade, det myckna regnandet hade även fått de norrländska floderna att svämma över fick vi veta och det var nu risk att timret skulle flyta ut i havet.

Jag tror att jag var en väldigt nyfiken ung man, eller vetgirig, det låter bättre. Hursomhelst gick jag och tittade på allt möjligt som utspelades i vår stad.

På tomten vid Götgatan 52 hade en cirkus slagit upp sitt tält och Jag gick dit för att åse spektaklet tillsammans med Hilding och Arne. Vi stod utanför en bra stund och försökte kika in. Utanför tältet rörde sig akrobater, clowner och hästar om vartannat. Några pengar till biljetter hade vi inte.

Anna 1924

Den långa kalla vintern förvandlas till vår. Dagarna blir längre och varmare och löven börjar spricka ut. Magen har vuxit och det börjar synas att Anna är i grossess.

När Hilda ringer har Anna inte träffat sin syster på flera veckor. De brukar höras varje vecka på telefon men nu var det ett tag sen sist. Anna känner hur mycket hon har saknat att prata med Hilda

"Jag har fått en flicka, Anna. En perfekt liten tös."

Hjärtat hoppar till.

"Vi har precis kommit hem från BB:", fortsätter Hilda.

"Har allt gått bra? Hur mår du? Berätta om den lilla. Vad ska hon heta?"

Hilda skrattar åt Annas många frågor.

"Hon är välskapt och så söt så söt. Hon väger 3200 gram och vi har bestämt att hon ska heta Maria efter mor. Och Anna efter dig."

"Åh, jag måste få komma och titta på henne."

Dagen efter tar Anna bussen till Hilda i Vendelsö. Det blir ett kärt återseende, Anna har inte sett sin syster på länge och den lilla Anna Maria är verkligen perfekt.

"Hon är sagolikt söt. Som du."

När hon beundrat den lilla en stund kan hon inte hålla sig längre.

"Jag ska också ha barn. Ett barn som jag själv kan ta hand om."

"Jag tyckte nog att du har blivit rund om magen."

Hilda skrattar och Anna blir smittad och börjar också skratta.

Anna stannar hos sin syster i två nätter och hjälper Hilda med den lilla, innan hon åker hem till Svartsjölandet igen.

När sommaren går mot sitt slut föder Anna en välskapt gosse som får namnet Stig.

"Vad var det jag sa", säger Ivar. "En son."

Anna tycker att Ivar förhäver sig men hon tiger. Han är stolt och glad för sin son och det är gott nog.

Hon har inte längre svårt att få dagarna att gå. Pojken är gnällig och hon får bära runt honom. Han är egentligen bara nöjd när han är nyammad eller blir buren. Så fort hon lägger ner honom i vaggan börjar han skrika. Hon gungar vaggan men det verkar inte hjälpa mer än en kort stund. Anna ställer vaggan i finrummet och sover på soffan så att hon kan ta upp honom direkt. Så får Ivar sova på nätterna.

Snart kan hon inte längre minnas när hon fick sova en hel natt. Graviditeten och födseln var inga nyheter för henne men ta hand om ett gnälligt spädbarn har hon inte gjort innan.

Ändå är det väl lycka, den där bubblande känslan inom henne som gör att hon orkar. Orkar ta hand om Stig, ta hand om hemmet.

Ivar tar pojken en stund när han kommer hem. Han jobbar hårt på stenhuggeriet och är trött men tar pojken en stund ändå. Tänk att han hjälper henne, vilken fin man han är. Hon känner hur tårarna fyller ögonen när hon tänker på det. Det är sjutton också vad hon har blivit gråtmild sista tiden.

1924

Familjen Fromm kom hem från Frankrike och jag åkte och mötte dem vid Centralstationen. De hade med sig presenter till alla. Jag fick en liten modell av Eiffeltornet som jag ställde på nattygsbordet. Jag tänkte att jag en dag själv skulle åka till Paris och se det i verkligheten.

Jag hade bestämt mig för att anstränga mig mer i skolan och det gjorde jag också. För det mesta hade jag bra resultat på prov och skrivningar men av någon anledning hade jag tydligen missat att träna till matteprovet. När jag fick tillbaka det hade jag noll rätt. Det var så dumt att det nästan var roligt. Särskilt orolig blev jag inte men jag fick naturligtvis ta hem och plugga till omprovet.

När det blev dags satt jag och skrev i två timmar och klarade det utmärkt. Ett par veckor senare blev det examen i skolan följd av avslutning i Storkyrkan och så blev det sommarlov.

"Anna har fött en pojke", sa mamma en kväll. "Du har fått en halvbror." Det var inget som berörde mig.

"Hon kommer kanske inte så ofta den närmsta tiden", sa mamma. Något skavde men jag visste inte vad. Kanske att det gick bra att ta hand om det här nya barnet men inte mig. Samtidigt visste jag att jag var orättvis, särskilt efter att ha hört hennes historia. Hur skulle hon ha kunnat ta hand om ett barn när jag föddes? I så fall hade jag inte heller haft min mamma Kristina.

Idrottandet ihop med PU, Pastorns Ungdom fortsatte. Där hade installerats en radioapparat. En gång fick vi lyssna hela passet istället för att ha gymnastik. Det var spännande. Det här med radio var något nytt och det var till en början svårt att begripa hur rösten kunde komma från en apparat. Telefon var vi vana vid men det var en annan sak, där blev man ihopkopplad med den man skulle prata med. Vi talade en del om detta och tyckte det var väldigt märkligt med dessa radiovågor.

Inte förrän året därpå, 1925 började Radiotjänst med sina sändningar och det allra första som sändes var Högmässan den första januari, påannonserat av Sven Jerring. Då sände de bara i en kanal, ett par timmar varje kväll.

Vi uppskattade den gode pastorn alltmer och fortsatte att träna terränglöpning utanför Östermalms IP. En kväll bjöd pastorn på munkar efter träningen, han skickade runt påsen och vi mumsade i oss.

"Jag har köpt en gård i Skarlunda, utanför Södertälje", berättade han.

"Ska pastorn flytta dit", undrade Arne. "Vad händer då med Pastorns Ungdom?"

"Nej det ska bli en plats för gamla gummor. Så att de får komma ut på landet ett tag på sommaren."

"Vilka är det? Får vem som helst komma?"

"Vad heter den gården?"

"En i taget", skrattade Pastorn. "Det blir tjugofem i stöten och två veckor vardera får de stanna. Gården ska heta Katarinagården."

Tänk om mamma Kristina kan få komma dit, tänkte jag. Det vore skönt för henne.

Per Gyberg lade ned ett energiskt och mångsidigt arbete på den betydelsefulla Katarinagården utanför Södertälje, grundad 1924, som en möjlighet till rekreation för församlingens obemedlade åldringar.

Pastorn hade åkt ut till Katarinagården utanför Södertälje för att ställa allt i ordning inför mottagandet av de gamla gummorna och han hade sagt att han behövde hjälp. Hilding och Arne var redan där och jag cyklade dit så snart jag blev ledig. Det tog två och en halv timme.

Bra motion. Det var verkligen toppen att ha en cykel.

På Katarinagården fick vi hjälpas åt att plantera en granhäck. Vi hade knappt börjat förrän det blev dags för middag, lungmos, alltså ungefär det som senare kom att kallas pölsa.

"Sablar vilken god mat vi får här", sa Hilding.

"Och mycket", fyllde Arne i.

De hade varit där ett par dagar när jag kom och hunnit erfara det mesta.

"Frukost klockan åtta, sedan äter vi klockan tio, klockan tolv, klockan fyra och klockan sju, rapporterade Hilding. Här behöver man inte svälta."

"Ni får gå och slå gräs åt korna", sa pastorn nästa morgon. "Det regnar så de får vara kvar inne idag."

Vi ägnade ett par timmar åt att slå och köra in det nyslagna gräset.

På kvällen var vi ute och rodde på sjön Uttran som låg i närheten. Vi fick låna en eka av Pastorn. Nästa dag skulle de slakta en kalv och jag fick hjälpa till med att hålla den. Det tog 10 minuter och kan nog kallas djurplågeri. Jag mådde illa efteråt och avstod från middagen. Nästa uppgift var att cykla till Östertälje för att köpa smör. När jag kom tillbaka fick jag hjälpa till att rensa spenatlandet i hettan. Solen brände och luften stod stilla. Svetten som rann utmed kroppen blandades med damm från landet. Var vi smutsiga efteråt? Kolsvarta. På kvällen badade vi i sjön Uttran. Vattnet var iskallt men det svalkade och sköljde bort den värsta smutsen. Nästa dag var det morotslandet som skulle rensas. Behagligare väder med några moln på himlen och en svalkande bris. När vi var klara kastade vi spjut och diskus. Så höll vi på hela veckan, arbete omväxlande med idrott och bad. Det var en härlig vecka på många vis men det var skönt när vi fick åka hem igen.

Senare under sommaren åkte mamma till Katarinagården. Det var härligt för henne men hur skulle jag nu få mat då Johanssons dessutom hade åkt till Södertälje? Pappa och jag fick helt enkelt hjälpas åt med att klara av enklare mathållning med kokt ägg, smörgås och gröt.

I samma veva som mamma kom tillbaka hem till stan kom Anna och hälsade på för första gången på länge. Min så kallade lillebror följde inte med men det bekymrade inte mig, jag var inte särskilt nyfiken på en skrikande bebis.

Jag hade vaga planer på att söka upp den här Hjalmar, min biologiska pappa, om inte annat för att få se hur han såg ut. Alltså skulle jag försöka pressa Anna på hans efternamn men jag fick inget bra tillfälle.

Hemma i stan började förberedelserna för Farbrors femtioårsdag. Jag författade själv ett flertal telegram som jag läste upp på kalaset, jämte andra inkomna:

Jag har råkat i ett förbaskat dilemma

83

Och måste tyvärr hos min käring bli hemma
Men dela med vännerna ärligt din kvanting
Dig råder partikamraten Hjalmar Branting
eller
På femtioårsdagen en välmenad hälsning
Ur knipor du immerfort finne din frälsning
Till fortsatt framgång du alltjämt vandra
Det önskar
           Wilhelm II

Och:

För femtioårsbarnet jag lyfter min hatt
Din gamle vän Ivan Bratt

Jag var förtjust i Farbror och var glad för att jag hade blivit inbjuden. Det var som om jag räknades som vuxen nu. Farbror och de andra gästerna skrattade gott åt mina rim.

På kalaset bjöds det på smörgåstårta och sprit men jag drack ingen sprit förstås även om jag fick smaka lite i ett glas. Det var inte gott.

"Hur länge höll de på där igår", frågade mamma nästa morgon.

"Till halv fyra." Och då var de tämligen påspädda."

"Då ska det väl bli eftersläckning idag."

Mycket riktigt. Framåt eftermiddagen satt gubbarna uppe hos Johanssons igen och intog alkoholhaltiga drycker. Pappa var en av dem. Mamma var inte glad.

På midsommarafton gick jag till Södra Bantorget, det som numera kallas Medborgarplatsen, för att se på dans kring majstången. Själv ville jag inte dansa, det var för småbarn, tyckte jag.

Erika började tjata på mig att jag skulle söka ett sommarjobb och jag tyckte själv att det var en bra idé, jag var inställd på att tjäna pengar jag kunde spara. Jag gick alltså till arbetsförmedlingen. Där blev jag erbjuden ett vikariat som springpojke i en tobakshandel på Drottninggatan med början redan nästa dag halv nio. Jag skulle få fem kronor om dagen.

Springpojke passade mig fint, jag var van att gå ärenden och arbetet vållade mig inga problem även om jag tyckte att betalningen var i snålaste laget.

En morgon när jag kammade mig framför spegeln upptäckte jag att jag började bli skäggig och jag blev tvungen att ge mig ut på stan och köpa en rakapparat. Idag skulle vi kalla den rakhyvel men på den tiden kallades den rakapparat och var en modern sak till skillnad från kniven som användes hos barberaren.
Skägg ville jag inte ha, det såg ovårdat ut.

Skolan började igen och på gymnastiken var det träning på Hammarby IP. När varningarna delades ut i oktober blev jag lättad, jag fick ingen denna gång. Däremot fick klassen en utskällning för att vi var otrevliga.
"Är vi otrevliga?" sa Arne efteråt.
"Jag vet inte vad han menar. Eventuellt att jag råkar ifrågasätta vissa saker."
"I så fall är vi flera skyldiga."
"Man måste få fråga om man ska få veta något", tyckte jag och därmed var saken utagerad för min del.

På biologilektionerna fick vi dissekera gäddor och duvor. Vi blev även undervisade i rasbiologi och fick mäta skallar och bedöma näsor på varandra.
Vi lärde oss bland annat att en hög panna är tecken på intelligens och tvärtom.
Det lät märkligt men jag tänkte att det måste vara sant. Vi kunde väl inte få lära oss något som inte var sant i skolan?

Statens institut för rasbiologi införde, efter ett riksdagsbeslut 1921, en verksamhet som startade i Uppsala 1922 ledd av Herman Lundborg. Stewart Chamberlains tankegångar togs upp i sekelskiftets Sverige av bland andra professorn och samhällsdebattören Bengt Lindfors. Enligt rasbiologin tillhörde människor olika raser som var olika mycket värda. Rasbiologerna studerade människor för att hitta skillnader. Sverige var länge ett av de ledande länderna inom den rasbiologiska "forskningen".

Frenologi kallades den "vetenskap" som bland annat mätte formen på skallar för att avgöra "rastillhörighet".

Jag tänker tillbaka på dessa idéer, hur vi mätte skallar med hjälp av måttband och skjutmått och något som hette krumcirkel som var en ögla av metall. Det är ett skamligt kapitel i vår historia, att de skulle göra skillnad på folk och folk. De menade på att folk tillhörde olika raser och några var bättre och andra var sämre.

Rasismen, som kom att sprida sig i Europa med de avskyvärda följder vi känner till, inleddes alltså med undervisning i "vetenskapen" rasbiologi. Då, när jag var femton år, svalde jag allt med god aptit men ett decennium senare när vi fick uppleva vad det ledde till fick jag anledning att inte bara ändra uppfattning utan att även framgent bemöta allt jag fick höra med större skepsis.

Jag visste inte riktigt vad jag skulle tro om detta med raser och betydelsen av olika fysiska drag men jag gladde mig ändå åt att själv ha en hög panna, ett tecken på intelligens. Så naiv jag var.

Samtidigt väckte de nya aktiviteterna åter frågan om min biologiska pappa. Vilka egenskaper hade jag ärvt av honom? Jag ville veta vem han var och hurdan han var och hur han såg ut. Var jag lik min pappa? Jag såg mig i spegeln och konstaterade att jag inte var särskilt lik Anna.

Erika fyllde fyrtiosju i slutet av året och jag uppvaktade henne med en chokladask trots att jag egentligen tyckte att hon borde hålla igen med tanke på sitt kroppsformat. Hon uppskattade emellertid gåvan, hon var väldigt förtjust i choklad och satte i sig nästan alltihopa själv på en gång.

När julen närmade sig gick jag till Julmarknaden på Stortorget men fann att allt som såldes där var skräp. Det var varmt ute för årstiden; tio plusgrader.

Jag bytte vatten på lutfisken och putsade kopparen.

Jag hjälpte pastorn med utdelning av kläder och skodon till fattiga och sedan köpte jag julklappar som jag slog in, lackade och skrev rim till. En del av mitt sparkapital gick åt till julklapparna, dessutom var jag tvungen att betala tandläkaren sex kronor.

Pastorn ringde och bad mig göra i ordning ett lotteri till PU:s julfest. Det gjorde jag gärna. Vinsten gick till fattiga och det kändes bra att kunna hjälpa till.

I mellandagarna bjöd Fromms på Operan som gav *På Sicilien* och *Pajazzo*. Det var första gången men där skulle jag inte bli någon stammis.

Jag har läst ut dagboken från 1924 och tar fram nästa bok som är tjockare och har rubriken 1925–1926.

Torsdag 1 Januari 1925 Nyårsdagen.
Den här boken har jag fått i julklapp av Fromms. Den räcker väl till mina dagboksanteckningar i två år antar jag. Då jag steg upp lite före tio, regnade det ute. En trevlig början på det nya året!
2 fredag
Jag var uppe hos Erika och bar upp ett par säckar ved.

Det var mycket jobb med den där veden, minns jag. Det är bekvämare nu när vi inte behöver göra något för att få värme.

Jag hjälpte Erika med mangeln och när det var färdigmanglat spelade vi pinngubbe, ett kortspel som påminner om whist.

"Du behöver klippa dig, Gustav", sa Erika.

Jag tittade mig i spegeln och höll med.

Dagen därpå gick jag till rakstugan i Brunnsgränd och ordnade med detta.

"Se vilken stilig ung man du blev nu", sa Erika.

Jag kände mig inte alls säker på den saken men jag vet inte heller om hon verkligen menade det eller om hon skojade.

"Vill du hjälpa mig att räkna kvittona från Konsumtions-föreningen", frågade hon sen.

Det gjorde jag gärna. Räkna var jag bra på. Om det bara hade gällt att räkna på matten skulle jag säkert ha haft högsta betyg. Men där skulle det krånglas med formler och annat svårbegripligt.

Detta år, 1925, bjöd inte på mycket till vinter. Inte förrän den tjugonde februari kom kylan och snön men efter endast några få dagar slog det om igen och blev slask. Jag hann knappt ta fram mina skidor innan snön smälte

87

bort igen. Jag försökte träna löpning men det var ofta för slaskigt.

På fettisdagen dog Hjalmar Branting, Sveriges första socialdemokratiska stadsminister.

När han begravdes i mars var gatorna fulla av folk. Fromms bjöd på Stora teatern som visade *Nibelungen; Sigfrid, drakdödaren.*

"Vad tyckte du, Gustav?" undrade tant Fromm efteråt.

"Storslaget, fulländat mästerverk", var mitt omdöme och det kom rakt ifrån hjärtat. Jag var djupt imponerad.

"Följer du med och tittar på vaktparaden, Gustav", undrade min fostersyster Anna-Stina som var hemma på besök.

Det gjorde jag med stort nöje och vi tog en lång promenad i staden i det strålande soliga vädret.

Den beridna högvaktens traditioner går långt tillbaka. Även om vaktparaden i modern tappning inte är överdrivet gammal, den första beridna högvakten genomfördes 1906, så är däremot själva funktionen – en beriden vaktstyrka till kungens skydd och försvar – lika gammal som kungamakten. I dag är vaktparaden och högvaktsavlösningen vid slottet en av Stockholms mest populära turistattraktioner. Årligen genomför Livskvadron runt 45 beridna vaktparader tillsammans med Livgardets dragonmusikkår, och ungefär 15 högvakter till fots.

"Nu blir det realskoleexamen till sommaren, Gustav", sa Anna-Stina. "Tänk att det har blivit något av dig. Det trodde man inte när du var liten."

Hon sa det med ett leende för att jag skulle förstå att hon skojade men det hade jag förstått ändå, jag var van.

"Har du råd att betala för examen? Hur mycket kostar det nu?"

"Tio kronor men jag och de flesta andra i klassen har lagt in om befrielse från anmälningsavgiften och det går säkert igenom."

På gymnastiken hårdtränade vi inför uppvisningen som skulle äga rum i blå hallen senare på våren. Jag inhandlade för ändamålet vita byxor och tröja. Jag gick även och klippte mig, ville inte se ovårdad ut så jag försökte klippa mig innan håret blev för långt.

Gymnastikuppvisningen gick bra, vi visade upp volter, hjulningar i ström, volter över plint och det kom en hel del publik som verkade uppskatta det vi gjorde.

Efter uppvisningen ägnade vi oss åt att spela korgboll på gymnastiken.

Hur trevligt det nu än var med PU, Pastorns Ungdom, insåg jag att klubben var för liten om jag ville komma någon vart med mitt idrottande. Jag bestämde mig därför för att gå med i Hellas, som var en betydligt större klubb, där jag skulle få möjlighet att utvecklas till den idrottsman jag ville bli. Jag började även tippa resultat på fotbollsmatcher. Kupongerna lämnade jag in hos Idrottsbladet men de stora vinstsummorna lät vänta på sig.

I skolan började vi repetera inför en liten soaré som vi skulle uppföra för att tjäna in pengar till en klassresa på sommaren. Det hela bestod mest av ett antal sketcher från skolans värld samt några sånger. Eftersom min sångröst hade en del i övrigt att önska utgjordes mitt framträdande i huvudsak av roller i de olika sketcherna. Jag upptäckte att teater var något som passade mig och såg fram emot repetitionerna.

Jag läste i tidningen om Gunnar från Sundbyberg som hade blivit dödad av en lastbil. Det var hans eget fel, stod det, han gick baklänges mot lastbilen. Det gällde att se upp för bilarna som blev allt fler.

Det var en hel del olyckor i biltrafikens ungdom och det fanns inte regler på samma sätt som nu. När det så småningom blev fler bilar ledde det till att folk blev påkörda. Bilarna krävde uppmärksamhet från såväl bilförarna som fotgängarna. Även cyklister måste se sig för på ett annat sätt än tidigare.

Om inte bilarna hade varit så långsamma i början hade troligen fler förolyckats och skadats. Det gällde att hålla sig undan. Folk var inte vana. De var vana vid hästar på gatorna. Hästarna sprang inte på folk.

Tankar på förgängligheten drabbade mig då, hur livet inte är oändligt och att det kan få ett hastigt slut men även att vi alla ska dö så småningom. Jag insåg att min mamma var gammal och inte skulle leva för evigt, att människor åldras och dör även om det låg långt fram i tiden för min egen del.

Martin har skaffat sig en ny fästmö. Hon heter Yvonne och verkar väldigt ung. Hon följer med honom hem och äter biff som jag har stekt. Hon säger inte mycket men hon verkar vara förtjust i Martin. Martin berättar att han ska rycka in i lumpen i tre veckor och vara signalist på Möja. Efter det ska han ge sig iväg till Florida med Yvonne.

Magdalena hör av sig när hon har kommit hem från Tunisien.

"Hur var det i Tunisien? Vad gjorde ni där?"

"Vi var ute på landsbygden och besökte olika fadderklubbar som svenska 4H har där. De har inte föreningsverksamhet som vi har, så verksamheten är knuten till skolor. Vi fick se små odlingar och annat och blev bjudna på couscous hos en rektor. Väldigt starkt. Frun satt i köket och åt och jag fick prova hennes brudklänning. När vi gick ut på balkongen för att fota började eleverna på skolgården att hurra."

Magdalena skrattar åt minnet.

"Det låter trevligt."

"Fast det var bara jag som kunde franska så jag fick hålla igång samtalet. Sen frågade den där rektorn varför vi var så dåliga på att prata franska. Jag tänkte säga att Sverige aldrig har varit en fransk koloni, men det gjorde jag inte."

"Du har ju läst franska och kan väl prata ganska bra?"

"Tydligen inte. Nästa gång någon frågar säger jag 'No, pas du tout."

Jag skrattar åt detta.

"Det märks att du är min dotter tror jag."

"Lika tjurskallig menar du?"

"Jag vet inte ..."

Det jag vill säga är att jag inte tycker att tjurskallig är rätt ord men jag låter det bero.

Anna 1925

Tiden går, pojken växer och när det går mot vår igen börjar han krypa och blir gladare. Mer tillfreds. Anna slipper gå och bära på honom. Stig sover på nätterna och livet återvänder.

Några Stockholmsbesök har det inte varit frågan om senaste tiden men lagom till Gustavs realexamen har Stig blivit nio månader och Ivar erbjuder sig att passa pojken om Anna vill åka in till Stockholm. Så får hon se sin förstfödde ta realexamen. Hon är omåttligt stolt, kastar konfetti på honom och hurrar. Följer med hem till Kristina och firar honom. Hon har köpt en present, en plånbok i skinn som han verkar uppskatta. Hon är glad att det har ordnat sig för honom men en liten tagg finns kvar i hennes hjärta för att hon inte fick vara hans mamma, för att hon inte var den som tog hand om honom. De dricker kaffe och äter tårta. Gustav, Kristina, Emil, Erika och Karl, Erikas man som Gustav kallar Farbror. På kvällen är de bjudna på middag hos Fromms som är svärföräldrar till Gustavs syster Sigrid. Dit är inte Anna bjuden. Det blir konstig stämning när Anna får ge sig iväg hemåt och de andra går till familjen Fromm för att fortsätta fira.

"Gustav, följer du Anna till bussen"? säger Erika.

Det gör han, det verkar inte vara besvärligt för honom. Han är ståtlig med sin hatt och hon är stolt över att få gå bredvid honom.

"Har du någon flicka", passar hon på att fråga honom. Hon har undrat.

Han tittar förvånat på henne.

"Fästmö?" säger han. "Nej det har jag inte tid med."

"Men nu blir du ledig från skolan."

"Jag måste försöka skaffa mig ett jobb."

Jo det förstås, tänker Anna. Men han är ändå snart sjutton år. För Annas del får han göra som han vill. Hon är glad att han är skötsam och välartad.

När bussen kommer och Anna ska kliva på ger hon Gustav en kram. Lite motvilligt kramar han tillbaka. Hon vinkar åt honom och så skiljs de åt. Hon saknar honom redan.

1925

I maj började examensskrivningarna. De pågick i flera dagar från halv nio till ett, första dagen var det svenska, sedan matematik. En dag ledigt emellan skrivningarna för återhämtning. Därefter tyskan som jag tyckte var lätt och så avslutades det med engelskan som var betydligt svårare. Engelskläraren ville tydligen ge oss en utmaning för det visade sig att det var en studentskrivning.

När skrivningarna var avklarade blev det dags för den muntliga tentamen. Vi pojkar började den första dagen och jag fick i uppgift att hålla ett muntligt anförande i kristendom, kemi och slutligen svenska där jag höll ett föredrag om Heidenstam. Jag fick även läsa högt om Elie Himlafärd.

Vi klarade oss alla 12 och så fick vi ta på oss realskolemössorna som såg ut som studentmössor men grå till färgen, fast Hilding och jag hade hatt, ut till tanterna med blomsterkransar och skolkamrater med risgryn, konfetti och serpentiner.

Anna dök också upp och när jag kom hem bjöd Erika på tårta, mamma på kaffe och dopp. Det blev middag hos Fromms och min fostersyster Anna-Stina hade skickat telegram med gratulationer.

Anna frågade om jag hade någon fästmö och jag måste säga att jag blev överrumplad, svarade att jag inte hade tid. Det var delvis sant men det var även så att jag var alldeles för blyg. På den här tiden led jag även av några högtravande tankar om att respektera kvinnor.

Det fanns många söta flickor i min omgivning men jag hade bestämt mig för att jag inte skulle utnyttja kvinnor och därför vänta med att närma mig en kvinna fysiskt tills jag hade gift mig. Således fick jag vänta då min ekonomiska situation inte skulle möjliggöra giftermål än på ett tag.

Dagen efter var det flickornas tur och även de klarade sig. På kvällen samlades teatergänget hos Stella klockan åtta. Sen gick vi i armkrok runt Djurgården och var inte hemma förrän klockan två. Livet började på ett nytt kapitel.

Betygsutdelning och skolavslutning hölls i Storkyrkan. Jag hade fått två a och resten ab och var rätt nöjd. Jag kunde möjligen ha ansträngt mig något mer i de ämnen som jag hade lätt för, historia, tyska och svenska och uppnått högre betyg där.

Vi åkte på skolresa till Vadstena och jag fick i uppdrag att arrangera allting. Jag skrev verser om skolresan som jag hektograferade och delade ut. Det blev en trevlig resa men ett stänk av vemod smög sig in då det kunde vara sista gången med klassen.

"Ska du med och titta på fyrverkerierna?"
Det var Arne som frågade.
"Var då?"
"På Strömmen. Blir säkert tjusigt."
"Låter skoj."
Rödakorsveckan anordnade spektaklet. När vi kom fram rådde en sällan skådad trängsel, det var tydligen fler som kommit på samma ljusa idé. Men det var inte svårt att se de färgglada explosionerna och vederkvickta av de tjusiga synintrycken återvände vi hemåt så småningom.
"Ses vi i morgon?" "sa Arne när våra vägar skiljdes åt.
"Visst. Ska du också springa?"
"Nej i morgon är jag åskådare. Du då?"
"Springer för Hellas andralag."
Jag var stolt över att ha blivit uttagen till laget, även om det bara var andralaget. Det var stafettlöpning 4x400 meter.

Arne kom mycket riktigt för att beskåda det hela men det hade han lika gärna kunnat strunta i för min del. Jag hade bly i benen och det gick inte alls särskilt bra, varken för mig eller för laget. Det var såklart trist att få ett sånt bakslag just till tävlingen men jag fortsatte att träna och tävla hos Hellas och lyckades vinna ett fyrahundrameterslopp på tiden 59,1, vilket var ett bra resultat för mig. Det verkade trots allt som om jag skulle kunna fortsätta att utvecklas.

Där hölls så kallade handikapptävlingar för att alla skulle kunna tävla mot varandra trots ojämna prestationer sedan tidigare och jag föreföll vara i bra form för jag vann även ett 1500-meters lopp på tiden 4.43,4. Träningen hade gett resultat. Skulle jag kunna nå mitt mål och bli en framgångsrik idrottsman?

1982

Jag tittar på skåpet med mina priser. Jag fick så småningom en del placeringar men inte i några större sammanhang. Mitt bästa resultat gjorde jag en gång när jag hade försovit mig och fick springa hela vägen upp till Stadion, Då hann jag aldrig bli nervös. De där nerverna var min största fiende.

På en ny kontaktannons får jag svar av en utomordentligt trevlig kvinna vid namn Berit. Efter att ha pratat i telefon ett par gånger träffas vi och dricker te. Hon är förtjusande, pigg och glad och tio år yngre än jag. Hon tycks trivas i mitt sällskap lika bra som jag trivs i hennes. Vi träffas ibland hos mig och ibland hos henne och börjar sova tillsammans och livet känns roligare igen.

I december reser jag i sällskap med Sven Bergman till Puerto Rico på Gran Canaria. Där solar 95% av damerna barbröstade. Tiderna förändras. Jag vet inte om jag tycker att det går åt rätt håll i just det avseendet.

Till jul är jag hemma igen och Martin och Magdalena kommer och firar den tillsammans med mig. Vi äter, delar ut paket och jag visar film.

Jag får ett par strumpor och en blomma. Till Magdalena har jag köpt ett halsband i Puerto Rico och Martin får en tröja. Det behöver han, han är dålig på att köpa kläder åt sig. För snål, säger Magdalena. Kanske tycker han bara att det är besvärligt.

Det har dessutom kommit en rejäl slant från mormor, Nellys mamma.

När jag blir ensam roar jag mig med att ta fram min gamla dagbok igen.

Fredag 26 Juni 1925
En bankkassör i Tidaholm tog i midsommar den till 95 000 kronor uppgående kassan med sig och schappade iväg till Holland – per flygmaskin! Äventyrligt nicht wahr? Polisen har inga spår.
Tisdag 30
Idag har Svenska teatern så gott som brunnit ned. Det ansågs att branden var anlagd.

Svenska Teatern var Sveriges största dramatiska teater under åren 1875–1925. Den hade sin huvudentré på adressen Blasieholmsgatan 4. Jag hade besökt den ett flertal gånger med stor behållning.

Under sommaren passade jag på att roa mig med teater och film. Jag gick till Skansens friluftsteater i sällskap med Erika och såg *Timmerflottare* och till Tantolundens Friluftsteater för att åse *Kärlek och landstorm*, en komedi av Gideon Wahlberg, som utspelade sig under Världskriget 1914. På Record såg jag "En *Försvunnen Värld*, om expeditionen som tog med en jätteödla från Juratiden – Brontosaurus - till London, varvid panik utbröt. En annan kväll såg jag Chaplins *Guldfeber*.

Den här sommaren invigdes Eriksdalsbadet och jag gick dit och badade.

På min födelsedag den åttonde juli blev jag firad med tårta uppe hos Johanssons.

"Jag ska åka till Katarinagården", sa mamma på kvällen. "Och stanna där i två veckor. Vill du följa mig till Centralstationen, Gustav? Hjälpa mig med väskan?"

"Så klart jag vill."

"Du får sova hos Johanssons ett par nätter för pappa ska passa på att fernissa mattorna."

Mattorna var av linoleum och var ganska slitna så en fernissning skulle göra dem gott. Att sova hos Johanssons innebar inga problem för mig.

Två veckor senare kom mamma hem igen och jag firade henne med tårta på Kristinadagen.

Hösten 1925 läste jag i Stockholmstidningen ett införande från "de gamla" som tackade paret Gyberg för den vänlighet som visats dem i samband med deras vistelse på Katarinagården. De betonade vilken härlig upplevelse detta varit för dem. En av dessa gamla var min mamma som storligen uppskattade möjligheten att få komma bort från staden ett par veckor under sommaren.

I tidningen läste jag även om landskampen mellan Sverige och Frankrike i allmän idrott samt att Arne Borg hade satt flera nya världsrekord.

Jag tjänade tio kronor genom att åka ut till Ulriksdal och satsa på en häst.

"Du har tur som en tok", sa Farbror.

Det kanske jag hade men det var ändå inte ett sätt jag kunde försörja mig på. Jag måste skaffa mig ett jobb.

Jag bestämde mig för att gå runt och söka på tidningarna. Jag hade en idé om att bli skribent, jag hade fått flera uppsatser publicerade tidigare men sökandet blev utan framgång.

Jag försökte istället att få någon tidning att ta in ett kåseri jag hade skrivit men inte heller det gav något resultat. Skulle jag behöva ge upp min plan och försöka med ett annat yrkesval? Jag kunde inte komma på något direkt och kände inte heller någon panik. Det fick ge sig.

Vad jag inte hade räknat med var det tjat som utbröt. Både mamma och Erika försökte övertyga mig om att jag måste skaffa ett jobb snarast. Vad som helst, bara det var ett jobb. Jag fick vika ner mig, gick till Platsbyrån och anmälde mig. Det kostade tre kronor + 20% av första månadslönen.

Jag fick jobb hos bröderna Koper, Klara norra kyrkogata med 50 kronor i månadslön men innan jag hann börja jobba blev jag genom en Hellasgrabb erbjuden jobb i en färgaffär på Hornsgatan med 25 kronor i veckan och bestämde mig för att ta det istället. Det var inget svårt beslut, det blev dubbla förtjänsten.

Efter ett par veckor på det nya jobbet fick jag hjälpa till att expediera kunder och fick "hundsnus" av bara katten:

"Din klumpeduns", sa chefen när jag tappade en färgburk.

"Sätt fart nu din slöfock", kom en stund senare.

"Men är du korkad?" skrek han när jag inte förstod rutinerna för att ta betalt.

Inte roligt att jobba när jag hela tiden blev upplyst om hur fumlig och bakom jag var.

Jag hade känt ett tag att mina idrottsresultat blev bättre tack vare min intensiva träning, jag gick på gymnastiken flera gånger i veckan och tränade på Östermalms Idrottsplats så ofta jag hann.

En kväll efter träningen hade någon stulit min kostym och det var bara till att ta sig hem i träningskläderna. Nästa morgon gick Erika med mig till polisen och anmälde stölden.

Polisen hörde av sig en tid efteråt och berättade att jag kunde komma och hämta den stulna kostymen och tjuven skulle betala skadestånd.

Jag läste om tjuven i tidningen, det var ett kontorsbiträde Jakobsson som vid flera tillfällen varit inne i omklädningsrummet på Östermalms idrottsplats. Tydligen hade han även stulit bland annat resväskor från ångbåtar vid Blasieholmen och Munkbron men till slut alltså blivit gripen. Så en morgon ett par dagar senare var cykeln borta när jag kom ner på gården. Fler tjuvar i farten tydligen och jag fick gå till jobbet och kom förstås för sent. Det var för jäkligt att man inte kunde få ha sina saker i fred.

"Vad du ser ut", sa Chefen när jag kom till jobbet.

"Jag har en sån förbaskad tandvärk."

"Men gå till tandläkaren, då. Så där kan du inte gå runt i butiken, du kan skrämma kunderna.

Det förstås, det var det viktiga. Att jag gick omkring och led mina helsikes kval brydde sig ingen om. Jag gick till tandläkaren och fick sitta och vänta en stund innan jag fick komma in. Tandläkaren behandlade tanden med arsenik och därefter skulle vi vänta på att nerven skulle dö.

Så småningom fick jag tanden opererad av Doktor Olivecrona på Sabbatsbergs Sjukhus.

Jag fortsatte att träna flitigt. Jag kände att jag var inne på rätt spår men när hösten kom blev det mörkt på kvällarna och då jag ofta blev kvar till sent på jobbet hände det allt oftare att det inte blev någon träning. Jag såg idrottskarriären lösas upp och försvinna som morgondimma i solsken. Detta på grund av ett jobb där jag bara fick ovett och inte heller särskilt bra betalt. Jag hade aldrig kunnat försörja mig själv om jag inte bodde kvar hemma. Jag borde försöka hitta ett annat jobb.

Jag funderade över detta med att ha ett jobb där jag fick använda hjärnan istället för kroppen och bestämde mig för att ta studenten per korrespondens. Således beställde jag hem en Hermodskurs för femhundratjugofem kronor. Första brevet kom efter ett par veckor och jag satte direkt igång med mina studier.

"Gustav, vill du gå och hämta ut vår spritranson för den här månaden?"

Det var fru Fromm som frågade.

"Men jag är bara sjutton år och det är emot alla lagar och förordningar?"

Vad menade tanten? Visste hon inte det? "Du ser så presentabel och vuxen ut, Gustav, att det inte lär vålla några problem. Seså, här har du motboken." Med fjäsk kommer man långt, så jag lommade iväg och köpte sprit. Tant Fromm fick rätt i att det inte vållade några som helst problem.

Motboken hade både fördelar och nackdelar, den kom till som resultatet av en kompromiss. Nykterhetsrörelsen ville ha ett totalt rusdrycksförbud. Det blev folkomröstning i augusti 1922 och nejsidan vann knappt och så blev det motbok och Systembolaget fick monopol på all försäljning. Och man måste handla i en bestämd butik. Hur mycket man fick köpa stod i motboken. Men det fanns ingen rättvisa. Det berodde på inkomst, förmögenhet, kön och samhällsposition. 1925 avskaffades motboken men det förde inget gott med sig för sen började ungdomsfylleriet. När vem som helst kunde köpa hur mycket sprit som helst. Även om det fanns en åldersgräns fanns det mindre nogräknade typer som langade åt ungdomar.

"Nu har Oskar blivit uppsagd. Hur ska det gå för honom?"

Mamma Kristina lät förtvivlad. Det kramade om i bröstet, inte för min tråkige fosterbroders skull, utan för mammas.

"Han måste flytta till nödbostäderna i gymnastiksalen på Tjärhovsgatan."

"Det var inga roliga nyheter."

"Du får gå och hjälpa honom att flytta, Gustav."

Jag hade ingen lust men gjorde det ändå för mammas skull.

På 1920-talet rådde det fortfarande svår bostadsbrist i Stockholm. Folkmängden hade fördubblats mellan 1880 och 1900 som en följd av den industriella revolutionen och den därmed förorsakade inflyttningen. Med anledning av detta hade provisoriska bostäder i till exempel gymnastiksalar och sjukhus anordnats. En sådan nödbostad kunde vara ett med brädor avgränsat och upptill öppet bås.

Oskar tackade för hjälpen. Jag skyndade mig hem så snart vi var klara. Sen jag blev äldre och fått reda på min bakgrund hade han slutat kalla mig för hittebarn men jag ville ändå ha så lite som möjligt att göra med honom.

I oktober kom doktor Didriksson hem och undersökte mamma Kristina som hade avfört blod under natten. Han hade inget svar och hon fick istället åka till Provisoriska Sjukhuset. Orosdjuret i magen stökade runt ett tag. Jag tryckte undan de malande tankarna med ett extra tufft träningspass. Det var bra med träningen, jag blev för trött för att oroa mig.

Julen närmade sig och jag satte igång med att lacka julklappar och skriva rim. Jag jobbade fortfarande långa dagar. Än värre blev det när julbrådskan satte igång i december och jag fick jobba till klockan åtta varje kväll. All träning fick om möjligt förläggas till helgen.

På julaftonen jobbade jag till klockan fyra på eftermiddagen. När jag skulle gå fick jag femton kronor i julpengar av direktör Persson. Det var ändå bussigt av honom.

Julen firades hos Fromms.

På Nyårsafton jobbade jag till klockan sex och gick sedan och såg en föreställning på Blancheteatern.

Så kom vändpunkten när vi höll inventering i färgaffären. Jag var med och räknade färgburkar. Av misstag råkade jag välta ut en färgburk och fick sparken.

Jag var ändå ganska trött på jobbet där jag aldrig verkade göra något rätt och aldrig rönte någon uppskattning. Jag skulle säkert hitta något annat.

1983

Jag fortsätter att träffa Berit, bjuder henne på en resa till Teneriffa och köper en dyr ring åt henne men när vi kommer hem igen vill hon inte träffas mer. Hon säger att jag är tråkig som vill sitta hemma och prata när hon vill gå ut. Jag är för gammal. Och jag som har blivit förälskad på gamla dar. Den upprymdhet jag känt ett tag är nu som bortblåst och jag sjunker längre ner i misstämning än tidigare. Jag är ensam igen.

Jag har fortfarande svårt att sova, sover för lite, vaknar vid halv sex av bilarna på vägen utanför eller av magvärk, är ofta yr och har dessutom ont i ryggen. Det är väl själva fanken också, roligare har man haft. Jag tror att jag har ischias och går till Bocka, min läkare, men han tror det är något annat, säger han, något med lederna.

Magdalena har varit i Berlin i två veckor. Hon kommer och klipper mig och tvättar och berättar att hon har köpt en egen häst. Nu ska hon åka till Idre och åka skidor. Utför. "Jag ska jobba på Brobergs när jag kommer hem, säger hon. Jag skulle egentligen bara läsa ikapp ett par tentor som jag har missat men nu vill Bengt att jag ska ta hand om en dator som de ska köpa och ha till löner och redovisning. Då vill han att jag stannar där ett tag." "Det kan vara en bra erfarenhet." "Jag måste skaffa mig en bil då. Kan du hjälpa mig med det?" Det gör jag självklart. Vi pratar om vad hon ska ha för bil och hur mycket den får kosta. Hon vill ha en Volvo och hon har bara några tusenlappar så det får bli en bil med några år och mil på nacken.

Det är tomt i den stora lägenheten. Om jag ska hyra ut ett rum? Jag sätter in en annons men får inga vettiga svar.
Avbrott i ensamheten blir det när jag träffar Sven Bergman, ibland åker jag in till Kungsholmen och träffar både honom och Sonja.

Dörrklockan plingar till och jag går och öppnar. Utanför står två kvinnor. De presenterar sig, berättar att de kommer från Jehovas vittnen. Jag bjuder in dem att sätta sig vid köksbordet och försöker berätta att det där som de predikar är en saga. Jag redogör för min hållning när det gäller religion. Länge och väl berättar jag för dem hur mycket religionen har förstört här i världen, hur det varit ett sätt för makthavande att hålla folk på plats men det verkar vara bortkastat. De försöker övertyga mig om Guds existens men de får inte yttra många ord innan jag avbryter dem och berättar att det där är nys. Jag gör mitt bästa för att omvända dem men det lyckas inte tyvärr.

Jag har läst ut dagboken från 1925 och det är dags att börja med ett nytt år.

Fredag 1 Januari 1926 Nyårsdagen
Jag inledde det nya året med en träningspromenad Fittja - Huddinge –
Skanstull och hem, cirka 37 kilometer. Det var en promenad på nästan fem
timmar.

Måndag 3
Klockan 5 i morse var jag oppe och försökte få snöskottningsjobb, men på
det första stället var styrkan fulltalig och det andra stället fick jag inte tag
i förrän det var för sent.

Nu skulle jag börja före alla andra och träna hårdare för att på så sätt lyckas prestera bättre. Så fort våren gjorde entré med plusgrader och tö i slutet av mars, började jag träna löpning. Jag skulle bli vältränad och på så vis öka mina chanser till goda resultat på löptävlingarna framöver och då gällde det att vara ute i tid.

En dag när jag kom hem från träningen mötte jag Erik. Han bodde uppe hos Johanssons men var nere hos oss när jag kom. Jag var ofta uppe hos Johanssons men jag sov fortfarande hos mamma och pappa där jag hade eget rum sedan min syster Anna-Stina hade flyttat.

"Kom upp sen ska du få se vad vi har köpt", sa han.

Det de hade köpt var ett pingpong-spel. Eller rättare sagt: Erik hade köpt racketar och boll och sen spelade de på köksbordet. Jag provade men det gick inte bra, jag var klumpig och missade bollen hela tiden. Jag fick helt enkelt öva mer. Det var som med allt annat; övning ger färdighet men på avbytarbänken blir man ingen mästare.

Jag beställde en radioapparat, tänkte att vi skulle ha en egen apparat att lyssna på nu när det blev fler sändningar. När jag fick hem den och berättade det uppe hos Johanssons blev de väldans intresserade.

"Vilken sort", ville Farbror veta.

"En kristallmottagare med hörlurar för sjutton och femtio."

"Jag måste följa med ner och titta", sa Erik.

Erika gick också med ner, men Farbror stannade kvar.

"Du måste ha en antenn", sa Erik.

Det hade jag inte tänkt på.

" Vi kan använda telefontråden som antenn."

Erik var en riktig problemlösare och mer teknisk än jag.

Vi hjälptes åt att montera ihop det hela, fick ljud i radion och lyssnade tillsammans ett tag.

Jag fick ett nytt jobb som kägelresare på Östermalms Bowlinghall och jobbade från ett till elva på kvällen men efter ett tag fick jag ont i ryggen av jobbet och blev tvungen att sluta och var arbetslös igen. Jag klarade mig bra ändå, jag behövde inte betala något hemma när jag inte hade något jobb. Jag funderade över vad jag skulle jobba med. Jag bestämde mig för att anmäla mig till en kurs i maskinskrivning och stenografi med sikte på att kunna få en kontorsplats så småningom. Det borde kunna gå. Studentkursen som jag skulle läsa på korrespondens hade jag däremot givit upp. Det blev för svårt att klara på egen hand, särskilt som jag skulle jobba samtidigt. Jag hade verkligen försökt klara Hermodsstudierna men det hade inte gått något vidare. Det var krångligt att läsa allt på egen hand och jag hade svårt att hitta tiden eller snarare disciplin nog att ta itu med det. Jag beslutade mig därför för att avbryta försöket.

Kvällstid läste jag Jack London och Selma Lagerlöf. På bio såg jag *Samhällets olycksbarn* efter Victor Hugos roman. Stora teatern visade *Fantomen på Operan*. På Röda Kvarn gick *Körkarlen* i regi av Victor Sjöström efter Selma Lagerlöfs roman. Jag gick dit och tittade i sällskap med Erika.

Även detta år blev det Gymnastikuppvisningen med PU. Den ägde rum i det nybyggda Konserthuset vid Hötorget i april. Det blev lyckat. Vi hade tränat många timmar och det var riktigt roligt, med mycket mer publik än när vi hade våra uppvisningar i blå hallen i Stadshuset.

På Östermalms Idrottsplats hade de lagt ut kolstybb; ett slags finfördelat kol blandat med sand, lera och tjära, vad det nu skulle vara bra för. Där gick inte att göra några vidare tider. Det var som ett potatisland och där kunde jag inte alls springa. Det blev till att springa i terrängen.

När sommaren kom sprang jag för första gången 5000 meter och tävlade dessutom i spjutkastning. Jag kände mig vältränad och stark men gjorde ändå inga vidare resultat.

De Baltiska spelen hölls på Stadion och jag gick dit tillsammans med Hilding och Arne för att åse spektaklet. Vi följde även resultaten i boxning, där den engelska tungviktsmästaren Phil Scott blev utslagen av Harry Persson på knockout i elfte ronden.

På sommaren badade vi i Eriksdalsbadet och jag åkte på utflykt med mamma och pappa till Drottningholm där vi dukade upp smörgåsbord i slottsparken. Mamma hade packat ner hårdkokta ägg, sill och bröd som vi avnjöt i solens sken.

På Skansens friluftsteater gick *Värmlänningarna* och Erika och jag gick dit och såg föreställningen

Jag fyllde arton år och fick strumpor och hängslen i födelsedagspresent. Samtidigt började jag ett nytt jobb som vaktmästare i Stadshuset. Jag fick äta frukost på Stadshuskällarens personalavdelning där det var fabulöst billigt.

När jag var ledig hjälpte jag Erika att mangla. Hon hade skaffat en elektrisk mangel och det var en spännande nymodighet som förenklade arbetet.

"Vill du följa med till Djurgården?"
Ville jag följa med till Djurgården?
Det var lördag, det var sommar och solen var lagom stark. Klart jag ville med till Djurgården.
"Vi går på Nöjesfältet först och Gröna Lund sen."
"Förträffligt."
Det var Erika och Erik, Hilding och jag.

Jag fortsätter läsa i dagboken.

Lördag 10 juli.
Klockan åtta i morse fick vi hem ett lass björkved som pappa och jag hjälptes åt att bära ned i källaren och trava opp. Därefter tränade jag på Östermalms.

103

Så mycket bättre det är nu, tänker jag, när vi slipper bära ved och när varmvattnet kommer när man vrider på kranen. Det är svårt att komma på något som var bättre förr.

"Det är namnsdagskalas hos Stella i morgon. Du är bjuden. Jag skulle hälsa dig det."

Hilding blinkade med ena ögat för att antyda att det eventuellt fanns en spirande romans där. Jag skrattade och sa:

"Hälsa henne att jag kommer och att nästa gång kan hon lämna inbjudan själv."

Jag tog med mig en blomma och det bjöds på te och smörgåstårta. Någon spirande romans var det dock inte fråga om. I alla fall inte för mitt vidkommande. Visserligen hände det att jag tänkte på flickor men jag vågade inte ta några initiativ och dessutom var Stella en god kamrat och det var inte tal om någon flirt för min del. De flesta av mina tankar handlade för övrigt om träning. Det där med romanser, det fick komma så småningom.

Om jag tänkte på flickor, funderade på om jag skulle vilja ha en fästmö, visste jag ändå inte hur jag skulle gå till väga, jag var alldeles för blyg.

Kanske skulle jag gå ut och dansa? Men då borde jag först lära mig det. Kanske kunde jag anmäla mig till en danskurs?

På morgnarna tränade jag före jobbet och jag märkte hur jag började komma i form, orkade mer, längre och snabbare. I ungdomsmästerskapen blev jag placerad ett flertal gånger. Träningen hade gett resultat och det ingav hopp inför en framtida idrottskarriär.

På Götiska Teatern gick filmen *Mänsklighetens Gissel* en tysk upplysningsfilm om könssjukdomar. Hilding och jag gick dit och såg den och förfasade oss över vad man kunde råka ut för om man var mindre nogräknad. Vi sa inte mycket på hemvägen, vi visste inte vad vi skulle säga och vi var väldigt fundersamma båda två.

I oktober möttes jag av en omvälvande nyhet när jag kom hem från jobbet:
"Nu får du skaffa eget boende, Gustav."

Uppmaningen träffade mig som en snyting. Mamma lät inte glad när hon sa det men jag hörde på hennes röst att hon hade bestämt sig. Det borde inte ha kommit som en fullständig överraskning, jag var i stort sett vuxen. Det var ingen idé att protestera. Ändå svarade jag:

"Men ..."

"Min bror Klas kommer hem från Amerika och han ska bo här."

I mitt rum.

"Du är stor nu. Du måste kunna klara dig själv."

Jo, det förstås. Jag hade fyllt arton och jag hade ett jobb. Men ändå. Hur skulle jag klara mig? Lönen var blygsam. Hemma betalade jag nästan ingenting och de pengar jag tjänade hade jag hittills kunnat spara eller göra av med på nöjen och kläder. Nu skulle det bli andra bullar. Skulle jag ha råd att köpa mat? Skulle jag bli tvungen att laga mat själv? Det var mer än vad jag klarade.

Mamma såg antagligen på mitt ansiktsuttryck att jag blev orolig för hon sa:

"Jag har pratat med Erika och du kommer att få komma hem hit eller till henne och äta flera dagar i veckan. Du ska nog klara dig, Gustav."

Jag började titta i tidningen efter rum att hyra och hittade ett på Polhemsgatan som kostade 35 kronor i månaden.

Efter att ha varit där och sett rummet och talat med hyresvärden bestämde jag mig för att flytta in och det ganska omgående då morbror Klas redan hade kommit. Jag tog mina få pinaler med mig och tog mitt nya boende i besittning. Det var redan möblerat med en säng, ett gammalt skraltigt träbord och fyra pinnstolar. Det fanns en vask så jag kunde tvätta av mig och dasset låg på gården.

Nu fick jag börja äta frukost på Kajutan på Skeppsbron för en krona och femton öre. Där fick jag gröt och ägg. Erika och mamma turades om att bjuda mig på middag. Hilding kom med en gåva: En elektrisk kokapparat så jag skulle kunna laga något enkelt åt mig själv. Jag fick låna ett par kastruller av Erika och jag klarade att koka ägg och gröt och det fick duga åt mig de dagar jag inte blev bjuden på mat.

Flytten till egen bostad innebar att ett nytt kapitel startade i mitt liv. I lägenheten bredvid bodde Svenssons, en kvinna och hennes dotter Eva-Lisa som var två år äldre än jag. De bjöd in mig till sig redan första veckan, vi drack te och spelade kort. De tyckte synd om mig för att jag var ensam. Sen blev det så att vi umgicks var och varannan kväll.

Mamman, tant Ida, var snäll och dottern, Eva-Lisa, var söt på något sätt och lätt att prata med. Hon var inte direkt vacker men väldigt charmig och hon verkade vara intelligent. Dessutom visade hon intresse för mig och verkade uppskatta mitt sällskap. Jag var inte van vid att väcka intresse hos flickor och snart kunde jag inte sluta tänka på henne. Jag tänkte på saker hon hade sagt och försökte analysera det och jag fantiserade om vad jag skulle säga till henne när vi sågs.

När jag ett par veckor senare fick en muskelbristning i ryggen blev jag tvungen att hålla upp med idrottandet ett tag och fick ännu mer tid att träffa henne. Vi sågs i stort sett varje kväll.

Ungefär vid den här tiden blev en av mina stora idoler i livet, Ernst Rolf, populär med sina revyer som spelades på olika teatrar i stan. Arne, Hilding och jag gick tillsammans och tittade.

Jag kunde inte få nog av hans kupletter, alltså de humoristiska eller satiriska sånger som ingick i revyerna. De var intelligenta och elaka och väldans kul och hade ofta dagsaktuella anspelningar. Det ledde till att jag köpte en grammofon och två skivor med Ernst Rolf så jag kunde lyssna hemma också.

En av Rolfs populära låtar var "Bättre och bättre dag för dag", en annan var "De ä grabben me chokla i".

I samma veva började Hilding och jag på dansskola. Jag kom med förslaget och han tyckte det lät som en bra idé. Planen var att kunna gå ut och dansa och träffa damer. Arne hade inte tid att följa med, han pluggade till att bli ingenjör.

Eva-Lisa gav mig ett porträtt av sig själv i julklapp och jag undrade vad hon ville säga med det men jag skulle aldrig ha vågat fråga. Jag hoppades att det betydde att hon tänkte att vi kanske hade en framtid tillsammans.

Jobbet i stadshuset var ett vikariat och när den ordinarie vaktmästaren kom tillbaka efter sin ledighet blev jag av med jobbet. Som tur var hade jag lyckats spara ihop några hundringar som kom väl till pass, även om det bar mig emot att tära på mitt sparkapital.

I december gick jag och såg *Faust* med Gösta Ekman i huvudrollen. Julotta firades i S:t Görans kyrka.

Vi gick mot ett nytt år och jag hade fortfarande inte fått reda på något mer om min far. Jag bestämde mig för att försöka få Anna att avslöja mer om honom.

Kanske skulle det nya året också bli ett år då jag äntligen skulle få träffa en flicka och få uppleva kärlek?

Del 2

Dans och romans

Anna 1926

Emil svarar när Anna ringer.

Det var länge sedan hon hade kontakt med Kristina och Gustav. Stig har vuxit, han kan gå och har börjat prata lite.

"Kristina är krasslig", svarar Emil.

Anna lyssnar på Emils röst och försöker avgöra om han är drucken.

"Hon har fått bältros, det är ett elände", fortsätter Emil. Hon är på sjukhuset."

Anna vet att Kristina är över sjuttio år och det är inte konstigt att hennes hälsa är sämre. Men Anna borde ha hört av sig, det har gått på tok för lång tid.

"Gustav har flyttat hemifrån", svarar han på Annas fråga. "Han är stor nu, grabben, får klara sig själv."

Anna bestämmer sig för att åka till Stockholm. En kväll tar Ivar hand om sin son när han kommer hem från jobbet och så kan Anna ta bussen in till Stockholm. Hon hälsar på Kristina på sjukhuset och får adressen till Gustavs nya boende.

Det är bara ett litet rum med kokplatta men han verkar i alla fall hålla rent och snyggt omkring sig. Han bjuder på kaffe och de småpratar lite.

"Det är oroligt när mamma är dålig", säger Gustav. "Jag vet inte hur det ska sluta."

Kristina var över femtio år när Gustav föddes och åldern tar såklart ut sin rätt. Anna förstår att Gustav är orolig.

Hon är glad att han har fått möjlighet att växa upp i ett ordentligt hem samtidigt som en liten del av hennes hjärta önskar att hon hade fått vara Gustavs mamma.

De pratar om jobb, hur svårt det är att försörja sig på lönen.

"Var jobbar du nu, Gustav"?

"Jag har börjat hos en advokat som allt-i-allo. Det är nog bara tillfälligt och jag får inte mycket betalt men Erika och mamma turas om att bjuda mig på mat så jag klarar mig ändå."

"Idrottar du fortfarande?"

"Så mycket jag hinner. Jag har börjat på dansskola också, Hilding och jag."

Rätt som det är knackar det på dörren och en ung flicka kommer in.

109

"God dag", säger hon.

"Det här är min granne", säger Gustav. Hans ansikte skiner upp och han gör en svepande gest mot flickan. "Fröken Svensson, Eva-Lisa." Och det här är fru Högvall", fortsätter han och tittar på flickan. "En, hrm, släkting." Vill han inte presentera henne som sin mamma? Det svider i bröstet. Hon hade velat vara hans mamma, ta hand om honom, se honom växa upp. Samtidigt förstår hon. Han har ju redan en mamma och han verkar lite spänd inför flickan.

"Trevligt att träffas", säger Anna.

"Javisst, trevligt", svarar flickan, kommer fram och tar Anna i hand. Anna ser hur Gustav har svårt att släppa flickan med blicken.

"Är ni nära bekanta?"

Anna ler och tittar från flickan till Gustav och på flickan, Eva-Lisa, igen. Gustav svarar inte. Anna tycker sig se en lätt rodnad i Gustavs ansikte.

"Jovars, vi bor ju så nära, brukar ses nästan varje dag", säger Eva-Lisa.

"Men nu ska inte jag störa", fortsätter hon och går mot dörren.

"Du stör inte, Eva-Lisa", säger Gustav. "Kan du inte stanna?"

"Vi ses sen, Gustav", säger Eva-Lisa och lämnar dem. Anna ser på Gustav hur besviken han blir.

"Hon hade väl kunnat stanna en stund", säger Anna. "Har ni sällskap? Är det din flicka? Är du förtjust i henne?"

"Jag vet inte om hon är min flicka men jag tror att jag är kär i henne."

Anna får bilden klar för sig. Om Gustavs känslor hade varit besvarade hade väl Eva-Lisa stannat? Gustav är osäker och hon utnyttjar det. Det var inget märkvärdigt med den där flickan, hon var inte särskilt vacker och inte verkar hon vara så snäll heller. Hon skulle vilja säga åt honom att ge upp henne för att inte bli sårad men förstår att det inte är någon idé. Gustav är ung och osäker på flickor och om hon skulle komma med invändningar skulle det säkert bara få motsatt effekt. Det är bara att hoppas att han tar sitt förnuft till fånga och börjar intressera sig för andra flickor.

"Hur är det ute på Stenhamra, Anna?"

Anna berättar om Ivar och Stig men Gustav verkar inte lyssna så noga så hon fattar sig kort. Det känns ändå bra att ha fått träffa honom. Han är ju en vuxen man nu. Kaffet är urdrucket. Anna tittar på klockan och konstaterar att hon bör bege sig till bussen så att hon inte kommer hem för sent.

1983

Det blir sommar. Solen skiner in genom de stora fönsterna ut mot parkeringen och gör våningen outhärdligt varm. Jag tar några små träningspromenader och knäet verkar hålla. Jag går och badar i Rudan, ligger och solar en stund vid den södra änden. Till min födelsedag i juli kommer Martin och Magdalena och hälsar på. De har med sig en tårta, en blomkvast och en chokladkartong. Tårtan äter vi upp med kaffe till, blommorna sätter jag på bordet och chokladasken spar jag enligt Magdalenas order.

"Det är från oss båda", säger hon när de kommer. Jag gissar att hon har köpt allt och Martin har bara behövt betala henne för sin del. Martin har aldrig gillat att köpa presenter, har alltid försökt få någon annan i familjen att ordna det åt honom.

"Träffar du några av era gamla bekanta", säger Magdalena.

"Det händer att någon av Nellys gamla vänner från Haningekören hör av sig och jag stötte på Rolf i centrum. 'Du kan väl komma och hälsa på oss någon dag', sa han. Det var en konstig inbjudan kan man tycka."

När kaffet är urdrucket ger sig Martin iväg hem till Skogås med sin stora amerikanska bil och Magdalena åker hem till Tungelsta.

Jag läser i min dagbok och tänker tillbaka.

Lördag 19 mars 1927
Tänderna i högra underkäken ha blivit en smula trångbodda på senaste tiden, vartill icke minst bidragit att min med åren kraftigt tilltagande intelligens tagit sig uttryck i en därstädes placerad s.k. visdomstand. Påfrestningen på en av oxeltänderna blev till slut så stark och smärtsam att jag gick upp till doktor Ohlsson och lät honom taga ut den.

Jag ler för mig själv, "tilltagande intelligens". Jag skrev mina små skämt. Jag var inte arbetslös särskilt länge utan fick ett vikariat som allt-i-allo hos advokat Wallin och där trivdes jag bra. Jag fick skriva maskin och snart hade jag tränat upp mig ordentligt. Dessutom var advokaten och hans fru bussiga och trevliga. Jag fick jobba hårt, det var mycket att göra men det var bra att ha ett jobb.

När vikariatet hos advokat Wallin tog slut blev jag arbetslös igen och sökte jobb hos kontoristföreningen. De krävde att jag skulle bli medlem. Jag betalade medlemsavgiften och hoppades att det skulle leda till ett jobb så jag inte hade kastat pengarna i sjön.

Teilman i Sundbyberg, en före detta arbetskamrat från advokatkontoret, hörde av sig och bjöd mig på middag och lade sedan bort titlarna med mig. Jag fick vikariera ytterligare några dagar på advokatkontoret då Termelin, som också jobbade där, hade fått begrava sin lilla pojke och var helt nere.

Fram på vårkanten fick jag ett tillfälligt jobb som vaktmästare under stadsfullmäktigevalet med början på Rådhuset. Jag blev glad åt att åter ha ett jobb och få in pengar. Tyvärr varade det bara i ett par månader. Efter det hjälpte jag Erika med tvätt och mangling och fick mat där.

På danskursen dansades mer och mer Charleston men det var inget som tilltalade mig. Däremot hade jag nästan lärt mig foxtrot. Det blev även vals och blues men det var svårare. Hilding och jag kände oss i alla fall tillräckligt danskunniga för att börja gå ut på lokal och dansa. På dansställena noterade jag att damerna var shingladc och målade och hade kjolen knappt till knäna. Jag tyckte de var fula, tjuriga och ociviliserade och saknade det jag ville kalla elegans. Dansade gjorde vi ändå, det var därför vi var där.

Vi brukade köpa en Citronil för 60 öre och lämnade alltid 40 öre i dricks.

Andra former av underhållning var Bridgespel hos familjen Fromm och filmen *Fresterskan* med Greta Garbo på Brunkebergsbiografen.

Greta Garbo, född Gustavsson hade gjort karriär i Hollywood. Det var speciellt spännande att se henne eftersom hon kom från mina kvarter. Jag visste vem hon var men hon var tre år äldre än jag och jag kände henne inte.

På radio lyssnade jag till *Romeo och Julia*.

Jag gick även och såg en föreställning med en illusionist som visade upp en levande kvinna utan huvud. Jag kunde inte för mitt liv begripa hur det gick till.

En kväll när jag kom in till Svenssons visade det sig att Fröken Svensson, alltså Eva-Lisa, hade köpt en likadan hörtelefon som den jag hade. Hon skojade med mig och jag tyckte att hon var fullständigt charmant. "Nu hör vi ihop, herr Karlsson", sa hon. "Nu när vi har likadana telefoner."

"Sakta i backarna, fröken Svensson", svarade jag. "Så långt ska vi väl inte gå."

På morgongymnastiken byttes själva gymnastiken ut mot boxning. Det var bra konditionsträning även om jag inte hade för avsikt att bli boxare. Jag gillade inte att slåss och hade svårt att förstå vari tjusningen låg med att puckla på en helt oskyldig människa som jag inte ens var arg på.

Det var ett hoppande och skuttande och jag blev både andfådd och svettig. Då njöt jag för jag tänkte att jag byggde upp min kondition så att jag kunde löpa bättre.

Gymnastiken hade sin avslutningsfest på den exklusiva restaurangen Gyllene Freden i Gamla Stan och jag kostade på mig 75 öre för att gå och klippa mig inför evenemanget,

Hela tiden fortsatte jag att gå ut och dansa men tränade även med Hellas som nu hade börjat hålla till vid Enskede Idrottsplats. Jag hoppades på en plats i Hellas förstalag på 800 meter och förberedde mig för uttagningslöpningen med fyra äggulor, det hade jag hört skulle vara bra för musklerna.

Det var vid den här tiden mitt vänstra knä började krångla men jag lät det inte hindra mina fysiska aktiviteter. Inte heller lät jag den återkommande tandvärken hejda mig.

Den tjugoandra maj flög Charles Lindberg sensationellt ensam över Atlanten på 33 timmar.

"Imponerande", tyckte jag.

Jag satt uppe hos Johanssons, hade fått mat och passade på att läsa tidningen.

"Men han är väl inte den första som flyger över Atlanten?" sa Erik.

"Nej, men han är först om att flyga ensam non stop. Han var tvungen att hålla sig vaken i trettiotre timmar", svarade Farbror.

113

Den 21 maj 1927 landade den svenskättade amerikanen Charles Lindbergh på flygfältet Le Bourget i Paris efter den första soloflygningen över Atlanten. Den 6 000 kilometer långa flygningen från Long Island i New York med det enmotoriga monoplanet Spirit of Sankt Louis tog 33 timmar och 30 minuter. Lindberghs största problem var att hålla sig vaken. Lindbergh möttes av gigantiska hyllningar i Paris, hans flygbragd gjorde honom till en världskändis.

"Rena galenskapen", sa Erika.

"En galenskap som gav honom 25 000 dollar. Det var priset han fick", sa Farbror.

Jag begrundade detta. Så mycket pengar kunde jag bara drömma om att tjäna.

Jag hälsade på mamma. Hon hade så ont av den där bältrosen hon hade fått. Det skulle ta lång tid för henne att tillfriskna sa läkaren.

Min stackars lilla mamma.

Jag hjälpte mamma med rengöring, piskning av sängkläder och annat en hel dag och fick tre mål mat och två och femtio för besväret. Det var annat än 25 000 men jag var ändå glad för de pengar jag kunde tjäna och jag ville gärna hjälpa min mamma när hon var sjuk.

Min fostersyster Anna-Stina sov hos Erika då hon hade opererat halskörtlarna och när jag var där på besök passade hon på att förhöra mig om mitt förhållande till det täcka könet.

"Jag tror att jag är kär i Eva-Lisa."

"Berätta. Vem är det?"

Anna-Stina verkade glad och ivrig.

"De bor i samma hus och vi träffas ganska ofta. Men hennes mamma är alltid med. Fast det inget fel på mamman, alltså."

"Hur är hon då? Är hon vacker?"

"Inte direkt men hon är söt. Och intelligent för att vara en kvinna."

Jag såg att Anna-Stina rynkade missbelåtet på näsan åt uttrycket men jag tänkte att det vet alla att kvinnans intelligens inte når samma nivå som mannens. Anna-Stina valde att inte kommentera utan frågade istället:

114

"Är dina känslor besvarade?"

"Det tror jag inte, jag är så ung och har ingenting att erbjuda henne."

När jag träffade Eva-Lisa nästa gång hade hon shinglat håret och det var ingenting jag uppskattade. Det sa jag inte och jag visste inte vad jag skulle svara när hon frågade om jag tyckte att det var fint.

"Fröken Svensson är alltid fin", försökte jag lite diplomatiskt.

"Men säg nu herr Karlsson, vad tycker herr Karlsson om min nya frisyr?"

Här gick mamman, tant Ida, in och bröt som tur var.

"Sluta nu Eva-Lisa, ser du inte att du gör herr Karlsson generad?"

De bjöd på saft och vi spelade kille, ett slags kortspel man spelar med en speciell kortlek.

Sen fyllde Eva-Lisa år och hade kalas men jag fick inte vara med för jag var för ung, sa hon. Istället var jag inne och skurade golvet i mitt rum på kvällen och nästa dag gick jag och badade i Traneberg.

En dag när jag promenerade genom staden upptäckte jag att på Stureplan var det fullt av folk som protesterade mot att de båda italienarna Sacco och Vanzetti hade dömts till avrättning i USA.

I augusti det här året, 1927, demonstrerade över 50 000 personer på Stureplan, då Sacco och Vanzetti, två italienska invandrare i Boston, USA, dömts till avrättning för rån och mord. Det blev ett av världens mest uppmärksammade rättsfall och gav upphov till stora protester. De ansågs vara oskyldiga; några direkta bevis fanns inte och processen, som hade pågått i sju år, hade mest handlat om deras politiska åsikter. De var anarkister. Det framkom sedan att det så kallade Morelli-gänget låg bakom rånmordet men domaren vägrade öppna fallet på nytt och de avrättades i elektriska stolen.

Protesterna hade varit förgäves.

I september hörde polisen av sig och jag fick äntligen tillbaka den stulna cykeln. Jag gjorde i ordning den för att därefter cykla till Vendelsö och hälsa på Hilding i ett hus som hans föräldrar hade nära Drevviken. Det var fortfarande varmt i vattnet så vi passade på att bada.

Under hösten gick Hilding och jag ut och dansade så fort tillfälle gavs och de kvällar vi inte dansade fortsatte jag min löpträning. Vi dansade Jazz och Charleston på Haga nöjesfält. Hilding följde även med och såg Ernst Rolfs nya revy som var fantastiskt underhållande. Något annat hade jag inte förväntat mig såklart. Ute på dansställena hade de börjat spela Rolfschlagers vilket vi båda uppskattade. Jag gick ensam på dans i Blå Hallen där jag kom in gratis via kontakter jag fick under min tid som vaktmästare där.

En kväll när jag kom upp till Johanssons låg något i luften. Erika slamrade med porslin och bestick och farbror var ovanligt tyst. Sa jag något fick jag korthuggna svar. Så småningom kröp det fram att Farbror mist körkortet för oaktsamhet i trafiken och det vållade bekymmer eftersom det var hans levebröd att köra droska. Erika var ilsken och det höll i sig en tid men när det blev dags för deras silverbröllop var hon glad igen.

Det var inte det enda firandet den hösten. När Anna-Stina gifte sig blev det baluns på stadshotellet i Södertälje och hemma blev det fest i slutet av året när Erika fyllde femtio. Jag skrev flera dikter till henne som jag läste upp. Riktigt finurliga om jag fick säga det själv och de verkade även vara uppskattade av festdeltagarna.

"Ska vi inte lägga bort titlarna, herr Karlsson?"
Det var Eva-Lisa som frågade och jag var inte svårövertalad.
"Självklart, fröken Svensson. Eva-Lisa."
Jag log mitt allra varmaste leende. Det kostade inte på utan mungiporna drogs uppåt av sig själva. Hela jag blev varm när jag träffade Eva-Lisa.
"Ska jag sitta i ditt knä, Gustav?"
Så lät det när vi var ensamma. När någon annan var med brydde hon sig inte alls om mig och jag förstod inte hur jag skulle tolka hennes beteende. Tyckte hon om mig eller inte? Hur skulle jag få veta det? Skulle jag våga fråga? Men tänk om hon sa nej?

Det mesta har ju blivit bättre med åren. En sån sak är att vi alla kan dua varandra. Det var krångligt då när man var tvungen att tilltala folk med titel.

116

Bror Rexed fick ju äran av den så kallade dureformen, som egentligen bara innebar att han bestämde sig för att dua alla på medicinalverket när han blev chef där 1967 men som spred sig till resten av samhället.

I och med att jag hade flyttat och tillbringade de flesta av mina kvällar inne hos Svenssons blev det inte av att jag träffade Arne så ofta tyvärr, även om vi sågs på gymnastiken på morgnarna. Han var dessutom ofta upptagen med sina studier.

1983

Jag försöker hitta en prisvärd bil åt Magdalena. Så småningom hittar jag en Volvo som inte är för gammal och inte har gått för långt men som jag ändå kan få till ett hyfsat pris. Sven åker med mig när jag ska köpa bilen och kör hem den åt mig. Jag ringer till Magdalena som kommer och hämtar. Pengarna ska jag tydligen få någon gång i framtiden. Säger hon.

I juni åker hon ut till Ornö och stannar ett par veckor och jobbar med ett ridläger därute.

Jag fortsätter att roa mig med att läsa i mina gamla dagböcker då och då.

Söndag 1 Januari 1928 Nyårsdagen
Nu börjas det sa han som visa björn.
Av dig o nya år hoppas jag, hör och häpna: att jag slipper svälta eller frysa
ihjäl, vinner 100 kronor på lotteri och en gång får bjuda en söt flicka på
bio; att jag kommer med på prislistan i en klubbtävlan och springer 100 m
under 14, på min födelsedag blir bjuden på kaffe på sängen mitt i natten av
en endast något yrvaken flicka.
Måndag 2
Mamma bjöd på middag, pepparrotsgädda och risgrynsgröt.

Mamma mådde bättre när det blev nytt år och det var skönt att se henne piggare igen. Pappa hade inga synbara problem med hälsan konstigt nog med tanke på hur mycket sprit han drack. Jag tänkte att han kunde ta hand om mamma lite bättre istället för att bara dricka brännvin.

Jag gick till Fromms med min vardagskostym för att få den lagad. Den hade ett hål i sömmen på den ena ärmen.

"I år är det skottår, Gustav", sa fru Fromm.

"Tänk alla frierier man ska få på skottdagen."

Vi skrattade gott båda två för det var ingen av oss som trodde att någon skulle fria till mig.

"Skulle inte du börja på en kurs i gammeldans, förresten?"

"Jo, och det har jag gjort men där hittar jag inga friare. Det var jag och tjugo arbetargrabbar samt två bonniga, omoderna damer."

"Omoderna? Du gillar inte det nya modet heller."

Det gjorde jag inte; inte om man därmed menade shinglat hår och korta kjolar. Men en viss elegans var ett måste, de fick inte se ut som gamla tanter eller bondpigor.

På morgnarna var det gymnastik, nu på Johannes Brandstation. Jag fick diplom av gymnastikförbundet för flitigt deltagande och det muntrade upp mig. Där träffade jag även mina gamla vänner, Arne och Hilding.

När våren kom bytte jag ut morgongymnastiken mot löpträning, tog spårvagn till Enskede och sprang 3000 meter. Jag hoppades fortfarande på större framgångar som löpare.

Hilding och jag fortsatte att gå ut och dansa, nu på Snickarbacken. Där var det mest arbetarungdom.

"Jazzfröna är i slyngelåldern", sa jag och Hilding höll med.

Jag fick gå hem till mamma och hjälpa henne med hushållsarbetet då hon blivit sämre igen. Som tack för hjälpen bjöd hon på choklad. Pappa låg på sängen och snarkade. Jag tyckte att han kunde hjälpa mamma men det vågade jag inte säga.

När mamma fick svårare att klara sig själv blev hon intagen på Sabbatsberg och med en klump i magen gick jag dit och hälsade på henne. Hur skulle det gå med min älskade mamma? Skulle hon få komma hem igen? Hon verkade glad att jag kom men hon var svag. Tänk om detta var början till slutet för min kära mor.

Men så vände det igen, hennes hälsa blev bättre. Till mors dag fick hon komma hem igen och jag fick gå dit och äta på kvällen. Hoppet växte och jag tänkte att hon var seg och skulle klara sig ett bra tag till.

Jag ville inte se ovårdad ut så jag försökte klippa mig innan håret blev för långt men det kunde ändå dra ut på tiden eftersom det innebar en kostnad. Fram på vårkanten kunde jag till min lycka spara en slant genom att gå och klippa mig gratis. Jag hade sett det här erbjudandet om elevklippning kostnadsfritt och det passade mig bra. Trots att jag inte behövde betala något ingick pomada och hårvatten.

Jag fick gå och mönstra i Svea ingenjörskårs gamla lokaler. På den här tiden gjorde man värnplikt när man var tjugo, åldern sänktes senare. I samma veva började jag jobba hos spannmålsfirman Sven Hylander på Fredsgatan 2 med futtiga åttio kronor i begynnelselön. Det var meningen att jag skulle jobba från nio till sex och till tre på lördagar men det blev ofta längre. Ibland ända till halv nio på vardagar och till framåt sju på lördagarna

"Gustav."
Det var Eva-Lisa som använde sin allra lenaste ton.
"Ska jag hjälpa dig med franskan?"
Jag tackade ja. Det hände oftare och oftare att hon frågade. Jag var inte säker på att det var för franskans skull jag gick in till henne men när vi var ensamma ville hon att jag skulle hålla om henne.

Det hade blivit en vana för mig att gå in till Svenssons när jag kom hem. Ibland hade Eva-Lisa en väninna där och då spelade vi Priffe. Även om jag gillade att spela kort med damerna trivdes jag allra bäst om bara Eva-Lisa var hemma och vi blev på tu man hand. Då var hon så rar så rar.

En gammal träningskompis från tiden med Pastorns Ungdom, Svenne Thulin, kom på besök. Det visade sig att han hade blivit en riktigt elegant ung man. Han jobbade som likbärare på Åsö Sjukhus och fick etthundraåttio kronor i månaden. Jag jobbade alltjämt för åttio kronor, det kändes inte riktigt rättvist men det var roligt att det hade ordnat upp sig för snälla Svenne.

På kontoret var det nu mindre att göra. Jag passade på att stöta på Eriksson om löneförhöjning och blev beviljad nittio kronor i månaden istället för åttio.

En dag på jobbet fick jag åka ner till tullen och klarera, alltså förtulla, en last sojamjöl. Det var alltid ett välkommet avbrott att komma ut från kontoret en stund.

Sonja Forsberg, Eva-Lisas kusin, firade sin tjugoandra födelsedag och jag var bjuden. Nu var jag tydligen tillräckligt gammal för att gå på kalas. Erika pressade byxorna åt mig så att jag skulle se presentabel ut och jag blev riktigt elegant, fin och välklädd. Jag hoppades att Eva-Lisa skulle se det och ägna mig lite uppmärksamhet, trots att vi inte var ensamma. Det var mycket folk på kalaset. Eva-Lisa var där men hon såg inte åt mig överhuvudtaget och jag blev irriterad på mig själv för att jag brydde mig om det. Hon hade hittat ett nytt objekt att visa sin beundran, Sven Lundström. Han verkade dock inte vara särskilt intresserad.

På Valborg gick jag tillsammans med Arne och såg på eldarna på Södra bergen och en kväll gick jag till Södra latins gymnastiksal för att lyssna till ett föredrag med Arne Borg, simmaren, som pratade mycket slang och var sympatisk att lyssna på.

När jag kom hem på kvällen sken solen och värmde och gav energi, varvid jag ägnade mig åt att ta ut innanfönstren och ha storrengöring.

Inspirerad av det vackra vårvädret fortsatte jag med att ekipera mig och köpte en ny hatt för 16.50 och ett par lågskor hos Konsum för 24 kronor.

På Hellas prisutdelning fick jag ett par priser, det var ett i femkamp och ett för en placering på 1500 meter. Träningen hade gett resultat. Nu gällde det att sikta mot högre mål.

"Eva-Lisa?"
Som vanligt hade jag gått in till Svenssons när jag kom hem.
"Ja, Gustav."
"Jag har två biljetter till Rolfs revy. Skulle du vilja göra mig äran att gå med mig och åse spektaklet?"
"Visst Gustav. Det gör jag gärna."
Hon fick mig att hoppas och jag lät mig duperas. Var det för att hon var min första förälskelse?

Erika och familjen Fromm turades om att bjuda mig på middag och det var tur, mamma var fortfarande inte riktigt kry och det blev inte mycket kvar av min blygsamma lön när jag hade betalt mitt hyresrum.

Kvällarna var ljumma och sköna och efter middagen hos Erika drack vi kaffe i bersån. Erik hämtade syrener till Erika som jag hade plockat utanför Svenssons och Erika hjälpte mig med att tvätta linne.

"Hur går det med Eva-Lisa?"

Arne och jag var ute och dansade på midsommarhelgen. Vi började på Sandplan.

"Om jag inte vore så fattig skulle jag fria till henne."

"Är dina känslor besvarade?"

"Jag vet inte. Ibland känns det så men ibland tror jag att hon leker med mig."

"Det finns andra, vet du. Var är hon nu förresten?"

"De har åkt ut till Gräddö över midsommar."

Arne verkar begrunda detta ett slag, sedan frågade han:

"Ska vi inte gå någon annanstans? Här är mest gamla tanter och farbröder."

"För att inte tala om de där snus- och spritdoftande hamnsjåarna."

Jag hade sänkt rösten. Jag hade inte mycket till övers för de råbarkade karlarna men ville inte riskera att de hörde mig. Jag var inte säker på att de skulle låta det passera utan att bemöta det med ett par väl inriktade knytnävsslag.

"Vi går till Kungsträdgården istället."

Sagt och gjort. Väl där träffade vi på Hilding och efter en stund förflyttade vi oss alla tre till Haga nöjesfält där vi dansade tills det var dags att ge sig av hemåt på småtimmarna.

På midsommardagen gick vi på Skansen, åt på Solliden och dansade på Gröna Lund som hade fått en ny, palatsliknande dansbana.

Eva-Lisa som hade varit med sin mamma Ida på Gräddö utanför Norrtälje över midsommar hade kommit hem igen.

"Hur hade ni det på Gräddö?"

"Fantastiskt. Det var dans hela kvällen. Båda kvällarna."

"Det kan inte ha varit många dansanta individer därute", tyckte jag.

121

"Joho, du. Där var en karl som hette Westerlund som dansade utmärkt. Dessutom var han riktigt trevlig. Jag dansade med honom nästan hela tiden."

Jag förstod att hon försökte göra mig svartsjuk.

Det går jag inte på, tänkte jag och svarade inte.

"Till helgen ska vi ha bjudning här hemma. Du får komma."

Jaså nu passade det. Jag sa ingenting men när helgen kom gick jag dit. Jag visste varken ut eller in när det gällde Eva-Lisa. Jag visste inte vad jag kände för henne. Eller jo, jag var nog kär i henne men när hon nonchalerade mig kokade blodet. Det värsta var att trots att jag hade bestämt mig för att hon inte skulle kunna göra mig svartsjuk var det just det hon gjorde. Jag var inte alls säker på Eva-Lisas känslor för mig och när hon ägnade mig sin uppmärksamhet och kanske även sin kärlek visste jag inte hur jag skulle agera. Det kändes som en pil i mitt hjärta och uttrycket Amors pilar fick en ny innebörd för mig.

Det var en trevlig bjudning med kaffe, piano, grammofon och dans, men Eva-Lisa dansade hela kvällen med sin nya favorit, Sven Lundström, och ville inte dansa med mig. Jag försökte strunta i henne men det gick inte. Bjudningen blev därmed inte alls så kul som jag hade förväntat mig och jag gick hem tidigt på ett uruselt humör.

I dagboken läser jag:

Söndag 8 juli
Jag fick ligga och vänta på damerna Svensson till halv tio innan dom kom in och tog mig på sängen med kaffe. Dom presenterade mej de märkta julklappsnäsdukarna och en grammofonskiva. Rolf förstås: Agitatorn – Niagara. Fröken Svensson uppenbarade sej i badkappa och färggrant parasoll, vilken habit upptog hennes intresse helt och hållet. Vädret var vackert fast lite blåsigt så jag begagnade tillfället att få solbada ute vid Traneberg. 15 grader i vattnet så två simturer á 50 meter fick räcka. Men jag låg för länge i solen, är röd som en kokt kräfta över större delen av kroppen. Det svider och är inte vidare behagligt. Middag hos mamma. Presenter: av pappa en krona och av Erika en stilig slips. Led svårt av sveda och mådde inte bra. Till sängs tio.

Det där lyckades jag göra fler gånger, sola för länge så att jag blev röd, konstigt att man aldrig lär sig.

1983

Hellas supporterklubb arrangerar en resa till Grekland, Sven och jag följer med dit. Det blir en skön avkoppling. När Magdalena fyller år tar jag en promenad till Länna och uppvaktar henne på kontoret med en bukett nejlikor och hon kör mig tillbaka. "Varför kom du till kontoret? Då vet alla att jag fyller år." "Det var liksom det som var meningen."

Jag måste ha somnat för jag vaknar av att ringsignalen skär genom lägenhetens tystnad. "Hej Gustav. Det är Eva-Lisa." Eva-Lisa. Hon har hört av Sven och Sonja att Nelly är död. Jag har inte hört något från henne på åratal. Nu känns det hemtrevligt att höra hennes röst. Hennes babblande. Hon pratar oavbrutet. Jag hinner inte svara på hennes frågor innan det kommer nya. Hon berättar om sitt liv. Sitt ensamma liv, hon är änka. Nu vill hon ses. Jag tar pendeln in till stan och träffar henne på ett kafé vid Centralen. Jag känner knappt igen henne. Den söta flickan från min ungdom har förvandlats till en tjock och plufsig tant. Men hon är ändå ett litet sällskap och jag går med på att träffa henne fler gånger.

Det är svårt att förstå vad tiden gör med en. Livet rullar på, den ena dagen läggs till den andra och du ser dig själv som en sorts konstant. Jag tittar mig i spegeln och tycker att jag ser likadan ut. Men en dag hamnar jag på ett fotografi och när jag får det i min hand inser jag att tidens tand har bitit mig ordentligt. Det är inget märkligt med det men år fortsätter att läggas till år. Du ser hur kända personer åldras och en dag har någon du känner dött och det blir alltmer klart för dig att din tid är utmätt och att ingenting är för evigt.

Jag blir bjuden till Sven och Sonja Bergman. Dagen efter hör Eva-Lisa av sig och är förtörnad över att jag var där när hon inte kunde vara med. Hon är sig lik.

Sonja har problem med magen men håller ingen diet av den anledningen, något som jag tycker är märkligt. Själv är jag noga med vad jag äter eftersom magen protesterar om jag får i mig något olämpligt.
En vecka senare kommer Eva-Lisa på besök.
Det blir ett avbrott i ensamheten. Jag visar film från förr och bjuder henne på te. Hon pratar och pratar och det är skönt när hon går efter ett par timmar, babbelmostern. Äntligen blir det tyst igen.

Det går ett par veckor men sen ringer hon och bjuder hem sig själv till mig. När hon kommer pratar hon bara om sig själv utom när hon pratar skit om alla hon träffar.

Nästa gång jag blir bjuden på middag hos Sven och Sonja Bergman är även Sonjas egoistiska kusin bjuden, Eva-Lisa, alltså. Hon tillför inget mer än sitt eviga babbel
När jag är hemma igen tar jag fram dagboken.

Måndag 22 juli
Erika tog med mig till Harald Andersson på Götgatan för att köpa en blå kostym. Priset var etthundratjugofem kronor. Den skulle ändras något och fick hämtas om onsdag. Jag betalade själv trettiofem kronor, fick åttio kronor av Johanssons och prutade tio kronor.

Det var varmt i juli. Erik och jag badade på Tranebergsbadet eller på Solviksbadet på Smedslätten i Ålsten, väster om Essingen. Det tyckte jag var trevligt ordnat med uppdelat herrbad och dambad. Erika bjöd på mat och jag skurade golvet i mitt hyresrum.

I slutet av juli fick jag en veckas semester och åkte med Johanssons till Flen. Där gick vi på kvällen till Folkets park och fick betala femtio öre i entré och sen dansade vi för tio öre per dans och par. Vi såg även en trollkonstnär och det är alltid spännande. Vi bodde hos Hanssons i en villa vid sjön, där vi badade i det bruna vattnet och rodde omkring och metade samt lade ut långrev.

"Vill du ha kaffe, Gustav?"

Jag brukade inte dricka kaffe men nu tackade jag ja. Det skulle vara med mycket socker och grädde och då var det gott. I början tyckte jag att det var beskt och smakade illa men så hade jag lärt mig att dricka med fem sockerbitar och en rejäl skvätt grädde.

Juli gick över i augusti och jag tränade på Ekborgens idrottsplats i Flen och dansade på Mellösa dansbana. Skönt med en hel veckas semester mitt i sommaren, särskilt som vädret var soligt och varmt.

Semesterveckan tog slut och jag var tvungen att återvända till stan och jobbet. På lördagen tog jag tåget hem. När jag skulle låsa upp kunde jag inte hitta mina nycklar. Var kunde de vara? Hade jag tappat dem på tåget, månne? Jag visiterade mina fickor och min väska men inga nycklar. Jag försökte tänka tillbaka och kom fram till att jag aldrig stoppade ner dem när jag åkte från Flen. Inte mycket att göra åt det nu. Jag måste komma in. Jag försökte peta upp det enkla fönstret bredvid dörren, fick tag och drog och ... Rutan sprack och jag skar mig i tummen. Blodet rann. Smärtan dunkade i min skadade tumme. Men in kom jag och kunde förbinda såret. Så småningom slutade det att göra ont och jag kunde gå och lägga mig och sova.

Nästa morgon knackade det på dörren. Det var Arne. Jag släppte in honom och han satte sig på en av pinnstolarna.

"Gustav, jag undrar om du kan följa med ut till Vaxholm och hämta hem kanotkryssaren?"

Arne hade haft den där kanotkryssaren ett tag och om somrarna var han ofta ute med den.

"Jag var på väg hem igår men det blev stiltje så jag kom inte längre. Varför är fönstret trasigt? Vad har hänt med tummen?"

"Jag glömde nycklarna i Flen. Och fick bryta mig in."

"Så klart. Och slog sönder fönstret."

"Vad gjorde du i Vaxholm?"

"Jag har varit på sex veckors semester i Stavsudden. Har inte du haft någon semester?

" En vecka i Flen."

Självklart följde jag med min vän. Nästa dag sjukskrev jag mig och på kvällen lyssnade jag på Rolfrevyn på radio.

Ett par dagar senare kom Arne på besök igen och berättade att han hade blivit påkörd av en bil när han cyklade och fått tänderna utslagna. Han hade fått fyrahundra kronor i skadestånd men lagningen kostade trehundra. Han skulle få en guldbrygga isatt.

Jag besökte Eva-Lisa, vi satt och pratade en stund. "Det var roligt att prata med en intelligent människa för en gångs skull", sa hon efter en stund. Sen ville hon plötsligt att jag skulle stoppa om henne på soffan. Omsorgsfullt. Jag blev förvirrad. Jag visste inte alls var jag hade henne. Nu tyckte hon tydligen om mig igen.

"Om du blir rik, Gustav, ska jag gifta mig med dig", sa Eva-Lisa. "Fast förra veckan sa du att jag bara inbillade mig att jag var kär i dig." "Vi ska flytta Gustav. Kommer du att sakna mig?" "Det är klart. Vart ska ni ta vägen?" "Till det nybyggda huset i hörnet av Polhems- och Hantverkargatan. Det är inte långt. Du kan komma och hälsa på. Det är fullt modernt med badrum och allting." "Tackar. Det kanhända att jag kommer." Skulle jag gå dit och hälsa på? Egentligen borde jag inte men jag hade svårt att motstå henne. Jag ville fråga hur hon hade det med Sven Lundström men vågade inte. Vad var det hon gjorde med mig? Varför kunde jag inte låta bli att utsätta mig för denna tortyr?

Lindborgs på våningen ovanför ledde in elektriskt ljus och det genom mitt rum så där såg ut som Jerusalems förstörelse. Och i mitt rum skulle de sätta upp en elmätare.

Det var ändå bra att utvecklingen gick framåt och att vi fick det bättre på många sätt. Jag hade bara svårt att förstå att de måste stöka till det i mitt hyresrum.

När hösten kom hade jag storstädning, tog loss innanfönstren och tvättade dem. Sen tvättade jag golvet. Höstkylan började kännas i rummet så jag satte igång att elda i kakelugnen. Ved sågade jag av skålvirke som fanns på gården, avfallsvirke från bygget intill, som jag hade tillåtelse att ta utav.

Mamma fyllde sjuttiotre år och jag gick dit och uppvaktade henne. Hon bjöd på choklad med dopp. Helgen efter fyllde Fru Fromm femtio och jag höll tal. Det var något jag hade blivit riktigt bra på, om jag fick säga det själv. Jag tyckte det var kul. Jag hade upptäckt att det fanns ett samband, att man blir bra på det man tycker är kul och vice versa. På hemvägen slirade jag omkull med cykeln på en asfaltbelagd väg och gjorde illa benet.

På kontoret startade vi en tävling där vi fick böta ett öre varje gång vi svor. Jag lyckades avhålla mig helt men ett par av de andra blev tvungna att böta flera gånger per dag.

Jag lurade även med mig arbetskamraterna till gymnastiken, som jag fortfarande deltog i regelbundet.

En dag slapp jag ut från kontoret för att gå ner till Söder Mälarstrand och kontrollera inlastningen av ett parti spannmål. Annars var det mest maskinskrivning och andra kontorsgöromål så det var skönt att komma ut en stund.

Den andra av mina två stora favoriter, Karl Gerhard, hade börjat med sina revyer och jag gick och tittade på den senaste. Jag stornjöt. Den var väldigt rolig och elak, men på ett intelligent sätt. Vilka texter. Vilken intelligens. Jag njöt av att lyssna till hans kupletter, som i *Jazzgossen,* där han driver med alltför modeintresserade och snobbiga unga män:

...

Han är smal och smärt om midjan
Han ler i mjugg
Han har skärp om lilla midjan
I pannan lugg
Han och andra söta gossar
Som har tusch på sina ögonlock
På sitt lilla bakverk frossar

127

Sen på Royal vid five o'clock
Han på höga klackar trippar
Som jazzexpert
Och i små synkoper vippar
Hans lilla stjärt

Karl Gerhards revyer bidrog till en ny epok i svensk revykonst. Tidigare hade revyerna mest haft karaktären av folklustspel med mycket buskis, och inte sällan lyteskomik. Till skillnad från sådant tog han i stället upp aktuella politiska händelser och skeenden i satirisk form, eller drev med tidens kändisar, trender och moden. Hans kvicka repliker och elaka kupletter lockade en ny, ofta välutbildad och samhällsintresserad publik. När nazisterna kom till makten i Tyskland såg han det som sin plikt att driva med dem. *Den ökända hästen från Troja* är ett exempel på det.

Jag gick fortfarande på bio för att roa mig eller läste jag. Vid den här tiden ägnade jag mig åt böcker av Jack London, en av dem var *Skriet från Vildmarken.*

Erika ansåg att jag behövde en ny rock och hatt och gick med mig till Harald Andersson. Efter prutning blev priset för båda sammanlagt hundra kronor. Jag betalade själv femton kronor och lånade resten av farbror. Sen gick vi till den nya bion China vid Berzelii Park och såg *Anna Karenina* med Greta Garbo. Den gudomliga var fantastisk.

Till jul kom Farbror hem med sönderslagna brännvinsflaskor – julspriten. Väskhandtaget hade gått sönder. Han gick tillbaka och fick nya flaskor.

Jag räknade ut att jag under året hade betalat nio och nittiofem i skatt

I slutet av dagboken från 1928 har jag skrivit

Ja det var det året det! Verkar just inte märkligt så här i övergången till ett nytt. Men tack vare att jag har haft jobb och Johanssons hjälpt mig har det ljusnat ekonomiskt mot slutet. Fast nu har jag värnplikten i slutet av mars, vilka konsekvenser det nu kan få. Nåja, vad platsen beträffar kan jag omöjligt stanna där alltför länge. På den banan ligger inte min framtid. Tusan vete förresten var den ligger nånstans. Men inga levnadsfilosofiska spekulationer nu utan friskt framåt mot 1929! Och som slutomdöme om det gångna året: det kunde ha varit sämre.

1983

"Vad önskar du dig i julklapp i år?"
Det närmar sig jul och Magdalena är på besök.
"Har vi inte bestämt att vi inte ska köpa några julklappar?"
"Egentligen. Men du kan ändå önska dig något?"
"Om det inte blir för dyrt skulle jag vilja ha en motorvärmare till bilen."
"Vi får se vad tomten säger."
Hon berättar att hon har träffat en kille, Lasse, som har flyttat in hos henne. Han har en segelbåt och de ska åka och segla till sommaren. Det låter trevligt.

Jag åker upp till Brobergs ett par dagar senare och meddelar Magdalena att jag beställt tid för montering av motorvärmare. Jag säger på skoj till Broberg att jag är där för att kolla om hon sköter sig varvid han berömmer henne.

På julafton kommer hon och klipper mig och lagar till lutfisken och Martin kommer en stund senare och hjälper till att äta. Vi ser några gamla filmer från deras barndom och sen åker de hem var och en till sitt. Diska får jag göra själv.

Jag får veta att jag kan få hemtjänst. Det är Asta, en bekant till Nellys gamla väninna Märit, som säger det. Hon jobbar själv inom hemtjänsten och det blir bestämt att hon ska komma till mig två dagar i veckan. Jag har träffat Asta många gånger hos Märit och vet att hon är trevlig. Jag går och handlar och när hon kommer lagar hon mat så att jag har till nästa gång. Jag frågar om hon vill äta tillsammans med mig när maten är klar och det vill hon.

Jag jobbar på med mina armhävningar och är nu uppe i 20 per dag. Som vanligt räknar jag på franska. Ibland är jag yr och sover dåligt. Har dessutom ofta ont i ryggen och bestämmer mig för att köpa en ny säng av bättre kvalitet än den gamla och det hjälper.

Tisdag 1 Januari 1929 Nyårsdagen.
Det är kallt, klart och vackert väder. Temperaturen håller sig mellan 5 och
10 grader. Jag åt hos mamma och var sedan ute och promenerade en stund.
Gick opp till Arne och satt där och spelade kort med honom och en
kanotgrabb som hette Lundin, till ½ 11, då jag gick hem och kabyssade. I
morgon ska jag gå till kontoret.
Onsdag
Trots att väckarklockan var ställd på ringning kvart i 8 vaknade jag inte
förrän kvart över 9. Det var ingenting annat att göra än att fortsätta att
vara sjuk. Vi ska hoppas att jag vaknar lite tidigare i morron.

Det var tider det, tänker jag. Nu vaknar jag oftast före klockan 6 och ibland
ännu tidigare och kan inte somna om.

Jag bjöd farbror på Södran och såg revyn *Det ligger i luften*
"Vad tyckte du, Gustav?"
"Inte bra."
"Varför inte?"
"Det var så där modernt och handlade alltså inte om något särskilt."
"Jag håller med dig, Gustav."
Mina idoler var Ernst Rolf och Karl Gerhard. Deras revyer var
intelligenta, tog upp fenomen i samhället som de utsatte för en hård kritik i
form av sarkasm. Den här revyn hade ingen sån röd tråd och i jämförelse
bleknade den totalt och blev rena buskisen.
Sen blev det maskeradbal hos Hellas. Jag lånade pengar av Farbror och
köpte mig en smoking för etthundratjugofem kronor efter en tias
nedprutning. Den skulle ändras om så jag fick komma tillbaka och hämta
den när den var klar.

Arne och hans mamma hyrde ett rum på Åsögatan och jag hälsade på dem
där. Vi satt en lång stund och pratade minnen från skolan och från den första
tiden med PU, pastorns ungdom. Vi var ense om hur lätt allting var på den
tiden och hur mycket mer komplicerat det blivit sen vi blev vuxna.
En kväll gick Arne och jag tillsammans och såg en av alla de krigsfilmer
som visades på bio, både spännande och skrämmande.

Arne hjälpte mig att såga ved. Han var min allra bästa vän; den som fanns där i vått och torrt, alltid vänlig och hjälpsam, alltid på min sida. Dessutom var han en fantastisk lyssnare.

"Jag funderar på att vara med i en tävling som Hellas anordnar, där priset är en resa till Paris eller Berlin", sa jag.

"Det tycker jag att du ska vara. Tänk om du vinner." Alltid positiv och uppmuntrande.

Arne tog ingenjörsexamen och fyllde tjugo och jag fick ge mig ut efter present åt honom. När jag överlämnade den blev jag bjuden på kaffe och tårta och blev presenterad för Arnes fästmö, Greta, en ordinär men vänlig flicka.

I mars flyttade jag ut ur mitt hyrda rum för att rycka in i Sveas livgarde och göra en utbildning som reservofficer. Det var inget jag såg fram emot. Jag fick flytta mina saker till Erika och Farbror med ett löfte om att få bo hos dem när jag fick permission.

Värnplikten inleddes med utdelning av kläder och städning av logementet.

På regementet började dagen med revelj halv sju, sen skulle sängen bäddas, det blev frukost, psalm och morgonbön. Vi fick hämta gevär och det blev presentation av befäl samt exercis på kaserngården. Vi fick information om rutiner och regler på helgen, det var sovmorgon till åtta och därefter permission från tio på morgonen till nio på kvällen. Maten var bra och på kvällen badade jag bastu före taptot som gick klockan nio. En kvart över skulle alla vara i säng och från kvart i tio skulle det vara tyst.

I april var flera av lumparkompisarna sjuka. Det ryktades om att en av dem led av en könssjukdom och var hemförlovad till nästa år. Nästa år? Jag mindes filmen Hilding och jag hade sett om könssjukdomar ett par år tidigare men det hade mer handlat om hur de spreds och hur de tog sig uttryck, vilka symtom de medförde.

Vi tränade med kulsprutan Carl-Gustav, vi hade gymnastik och tolvkilometers marsch uppe vid Kaknäs, det var fälttjänst, vakttjänst och sexkilometers-marsch. När vi hade marscherat klart fick vi ägna oss åt persedelvård. Därefter gällde det att krypa i leran på gärdet, gå en sextonkilometers marsch följd av uppsättning av 20-mannatält. Efter det blev det orientering. Jag var van att röra på mig men det var tufft ändå och jag undrade hur jag skulle orka i åtta månader. På femte luckan, där jag befann mig, var det stora samtalsämnet Jansson. Han var en stor och kraftig tjugotvåårig byggnadsarbetare som pratade om sin kärring *apskallen*, som han kallade henne, och hur han bar sig åt för att idka fortplantning. Jag var inte imponerad. Jag hade svårt att uppbåda några som helst sympatier för den vidrige mannen. I maj hade vi handgranatträning och tjugofyrakilometersmarsch i full mundering. De vanliga bonnbeväringarna ryckte in i slutet av månaden och sedan lekte vi krig i Lilljansskogen. Det var svårt att se seriöst på aktiviteterna och framför allt på vissa av befälen, nämligen de som gjorde sig märkvärdiga.

Över midsommar seglade jag med Arne till Stavsudden. Därute ägnade vi oss åt att fiska med nät. Det stora problemet för mig var att Arnes kärring ville att vi skulle hjälpa till i hushållet. Det är inget för en karl, tycker jag.

Anna 1929

"Det var länge sedan jag träffade Gustav", säger Anna till Ivar.

Familjen sitter vid köksbordet och äter kvällsmat. Anna, Ivar och lilla Stig, som har blivit duktig och kan äta själv med kniv och gaffel, även om Anna får hjälpa honom ibland. Anna har lagat dillkött. Stig är förtjust i maten och äter fort.

"Ät inte så fort", säger Ivar åt honom. "Du måste tugga ordentligt. Annars kan du få ont i magen."

Åren har gått, Stig är fem år och Gustav har precis fyllt tjugoett och blivit myndig. Själv har hon hunnit bli fyrtioåtta.

"Kan vi inte bjuda hit honom?" säger Ivar. "Det vore roligt att få träffa honom."

Anna vet att Gustav gör sin militärtjänst men de får väl permis över helgen? Gustav har inte varit hos dem i Stenhamra på Svartsjölandet, han har aldrig träffat Ivar och inte Stig heller. Gustav har inte frågat om han får hälsa på och Anna har inte velat ta för stor plats i hans nu vuxna liv. Hon har träffat Gustav några gånger inne i Stockholm. De har gått på bio tillsammans och upplevt det nya fenomenet *ljudfilm* men det vore roligt om han ville komma hem till dem så hon får rå om honom, bjuda på mat och pyssla om honom. Kompensera för alla år när hon inte kunde.

"Vill du det?"

Anna tittar frågande på Ivar. Hon är glad att Ivar bryr sig om Gustav trots att han inte är Ivars egen.

"Så klart. Du kan väl ringa och fråga honom?"

Ivar reser sig och stryker henne mjukt över kinden, plockar med sig lite disk och går ut i köket.

Hon har aldrig frågat honom vad han såg hos henne, hon är bara glad och tacksam att han ville ha henne, att han fortfarande tycker om henne. Trots att hon är äldre än Ivar, trots att hon har fött ett oäkta barn. Det var aldrig den där himlastormande förälskelsen för henne, inte som med Hjalmar, men hon uppskattar honom så mycket en kvinna kan uppskatta en man.

Ändå är hon glad att få ha upplevt den där passionerade kärleken med Hjalmar, fast han svek henne sen.

Hon pratar aldrig med Ivar om Hjalmar och han har aldrig frågat.

Nästa dag kollar hon upp vilka alternativ som finns innan hon ringer till Gustav.

"Jag kommer", säger Gustav.

"Det går ett ångfartyg från Munkbron. Det heter *Nya Svartsjölandet*. Det lägger till här i Stenhamra. Om du går av där så möter jag dig nere vid kajen."

"Det låter skoj att åka båt."

"När passar det dig?"

"Jag kan komma nu till helgen, när jag har permis."

Anna går ner till kajen och väntar i god tid innan båten ska komma. Hon har ägnat de senaste dagarna åt att förbereda inför Gustavs besök. Köpt hem mat, städat ur gästrummet, bäddat åt honom, bakat och storstädat hela huset. Hon tar ett djupt andetag, andas in sjöluften.

Det är fullt av folk på båten men hon ser Gustav på långt håll, han är längre än de flesta andra, hans huvud med hatten sticker upp över mängden. Hon blir varm inombords. Det är ett kärt återseende och Gustav verkar också glad att se henne.

"Är din man hemma, Anna? säger Gustav när de promenerar från kajen upp till det gröna tvåvåningshuset.

"Ja, han har sett fram emot att få träffa dig. Stig är också där, din halvbror.

"Hur gammal är Stig?"

Anna tittar på Gustav. Är han lite nervös inför att möta hennes familj? Det verkar faktiskt så.

"Han är fem år. Han vet att du är hans halvbror."

"Vad har han sagt om att jag ska komma?"

"Han är mest nyfiken, tror jag. Men berätta nu hur det är att göra lumpen. Vad får ni göra?"

Gustav berättar om jobbiga övningar, korkade befäl och dåligt med mat och Anna tänker att så bra att hon har förberett ordentligt med mat. Så att han kan få äta sig mätt.

"Jag fick säga upp rummet också när jag ryckte in, hade inte råd att ha det kvar. Men jag får bo hos Erika och Farbror på helgerna när jag har permis."

"Hallå, vi är här nu", ropar Anna och öppnar dörren när de är framme vid huset.

Ivar kommer nerför trappan. Han har jobbat på förmiddagen men nu har han hunnit hem, tvättat sig och bytt om.

"Välkommen", säger han, går fram och tar Gustav i hand.

Gustav följer med Ivar in i finrummet och de sätter sig i var sin soffa. Gustav och Ivar verkar finna varandra direkt men Gustav verkar inte bry sig så mycket om sin halvbror Stig. Stig är nyfiken i början men när Gustav inte visar något intresse går han in till sitt rum och leker.

Anna håller mest till i köket, förbereder middagen. Hon hör att Ivar frågar Gustav om hans träning och att Gustav blir ivrig och pratar på. När maten är klar sätter de sig runt köksbordet och äter. Det blir kalops med rödbetor och Gustav tar för sig ordentligt.

"Det var väldans gott."

"Ta mer, Gustav."

Efter maten bjuder Ivar honom på något att dricka i finrummet. De sitter i varsin fåtölj. Anna hör att de småpratar där hon står och diskar i köket. Det låter behagligt och gör henne lugn.

När det blir dags att gå till sängs har Anna bäddat åt honom i gästrummet på övre våningen.

"Handfat och tvättvatten har du där", säger Anna och visar honom det emaljerade handfatet som hon har ställt fram och vattenkannan som står bredvid.

Intill handfatet har hon även ställt fram en tvålkopp och på väggen bakom hänger en blårutig handduk.

"Ställ fram dina skor så ska jag putsa dem. Och ge mig dina kläder när du har bytt till pyjamas så ska jag se över dem, vädra och borsta om det behövs."

"Oj, vilken service."

Anna ler. Hon njuter av att få ta hand om Gustav. En liten ersättning för alla år då hon inte har kunnat göra det. Hon tar med sig skorna och putsar dem omsorgsfullt, hänger ut kläderna på vädring som hon lovat.

Nästa morgon går hon upp tidigt och dukar upp en rejäl frukost med gröt och ägg, bröd, smör, ost och kaffe. Gustav kommer ner i pyjamas och morgonrock.

"Det luktar gott."

Anna blir glad när han tar för sig av allt och äter med frisk aptit.

Ute är det strålande sommarväder.

"Vi tar en promenad", säger Ivar. "Jag visar Gustav runt lite. Vi går kanske ner till byn en vända också."

De är borta en bra stund och när de återvänder har Anna lagat mat.

Så fortsätter det, det blir kvällsmat på söndagskvällen innan Gustav ger sig iväg hem till stan igen

1929

Fru Högvall, alltså Anna, min biologiska mamma, bjöd i juli ut mig till Stenhamra för att hälsa på och en helg när jag var ledig for jag från Munkbron med ångfartyget *Nya Svartsjölandet*. På Stenhamra träffade jag, förutom Anna, hennes man Herr Högvall som berättade att han var bergsborrare vid stenhuggeriet där. Han var trettiosex år. Anna var fyrtioåtta. Jag fick även träffa min halvbror, Stig, som nu var fem år. Kändes han som en bror? Jag kände ingenting alls. Stig var bara en unge och intresserade mig inte. Trots att han var av mitt eget kött och blod. Blod är verkligen inte tjockare än vatten.

Jag bodde som på hotell, tyckte jag. Anna passade upp så att jag nästan skämdes. Hon putsade mina skor, ställde fram tvättvatten och handduk, borstade mina kläder, bäddade och proppade i mig en massa mat. Dessutom höll hon bostaden ren och fin.

"Ska vi inte lägga bort titlarna?"

Det var herr Högvall som frågade.

"Det tycker jag."

Sabla hederspascha, tänkte jag. Han steg i min aktning.

Hederspaschan hette Ivar och nu berättade han för mig att han var barnfödd här och hade sin släkt i trakten.

När jag kom tillbaka till stan fick jag hjälpa pappa bära ner två kubikmeter ved i källaren och sen hjälpte jag Erika att mangla.

Pappa pensionerades från flottan och skulle få etthundrafem kronor i månaden.

I juli fyllde jag tjugoett och blev myndig.

Jag fick ta mig tillbaka till kompaniet igen och längtade hem. Jag saknade mamma och mina kamrater, saknade friheten att göra vad jag ville på kvällarna.

Vi lekte krig i Liljansskogen och på Gärdet. Det blev marsch till Hägerstalund med utrustning. Marschen tog sju timmar. Sen var det svårt att sova för det var kallt och dragigt i tältet. Jag och 236 Johansson blev sjuka och fick åka hem. Först fick vi gå upp till Turebergs station, ta tåget till centralen och därefter spårvagn till Svea. Vi fick ligga på sjukan några dagar innan vi gav oss iväg ut till Eggeby där jag och några till smög ut i ladan och sov i höet efter tystnaden. Sen fortsatte vi att leka krig.

Jag lyckades ordna extravakt åt mig genom att svara ett befäl att jag länge tyckt att denne ingenting visste. Grabbarna hade i alla fall roligt en stund. Vi fick ägna oss åt persedelvård och vapenvård, det blev inspektion och högvakt.

När jag blev ledig gick jag och såg Karl-Gerhards revy på Komediteatern och jag såg Ernst Rolfs revy. Jag fick sova och äta hos Johanssons och tränade på Östermalms.

Jag fick sparken hos Hylanders, spannmålsfirman, där jag hade jobbat en tid. De hade inte tillräckligt att göra och behövde inte mina tjänster längre.

Jag sökte istället jobb hos BP på Sveavägen 63 och fick ett halvt löfte att börja där med hundrafemtio kronor per månad när jag muckade.

Erika var inte nöjd, hon trodde att jag kunde få börja hos Krooks eftersom farbror köpte sin bensin där. Jag brydde mig inte om vad hon tyckte.

Johanssons flyttade till en ny bostad på Åsögatan 181. Erik, Erika och jag var och såg på den i september. Det var ett rum med kök, badrum, hall, kapprum och sovalkov. Nybyggt. Hyran var etthundrafemtio kronor. Erik lånade en lastbil på jobbet för att flytta grunkorna från Helgagatan 10 till Åsögatan. Skönt att ha badrum, att kunna bada i eget badkar. Det fanns även vattenklosett vilket innebar att vi slapp gå ut till dasset som förut.

När vi var klara med flytten gick vi och såg *Förrädaren* på Olympia. Den framfördes som tonfilm och det var bra ljud, konstaterade vi när vi diskuterade filmen på hemvägen.

I oktober var det äntligen dags för muck och muckarskiva på Rådhusrestaurangens lilla festvåning.

Det halva löftet från BP hade nu förvandlats till ett ja. Jag började jobba där och försökte lära mig kassabokföringen. Stor del av min arbetstid gick åt till att skriva vouchers, bokföringsorder.

Jag förstod att jag måste lära mig redovisning om jag skulle lyckas på jobbet. Jag påbörjade därför en Hermodskurs i bokföring. På min lediga tid gick jag på gymnastik, tränade löpning och gick på bio eller dans.

"Går bilen bra?"

Jag har bjudit Magdalena på middag, oxfilé. Jag kokar potatis men Magdalena får steka köttet och göra sås. Jag är rädd att resultatet inte blir så bra om jag gör det själv.

"Det var en bärarm som gick sönder men Lasse har bytt den åt mig. Han ska laga rost också och lacka om bilen. Blå. Jag gillar inte den där brandgula färgen."

"Bra att han kan hjälpa dig."

"Klarar du dig själv nu när du har hemtjänst? Jag kan komma och hälsa på ändå."

"Asta sköter det mesta men du kan väl komma och äta med mig?"

Det lovar hon och så åker hon.

Det går några veckor innan hon kommer tillbaka. Jag sitter och jobbar med Strands deklaration.

"Vad gör du?"

När jag berättar frågar hon hur det kommer sig att jag hjälper folk att deklarera, något som även pågick under hennes uppväxt."

Jag berättar om min tid som kassör på BP.

"Kassör?" säger hon. "Satt du i kassan?"

"Nej, jag jobbade på ekonomiavdelningen och skötte bokföringen."

"Jag måste åka nu, måste åka till hästen också. Det tar ett par timmar, "Nijasca."

Jag är glad att jag kommer ihåg hästens namn.

"Hälsa Lasse."

Och fästmannens.

Jag fortsätter läsa mina dagböcker.

Torsdag 7 november 1929
Stor sensation på kontoret idag. En lastbil som stod inne på vår station här i huset och fyllde på bensin råkade i brand. Bilen rullades ut på gatan då alla släckningsförsök voro förgäves. Den stod där och brann när jag tittade

ut genom fönstret. Åskådare saknades inte heller. Plötsligt kastades en kaskad bensin omkring och det flammade opp ett riktigt bål dock blott för några sekunder. Men åskådarna fick en ordentlig chock och reträtterade skyndsamt från det farliga grannskapet. Efter cirka tio minuter kom brandkåren och gjorde slut på skådespelet. Bilen var helt förstörd.

Ett spännande avbrott i arbetet tydligen. Arbetet på kontoret var ofta intensivt och det var inte alltid jag kom iväg i tid därifrån.

"Ska vi gå på bio, Gustav", frågade Erika en kväll när jag kom hem från jobbet.
"Gärna. Vad ska vi se?"
"En av de första talfilmerna går på Skandia. *Konstgjorda Svensson.*"
"Spännande. Kul att höra skådespelarna prata också."
"Jag ska bara dammsuga först. Jag har nämligen köpt en dammsugare."
"Har du så gott om pengar?"
"Jag har tagit den på avbetalning."

Jag lånade 325 kronor av farbror och köpte mig en grammofon och en kväll när jag var ensam hemma passade jag på att bona golvet. Jag tänkte att det var bäst att jag hjälpte till om jag skulle bo hos dem.

"Har du läst årets boksuccé", frågade Eva-Lisa.
"Vilken är det?"
"*På västfronten intet nytt.*"
Det hade jag inte. Jag hade inte ens hört talas om den men Eva-Lisa informerade:
"Det är från första världskriget, från skyttegravarna. Du kan låna den av mig sen."
Det måste jag självklart göra. Så jag kunde diskutera den med henne.

Julafton närmade sig. Jag fick gå till mamma och pappa och äta.
Erik skulle jobba till klockan tio på kvällen och farbror körde sin droska så jag bestämde mig för att gå upp till Eva-Lisa. När jag berättade det för Erika började hon gråta för att jag inte vill stanna hemma hos henne.
"Men, fattar du inte att man vill vara med flickan man är kär i?"

140

Så löjlig hon gjorde sig.

Jag gick ändå. Ville ha med mig Eva-Lisa på bio.

"Nej, Gustav lilla, det vill jag inte."

Vill inte. Vill inte. Jag höll tand för tunga men kokade inombords.

Nästa dag fick Erika en blodpropp i benet och måste ligga till sängs. Jag tänkte att det var för att hämnas. Vem skulle nu laga mat? Farbror och jag fick klara oss själva bäst vi kunde. Det blev till att koka potatis och fisk och smör till. Sås trodde vi oss inte klara.

Jag gick ut och åkte kälke i Skånegatsbacken och blev påkörd av en bil men slog mig inte nämnvärt.

Nyår firade jag hos Svenssons. Vi drack glögg och lyssnade på nyårsvakan från Skansen med De Wahl och kyrkklockorna.

Längst bak i dagboken har jag åter skrivit en sammanfattning av året som gått.

När jag blickade tillbaka på det gångna året konstaterade jag att det varit utvecklande för mig, särskilt gällande exercistiden, inte bara för kroppen utan även för själen. Inför nästa år hoppas jag att jag ska vinna Eva-Lisas hand och hjärta, att jag ska springa 1500 meter på under 4.10 samt att jag ska få påökt till 200, men mitt förnuft säger att det är orimligt, rena barnsligheter. Alltså, bort med det förbaskade förnuftet. Stråla du fåniga, löjliga men älskade optimism.

Tydligen försökte jag vara poetisk, det har jag glömt. Det jag minns var att jag försökte skämta i tid och otid, utvecklades så småningom till en sarkastisk ton som inte alltid mottogs väl.

Ny dagbok, nytt år.

Onsdag 1 Januari1930 Nyårsdagen
Härligt vinterväder! Plus tre grader och regndis. Jag tog mej en långpromenad runt hela Ladugårdsgärde. Ack vilka ljuva gamla minnen som återuppväcktes. Arne och jag gick på Folkets Hus nyårspremiär 7.30. Vi hade smoking men inte mer än en tredjedel av publiken kunde säja detsamma. Revyn – skriven av Berco – hette "Här fattas inga fel!" Den

141

genomgående schlagern hette alltså "Här fattas fan mej inga fel!" och lät skapligt bra. Detsamma kan säjas om hela revyn. Den var 4 timmar lång och bjöd många verkligt utmärkta kupletter och sketcher.
Torsdag 2
Forcering i voucherskrivningen igen. Ty varje lördag ska kassarapporten gå till London. Det arbetas intensivt med den men ändå blir den trots alla bemödanden oppåt väggarna. Där fattas fan mej inga fel!
Lördag 4
Publicistklubben hade trettondagsbal på Royal i natt. Jag klädde om i smoking och gick dit. Biljetten kostade 4:80. Där var givetvis flott värre, smokingar, frackar och stora toaletter och lokalen — hela Royals etablissemang med dansgolv lagt över vinterträdgården. Det var inte nödvändigt att supera men jag gjorde det ändå för att slippa bli uttittad av kyparna. Supén kostade 6:50, en pilsner 50 öre, kaffe 75. Dricks en krona. En annan ung man som presenterade sig som Törnqvist var också där ensam och föreslog att vi skulle göra sällskap vid ett bord. Accepterades. Jag dansade mycket, flickorna dansade inget vidare.

Den här tiden dansade jag mycket och blev allt bättre på det. Jag fortsatte även att gå på bio och nu började ljudfilmen bli vanligare.

Det var dans på *Libelle* på Klarabergsgatan och helgen därpå gick jag på *Dansin* på Västerlånggatan men där konstaterade jag var mest pigor och drängar.

Så gick jag åter till Virveln som jag nu upplevde som något mindre trångt och stökigt.

Det dansades även på Hildings födelsedagskalas i slutet av februari och Hellas anordnade dans på Grand hotell när det var årsmöte.

Jag lånade tvåhundrafemtio kronor av farbror och gick till Harald Andersson och ekiperade mig. Paletå, plommonstop, velourhatt, slips, krage, randig kostym med extra byxor. Ville man dansa med eleganta damer fick man lov att vara elegant själv också och se, när jag tittade mig i spegeln var det just vad jag såg ut som, en elegant ung man.

Söndag 5
Jag tog mig en promenad neråt Liljeholmen och tittade på de nya broarna:
Liljeholmsbron och Järnvägsbron över Årsta holmar. Imponerande
betongsnickerier.

Det byggdes överallt och det var spännande att se hur det nya bredde ut sig.
Jag gick längs den förlängda Norr Mälarstrand och kände knappt igen
mig. Alla gamla lador och brädgårdar var borta. Ett nytt Stockholm växte
fram.

Redan den nionde januari började jag löpträna för att hinna komma i form
till Dagbladets tävling längre fram på våren. Var det något jag verkligen
ville var det att bli en ännu bättre löpare och jag hade bestämt mig för att
satsa.

"Gustav, vill du hjälpa mig att slå ihop kvittona från konsumtions-
föreningen", sa Erika en kväll.
"Självklart, det gör jag på ett kick."
När jag hade räknat klart hade jag kommit fram till summan tvåtusen
sexhundra kronor och Erika blev glad och tacksam. Nu skulle hon få
återbäring. Att vara medlem i konsumtionsföreningen var en självklarhet.

Sonja bjöd på julgransplundring men jag lämnade återbud när jag fick höra
att Eva-Lisa skulle dit. Jag var trött på hennes nycker och hade ingen lust
att i onödan utsätta mig för hennes beska kommentarer och gliringar. Jag
fick höra efteråt att hon hade dansat med sin nya favorit, Sven Lundström.
Det sved.

Det dansades flitigt i alla möjliga sammanhang, jag blev åter bjuden på
middag hos Teilmans i Sundbyberg. Där dansade vi och spelade Koronn,
en marint användbar variant av biljard.
    En kväll tog jag spårvagnen till Karlbergsvägen och kilade in i Vasa
real för att träna gammeldans. Jag hade inte bespetsat mig på något särskilt
då den senaste tidens dans i gymnastiksalar varit "veritabla pigbaler".
    "Stora feta kor är väl inget nöje att dansa med", sa jag till Hilding, som
höll med.

På Vasa real var det gott om drängar och några pigor men även åtskilliga stilfulla flickor i verkliga toaletter så jag dansade en hel del och kvällen kändes lyckad. Det var härligt att få hålla om de tjusiga unga damerna och än så länge nöjde jag mig med det men jag hoppades att jag snart skulle få en fästmö att hålla om, inte bara i dansen.

En lördagskväll gick jag och dansade på *Virveln* på Drottninggatan men där var alldeles för mycket folk. Jag tänkte att det kunde vara en tillfällighet och gick dit en gång till men det var fortfarande på tok för mycket folk, trängsel på dansgolvet och den som dansade fick finna sig i att bli knuffad hit och dit men det passade inte mig så jag gick hem igen efter ett tag. På hemvägen såg jag hur Drottninggatan var full av män på skökojakt. En del av villebrådet var till och med fräsigare än på Repslagaregatan.

Jag ler lite för mig själv. Jag försökte göra mig lustig, tydligen, kallade de prostituerade för *villebråd.* Jag fortsätter läsa.

På påskaftonen var jag bjuden till Teilmans på middag. Där träffade jag Margit, en före detta skolkamrat till Evy. Jag dansade i stort sett hela kvällen med henne. Hon var liten och nätt och rörde sig lätt och rytmiskt och det var en glädje att dansa med henne. När jag tänker efter var det lika ofta hon som tog initiativet. Hon kunde inte bjuda upp mig annat än på damernas, men hon frågade om jag inte skulle bjuda upp henne och det blev egentligen samma sak.

När det blev dans i Sveasalen på David Bagares gata tyckte jag att jag dansade mycket bättre än förr. Jag blev flitigt efterfrågad på damernas. Bara en sån sak.

När vi gick på bio blev det allt vanligare med ljudfilm. I början var kvalitén dålig men efter hand blev den bättre. Erika och jag gick och såg en tysk talfilm.

"Den verkar vara på försöksstadiet", var mitt omdöme. Erika höll med men vi var överens om att det troligen skulle bli bättre efter hand när de fått träna.

Palladium visade SF:s första talfilm och jag gick dit i sällskap med Erik. Filmen hette *För hennes skull.* Gösta Ekman spelade mot Inga Tidblad, och filmen var rolig och välgjord.

Göta Lejon hade fått ljudfilmsinstallation liksom flera andra biografer och även om kvalitén fortfarande var svajig gick det att se ljudfilm på allt fler biografer. En kväll besökte jag SF:s nya bio Flamman och konstaterade att rösterna var bra men ljudet för högt.

Jag försökte strunta i Eva-Lisa men trots mina föresatser ringde jag henne och fick order om att bjuda på bio. Vi gick på Astoria och såg Charles Farrell och Janet Gaynor i *Sunny Side Up.*

"Vad tyckte du, Gustav?"

"De ser bra ut men deras röster är förfärliga."

"Jag håller med."

"Är ljudfilmen slutet för en del skådespelare, månne?"

"Det kan så vara, Gustav."

För en gångs skull höll hon med mig.

När talfilmen gjorde entré på biograferna möttes den av många problem och utvecklingen kom att gå långsamt eftersom biosalongerna inte var försedda med rätt teknik. De kameror som användes var inte för talfilm och även kamerans eget ljud upptogs av mikrofonen.

Dessutom var skådespelarna för att höras tvungna att rikta munnen mot kamerans mikrofon och kamerorna var tunga och otympliga så att skådespelarna inte kunde röra sig fritt när de pratade. En del av skådespelarna var även tvungna att ta tallektioner för att förbättra sin artikulation och reducera sin accent. Flera av stumfilmsstjärnorna klarade inte övergången. De var skickliga på pantomimer och gestik, men när de började prata lät det inte tillräckligt snyggt eller trovärdigt för rolltolkningen.

Vi fortsatte att gå på bio och teater. Erika och Farbror bjöd på Mosebacke för att se *Fjällgatan 14,* jag såg *Säg det i Toner* på Palladium, gick på matiné på Oscars och såg *Gröna hissen* med Gösta Ekman. På Röda kvarn såg jag Greta Garbo i *Gröna hatten* och på Piccadilly såg jag henne i *En kvinnas moral.*

På sommaren spelades teater på Friluftsteatrarna. Jag gick med Erika till Vitabergsparken, i Vanadislunden visades *Småstadsfröknarna.* På *Strand*

145

såg jag filmen *Vi två* om två syskon i tonåren som uppfostrats i frihet, något som lämnade kvar en eftertanke. Jag besökte även Vasateatern för att se Karl Gerhards revy med bland andra Zarah Leander. Giftigt och underhållande. På radio hörde jag Shakespeares *Köpmannen i Venedig.*

En dag kommer Gustav gåendes till fots. Tänka sig att han har gått hela den långa vägen och det har tagit honom flera timmar. Han har gått över Drottningholm och bron därifrån över till Färingsö. Vilket besvär för att få träffa dem. Han får mat och sover över. Nästa morgon tar han bussen in till stan.

Ett par veckor senare kommer han på besök igen. Den här gången tar han bussen. När de blir på tu man hand en stund innan Gustav ska åka hem börjar Gustav fråga om sin pappa.

"Kan du inte säga vad han heter?"

"Jag har ju lovat att inte säga något."

"Men jag ska inte göra något. Jag vill bara veta."

"Jag vet inte, Gustav."

"Snälla Anna. Det är förskräckligt att inte veta något om sin pappa."

"Men då måste du lova att inte söka upp honom. Han ville inte det."

"Jag vill bara veta,"

"Han hette Hjalmar Lindström, bodde på Östermalm och jobbade på bank."

"Men är jag lik honom?"

"Det vet jag inte, Gustav. Lite kanske. Du ska veta att han var väldigt stilig. Åtminstone tyckte jag det då."

Gustav verkar vara nöjd med informationen och så tar han bussen in till stan.

Sen dröjer det innan hon återser honom.

1930

Jag gav mig iväg till fots ut till Stenhamra för att hälsa på herrskapet Högvall, Anna och Ivar. Jag gick via Kungsholmen, Traneberg, Ålsten och Drottningholm. Det tog många timmar, det var fyra och en halv mil, men det var bra träning. Jag blev väl omhändertagen när jag kom fram. Det kändes som om mitt besök var uppskattat.

Några veckor senare reste jag dit med buss en helg. Bussen gick från Drottningholmsvägen och tog en timme. Jag hade bestämt mig för att pumpa Anna på mer information om Hjalmar. Jag gav mig inte. Jag satt länge och talade med Anna om gångna tider och så frågade jag och fick svar:

"Jag lovade honom att inte berätta men du är vuxen nu, Gustav. Han heter Hjalmar Lindström, var bankvaktmästare och bodde på Östermalm. Han lånade av sina föräldrar de sexhundra kronor det kostade att lösa in dig på barnhuset. Men jag vill inte att du söker upp honom."

Jag lovade att inte försöka leta upp honom men jag hade svårt att släppa tanken. Jag funderade och tänkte att jag åtminstone skulle försöka ta reda på var denne Hjalmar fanns nu. Jag var egentligen mest nyfiken på honom, hur såg han ut, var bodde han och vad jobbade han med? Och framförallt, var jag lik honom? Jag hade inget behov av att konfrontera honom eller ställa honom till svars. Inte på några villkor skulle jag ha velat byta ut min fostermor och fosterfar mot mina biologiska föräldrar. Blod är inte tjockare än vatten.

Erik åkte till Gävle på sin semester för att få åka skidor. Sen när han kom tillbaks till stan lånade han farbrors motorcykel och körde in i planket på Frälsningsarméns vedgård. Han gjorde upp i godo men en nitisk åskådare anmälde honom för polisen. Han hade inget körkort på sig.

Tisdag 2
Hemma hos Johanssons rökte de väggohyran i hela huset så vi måste utrymma trots att vi själva inte hade någon ohyra. Jag fick sova i tamburen hemma hos mamma och pappa på Högbergsgatan. Fyra dagar senare var det klart och jag fick sova hemma hos Johanssons igen.

Onsdag 3
Nu har vi fått det lugnt på kontoret för tillfället, allt ligger à jour och man
kan syssla lite med privata skriverier. Övertidsarbete förekommer inte utan
man kan passa hemgångstiden och kila på minuten.

När chefen var på semester fick Löfqvist axla hans uppgift som kassör. Han
gjorde inte någon särdeles succé och jag fick hjälpa honom med allt möjligt
men han hann ändå inte med. Kassorna stämde sällan men han var bussig
att ha att göra med.

Jag hade även mycket att göra med Palmblad, som jag först tyckte var
snobbig och mallig men när jag lärde känna honom bättre upptäckte jag att
han var "buss". Han jobbade som vaktmästare på Göta Lejon på kvällarna,
vilket gav honom en vacker extraslant. Nu kunde jag alltid räkna med några
gratisbesök.

Jag hälsade på mamma Kristina. Hon hade blivit gammal och det snörpte
ihop sig i bröstet när jag tänkte på att hon inte skulle finnas där för evigt.
Jag ville berätta för henne hur mycket jag tyckte om henne men det var
svårt att få fram orden. Kanske förstod hon ändå.

Jag märkte hur hon långsamt blev sämre, även om det gick i vågor. Ibland
blev hon bättre bara för att snart bli sämre igen.

Hon fick komma till Åsö sjukhus för hon hade värk i hela kroppen. Jag
fick ont i magen. När jag gick och hälsade på henne låg hon och grät och
tyckte inte att hon fick någon hjälp. Jag önskade att jag kunde göra något
för henne, skulle gärna velat hjälpa henne men visste inte vad jag skulle
kunna göra. Det var svårt att se hur hon låg där och tynade bort i sin säng.

En dag när jag hälsade på henne hade hon nu till sina andra besvär fått
blåskatarr.

Min fosterbror Oscar var där. Besöket fick bli kort den gången.

Hon blev bättre igen och fick komma hem från sjukhuset. När hon fyllde
sjuttiofem år i september bjöd familjen Fromm på födelsedagskalas. Det
var nobelt av dem att se till att hon blev firad när hon inte orkade ordna
något själv.

Livet rullade på med träning, bio och teater med Erika. Jag tränade ännu hårdare för att hålla oron borta. När det blev SM på Stadion gick jag dit och tittade. Jag var även en hängiven åskådare när det blev internationella tävlingar i september.

Farbror bjöd Erika och mig på supé på Stallmästaregården. Han berättade att en av hans chaufförer hade haft körningar ut till Solvalla utan att redovisa dessa. Jag gick ut dit för att kolla men såg inte till honom. Det blev en promenad på 1,5 mil och när jag skulle hem igen tog jag spårvagnen från Sundbyberg.

En annan dag gav jag mig av till Solvalla och spelade på Stockholms Dagblads tips. Första loppet gick åt rätt håll. Andra gick åt Sorunda. Och så fortsatte det. Resultat tjugoen kalla baklänges. Nästa gång jag gick dit förlorade jag fyra kronor.

Stockholms Dagblad var under senare halvan av 1920-talet Sveriges första tidning i tabloidformat. Tidningen var först med att publicera Disneyserier i Sverige, med Musse Pigg den 7 mars 1930. Det sista numret utkom i september 1931, varefter tidningen slogs samman med Stockholms-tidningen.

Min fostersyster Anna-Stina kom på besök med sin familj och vi gick tillsammans till Gröna Lund och åkte den nya Berg- och Dalbanan.

Farbror, Erika, Erik, Einar Gudrun och lilla Per klämde in sig i bilen och for till Flen. Det var meningen att jag skulle ha följt med men jag hade inte vidare lust. Hade knappast fått plats heller. Jag kastade istället spjut och sprang sju varv på Östermalms.

Gustav Karlsson var mitt namn och det var inget fel på det men jag var ingalunda ensam om det. Skrevs förnamnet dessutom inte ut var det lätt att bli ihopblandad med någon annan Karlsson eller G Karlsson.

Jag hade funderat över detta problem ett tag och bestämde mig för att byta bort Karlssonnamnet.

Namnändringen jag la in om till Överståthållarämbetet bifölls. Priset för detta var tjugo kronor och mitt nya namn var Bradell.

Jag fortsatte med gymnastik och löpning men fick ont i knäet och var därför tvungen att avbryta träningen. Några dagar var det skönt att lata sig men livet blev snabbt tråkigare när jag inte fick träna, det var en stor del av mitt liv.

När jag återupptog träningen igen efter ett par veckors vila fick jag ont i benen men jag fick massage i samband med träningen och det hjälpte mot ömheten.

En dag lyckades jag springa omkull på kolstybbanan och fick hela huvudet inlindat.

"Men Gustav, vad har hänt", undrade Erika.

"Du skulle ha sett hur folk reagerade när de fick se mig på hemvägen. De höll på att få dåndimpen."

Det var sant. Jag hade blivit rejält uttittad och vissa av dem skrämde jag visst ordentligt för de försökte undvika mig och gjorde väldigt stora ögon när de såg mitt bandagerade huvud. Det kan hända att jag påminde dem om Frankensteins monster.

Jag kände mig som en stor koffert när jag löpte, för tung och massiv. Istället stötte jag kula och kastade diskus. Badade i Eriksdalsbadet. När Hellas hade klubbmästerskap tävlade jag i tiokamp. Där tävlades det bland annat i stående längdhopp.

"Hur gick det" frågade Erika när jag kom hem.

"Resultaten var jämntaskiga."

Efter en tids sammanhängande träning utan skador vände det och jag kände mig lättare i kroppen och piggare i benen. När det blev klubbmästerskap på åttahundrameter vann jag. Tydligen var jag inte helt värdelös. Med stor träningsflit hade jag uppnått ett mål.

Sen fick jag hämta mina grunkor på Östermalms Idrottsplats som nu äntligen skulle rivas och ersättas av mer människovärdiga byggnader.

Det blev dags för repmöte. Jag fick full lön under tiden och skulle dessutom komma in och jobba extra. Jag var deporterad till Gråbo tillsammans med mina olyckskamrater.

Första dagen blev vi ilastade i pråmar och bogserade till Värmdölandet där vi inkvarterades. Det röktes och spelades kort på luckan. Efter ett par dagar blev vi vidare transporterade till Hölö, där vi förväntades leka krig. Sova fick vi göra på en loge men där var alldeles för kallt så jag och några av de andra gick upp och hittade ett fikaställe, där vi fick ägg och fläsk för en krona. Till middag blev vi serverade vidbrända ärtor, men det åt vi inte utan fikade och åt äpplen i en liten stuga i närheten.

Vi for till Värmdö för att leka krig. På båten ut dit var några stupfulla, spydde och krossade fönster. Det var inget som imponerade på mig. Jag höll mig på min kant. När vi kom fram gick jag ut i skogen, hittade kantareller och fyllde mattornistern full och tog med hem. Nästa krigslekplats var Rinkeby. Där slog vi läger. Frukosten bestod av stångkorv, potatis och tre skivor bröd. Lyckligtvis fanns det nasare där så vi kunde rädda oss från svältdöden. Jag hade dessutom en moster och morbror i Bromsten, gick dit och fick så mycket mat jag kunde äta och dessutom matsäck och en slant. Jag kände mig genast bättre till mods.

Vi skulle ligga i försvarsställning norr om Spånga kyrka. Det var kallt på natten och vi frös. Till morgonmål fick vi kokt falukorv och potatis. Därefter gjorde vi en långsam framryckning mot Stora Ursvik. Det blev avbrott i striderna, marsch tillbaka till Gråbo och därefter anfallsstrid. Det kommenderades framryckning men det var bara befälet som sprang och därför kommenderades vi tillbaka för att göra om det men vi "kom bort" och vilade istället ut vid ett härligt blåbärsställe.

Repmånaden tog slut och jag återvände till stan och jobbet på BP. Där startade i oktober en ny avdelning "Aviation Departement", nu skulle oljebolaget få en flygavdelning. Utvecklingen gick framåt. Med elefantsteg.

I sällskap med min gamla träningskompis Svenne Thulin besökte jag Stockholmsutställningen på Djurgårdsbrunnsviken. Vi åkte radiobil, motorbåt och berg- och dalbana. En annan dag gick vi till Gröna Lund och dansade. Svenne jobbade kvar som likbärare på Åsö sjukhus.

Stockholmsutställningen 1930 var en nationell utställning över arkitektur, formgivning och konsthantverk, som arrangerades i Stockholm av Svenska

Slöjdföreningen och Stockholms stad. Den varade mellan den 16 maj och den 29 september och registrerade nästan fyra miljoner besökande.

Eva-Lisa hade också varit på Stockholmsutställningen och kom med ett stort kuvert till mig med en karikatyr av sig själv som hon fått där. "Du kan väl komma och hälsa på mig, Gustav", sa Eva-Lisa. Jag tvekade. Jag var fast besluten att inte tänka på henne och jag visste hur det skulle bli om jag gick dit.

Ett par dagar senare ringde hon och ville på nytt att jag skulle komma. Hon sa att hon hade längtat. Jag ville inte gå dit men jag kunde inte låta bli när hon bad så rart.

Hon var inte så vacker som jag mindes henne och mycket fläskigare men var alltid rar när vi var ensamma. Ändå kunde hon inte låta bli att säga saker som:

"Du är så bakom, Gustav."

Det var ju en trevlig sak att säga. Förstod hon inte att hon sårade mig?

Jag var tydligen en stor besvikelse och ångrade att jag föll till föga och gick dit men hon ringde igen efter ett par dagar:

"Kan du inte komma hit, Gustav?"

Jag kunde förstås inte säga nej, trots att jag hade bestämt mig för att strunta i henne. Vi spelade skivor och dansade och jag kysste henne. Jag kunde inte låta bli att vara kär i henne trots mitt tidigare beslut att strunta i henne.

Några dagar senare gick jag dit igen, tog mod till mig och sa:

"Du är den sötaste flickan i världen. Jag älskar dig."

Eva-Lisa svarade inte.

"Tycker du inte om mig en liten smula?"

"Du tycker om mig alldeles för mycket, mer än jag är värd. Jag tycker inte om någon. Jag ska aldrig gifta mig."

Det var ord och inga visor. Hur förväntades jag reagera på detta? Det verkade i alla fall inte finnas något annat föremål för hennes kärlek för tillfället. Men vad hjälpte det när hjärtat brann?

Nästa gång jag besökte Eva-Lisa sa hon:

"Gustav, vi är alldeles för olika för att kunna vara gifta."

Det låg säkert något i hennes analys men vem har sagt att man måste vara lika? Fast det sa jag inte högt.

153

"Jag älskar dig inte, kan inte med ditt sätt. Jag är pigg, ytlig och modig, du är slö, djupsinnig och feg och vi har olika åsikter i allt."

Meningen var att vi skulle gå på Skansen.

"Nej, Gustav, jag vill inte gå på Skansen. Vi går på Utställningen istället."

Som vanligt gjorde jag henne till viljes.

Sen blev jag berövad den sista gnuttan hopp.

"Varför ska jag leva?" sa hon.

Hon ägde alltså ett själsdjup.

"Du, som känner mig bäst är den som älskar mig mest. Men du ska sluta upp med det, jag är ingen rar flicka som du tror. Du är alldeles för mycket idealist. Du ska sluta att vara kär i mej, vi ska vara väldigt goda vänner istället."

Allt hopp var ute. Hela bröstet värkte.

Jag tänker på att jag var så korkad när jag var ung. När jag tänker tillbaka har jag svårt att förstå mitt beteende. Svårt att förstå vad jag såg hos Eva-Lisa som lät mig förödmjuka mig totalt för att hon själv ville ha uppmärksamhet.

1984

Det blir julafton och Magdalena kommer och hälsar på mig en stund. Martin är i Thailand. Han bor där på vinterhalvåret numera, har sagt upp lägenheten sen han blev av med jobbet hos Philips och hyr istället en liten stuga hos en av sina kompisar ute i Lissma. Där bor han när han är hemma i Sverige.

Magdalena stannar inte så länge, ska hämta upp Lasse hos hans mamma på hemvägen. Hon kommer inte och hälsar på mig så ofta som jag skulle önska. Hon har sitt eget liv och jag får skylla mig själv för att jag släppte kontakten med barnen när de blev vuxna. Nellie var mer för att vi skulle hjälpa dem efter att de hade flyttat hemifrån men jag ansåg att de skulle klara sig själva, att vi inte skulle lägga oss i.

Hade det blivit annorlunda om jag ansträngt mig mer för att ta del av deras liv? Kanske är det inte försent. Jag bestämmer mig för att följa med ut till stallet och titta när Magdalena rider någon dag.

Jag har numera mina gamla dagböcker som enda lektyr, dagboken från 1930 ligger på nattygsbordet.

Torsdag 9
Jovialiske, alltid glada Pettersson på lagerbokföringen är uppsagd den första. Troligen Bobäcks verk. Pettersson har gjort några fel – ej att undra på då dom på den avdelningen får arbeta över halva nätterna – och strax är han komplett oduglig, fast han förut dugt bra i ett och ett halvt års tid. Den uppsägningen är inte populär på kontoret.

Så där kunde de göra förr i världen. Det kan de inte längre.

Jag jobbade och läste bokföring. En lördagseftermiddag avverkade jag ett bokföringsbrev från Hermods men på söndagen gav jag mig själv ledigt, tog med mig skidorna, spände på dem på andra sidan Hammarbybacken och åkte ut till Järla och tillbaka. Jag slog en del kullerbyttor men roligt hade jag.

På kontoret fanns det apelsiner och äpplen som de anställda fick köpa utav. Detta med anledning av att firman skulle göra affärer med en fruktimportfirma. Jag köpte med mig ett par apelsiner hem som jag smaskade i mig på kvällen. De var söta och goda.

En morgon när jag var på väg till jobbet var jag nära att råka illa ut. Just som jag passerade några byggnadsställningar på Västerlånggatan hördes plötsligt ivriga varningar och jag skubbade undan. De som inte hann undan hamnade i ett regn av fallande tegelstenar och blev troligen ordentligt blåslagna. Jag stannade inte utan skyndade mig till jobbet då jag redan var sen och det fanns gott om folk som kunde hjälpa de skadade.

På jobbet la jag bort titlarna med Andersson på faktureringen, tog mod till mig och gick in till kamrern och körde på om påökt.

"Det kan inte bli förrän till nyår", blev svaret.

När det blev dags för avlöning fick jag 175 kronor och disponenten 3000. Olikt falla ödets lotter.

Jag kilade ner till Rådhuset på lunchen en dag och betalade skatten som var på 2,13.

155

Kamrern hade nyligen tagit körkortet och körde till kringelstan för att fira sin svärmors födelsedag. På midsommaraftonen höll kontoret stängt och vi blev lediga.

På pappas namnsdag, Emil, köpte jag en skiva och gick dit för att uppvakta honom. Mamma låg till sängs och verkade sova för hon svarade inte när jag hälsade.

"Jag har tråkiga nyheter, Gustav."

Pappa hade svårt att hålla rösten stadig.

Jag fick en klump i halsen och tittade på pappa. Vad kunde det vara?

"Det är mamma. Hon har fått nervslag."

Jag kände igen ordet men var osäker på vad det innebar.

"Nervslag?"

"Ja, hon är förlamad i ena sidan och pratar sluddrigt. Hon ska få komma in på Åsö sjukhus."

Mina ben blev sladdriga som gelé. Var detta början till slutet?

Nästa dag hade hon blivit sämre. Hon fördes från Åsö till S:t Eriks sjukhus och jag besökte henne där. Hon låg på allmän sal.

"Hon har fått en hjärnblödning", sa läkaren.

Jag förstod att det var allvarligt och visste inte vad jag skulle säga. Jag ville inte förlora min mamma. Ett par veckor senare fick hon ändå komma hem igen men hon låg till sängs och pappa fick passa upp på henne.

En kväll stannade jag kvar på kontoret och maskinskrev ett brev till Eva-Lisa som var i Värmland. Hur illa hon nu hade behandlat mig tyckte jag synd om henne och tänkte att hon skulle bli uppiggad av ett brev.

När hon återvände bjöd jag henne på bio. Vi såg *Kyssen* med Greta Garbo på *Göta Lejon*.

"*Den Gudomliga* är verkligen till sin fördel, eller hur?" sa jag på hemvägen.

Eva-Lisa höll tveksamt med.

"Jag är väl lite gudomlig själv också, tycker du inte?"

Jag visste inte om det var ett skämt så jag hummade bara tyst till svar

Min sammanfattning av året som gått står längst bak:

156

Ett gott nytt år noch ein Mal. Det gamla som gått, i vad mån har det bidragit till min utveckling? Jag har blivit en bättre kontorist, en bättre idrottsman och mitt kulturella vetande har fördjupats något, jag dansar bättre, sjunger bättre och ser lika jäklig ut. Jag är lika tokig i Eva-Lisa, om det är fördel eller nackdel får framtiden utvisa. Jag har exercerat en månad och gjort många slags erfarenheter i umgänget med kamraterna. Jag har bättre lärt känna mig själv och håller på att bli en personlighet.

Och det nya året fortsätter direkt:

Torsdag 1 Januari 1931 Nyårsdagen
Jag ringde till Eva-Lisa dels för att höra hur det stod till, dels för att önska ett gott nytt år. Jo, det stod tämligen bra till, Eva-Lisa var oppe och var mycket spydig i telefon så jag blev förbannad.

Ett par dagar senare ringde hon och berättade att hon hade hjärtfel och läkaren hade förbjudit henne att dansa på ett år. Jag visste inte om jag skulle tycka synd om henne eller tänka att det var rätt åt henne. Hjärtfel, förresten? Var hon inte för ung för det?

En kväll några dagar senare ringde hon.

"Gustav, kan du inte komma hit i morgon kväll? Sonja kommer, ni kan dansa."

"Nej."

"Snälla. Här är så tråkigt. Jag får ju inte dansa."

"Jag har annat för mig."

En stund senare ringde tant Ida.

"Gustav, kan du inte komma? Eva-Lisa är ju sjuk."

Då kunde jag inte säga nej utan gick dit. Det var bara Eva-Lisa där och hon var sitt raraste jag, som alltid när vi var själva men när Sonja kom ändrade Eva-Lisa sitt beteende. Jag dansade ett par danser med Sonja och sen gick jag hem igen.

Lördag 24
På Erikas namnsdag kom Elsa, numera fru Stenfeldt i Djursholm, hem och gratulerade. Hon visade mig hur man kan "tillämpa svartkonster", som hon sa.

Det gick till så att vi hade en pappskiva med bokstäver och siffror och på denna pappskiva ställde vi ett upp-och-nedvänt glas, på vilket alla medverkande höll ett finger. Därefter ställde vi frågor och glaset vandrade mellan bokstäver och siffror och besvarade på så vis frågorna. En av frågorna var när jag skulle gifta mig och svaret blev 1937. Jag var skeptisk och undrade om det var det undermedvetna som spökade.

Tisdag
Det var bestämt att Erik och jag skulle hämta grammofonen hos Sonja men först skulle vi dansa lite där. Redan på spårvagnen träffade jag på en skönhet från julgransplundringen, nämligen fröken Gårdman som bor på Skånegatan. Skönhet, är nog inte något malplacerat uttryck i det sammanhanget. Nämnda dam har ett synnerligen frappant utseende, rena ansiktslinjer, rak näsa, rätt vacker mun och ypperlig hy. Hon verkar omsorgsfullt sminkad men är i själva verket inte sminkad alls. Hon är rätt tystlåten och blygsam, elegant klädd, mycket elegant kappa. Vi drack kaffe och dansade. Fröken Gårdman dansade bäst men inte heller hon dansar något vidare bra.

Eva-Lisa hörde av sig och undrade om jag ville följa med till hennes mormors grav vid Norra Kyrkogården och jag hämtade henne för att ta en promenad ditut.

Någonstans inom mig hoppades jag fortfarande, trots att jag egentligen hade förstått att hoppet var ute. Men det blev en fin upplevelse.

Marken var frostig och på kyrkogården låg nedfallna löv kvar sedan hösten. Det var mest barmark men på vissa ställen låg snön kvar i små högar. Det doftade lätt och ganska angenämt från de halvmurkna löven. Eva-Lisa hade med sig en ros som hon la på graven och jag såg att hennes ögon var tårfyllda. Jag anade att hon var uppfylld av känslor för sin hädangångna mormor, känslor som hon sällan visade annars. Speciellt inte gentemot mig. Hon bad inte direkt om ursäkt för att hon varit otrevlig men hon var snäll och rar och jag förlät henne som alltid.

Jag bjöd Erika på Stora teatern för att se *Kronans kavaljerer* med Fridolf Rhudin och vi tog en bil dit för att slippa bli blöta om fötterna i snögloppet. Nästa gång vi gick på bio bjöd Erika på Palladium och Greta Garbos senaste, *Anna Christie*, tillika Gretas första talfilm. Den gudomliga hade en mörk, behaglig stämma. Det gav filmen en extra dimension att höra skådespelarna tala.

På bio såg jag även Harold Lloyds senaste, *Fötterna först, 4711 sätt att gå,* som jag tyckte var kul.

En söndag i januari följde Eva-Lisa med mig till Södran för att se en revy. Jag klädde mig i smoking och tog spårvagnen till Pilgatan och en bil därifrån för att hämta Eva-Lisa på Kungsholmen. Bilen fick vänta utanför medan jag gick upp och hämtade min dam. Hon var uppsnofsad i blå klänning och nyondulerad. Jag var ingen beundrare av ondulerat hår, jag tyckte att det såg ut som om papiljotterna satt kvar. Men det sa jag naturligtvis inte till henne utan komplimenterade henne istället för att hon var tjusigt utstyrd.

Revyn var trevlig. Eva-Lisa avslöjade för mig att hon själv ansåg sig vara elegantast bland damerna men när jag ville hålla om henne var hon kall som en isbit och än värre blev det då vi fick vänta på bil när vi skulle hem. Jag var luft för henne, det var så hon behandlade mig och jag kokade inombords. Jag försökte vara henne till lags och hon nonchalerade mig. Efter att ha släppt av henne på Kungsholmen och betalat bilen gick jag hem till Söder i slasket.

Sen stannade jag hemma på kvällarna ett tag och avverkade flera brev på Hermodskursen i bokföring och kände mig flitig.

Ute var det snöstorm och det blev snart vitt på gator och torg. Få människor vistades ute, bara de som verkligen hade viktiga ärenden gav sig ut.

Någon dag senare låg överallt snö som redan hunnit bli brun av smuts. Renhållningsverket ordnade jobb åt massor av extraarbetare som kunde hjälpa till att skyffla undan den bruna snön men ett par dagar senare hade vädret slagit om till plusgrader och det som återstod av snön hade förvandlats till slaskig snömodd. Det regnade och var tio plusgrader. Jag tänkte att våren hade kommit. Det var ett oherrans slaskväder i ett par dar men sen blev det kallt och snöade igen.

När snön försvann spelade grabbarna kula på gatorna.

Jag gick upp till Fjällgatan och solade ansiktet.

Fredag 5
Så en dag kunde jag inte hålla mig utan gick och hälsade på Eva-Lisa,
berättade om Maj och Ingrid på kontoret som hade sagt att de tyckte om
mig. Jag trodde att jag gjort Eva-Lisa svartsjuk.

Det kan ha varit så att svartsjukan gjorde henne mer intresserad av mig för
kvällen därpå när vi gick på bio sa hon:
"När jag har tröttnat på alla andra karlar ska vi gifta oss, Gustav."
Jag kände mig föga smickrad. Om jag skulle vara sista utvägen var det
väl inget värt? I så fall saknades något. Så kändes det; som om något
saknades.

Jag tänker tillbaka på tiden då jag var som besatt av Eva-Lisa. Med en dåres
envishet klängde jag mig fast vid något som inte var och aldrig skulle bli.
Jag var ung och dum, blev möjligen klokare sen. Jag skulle gärna ha tillbaka
en tjugoårings kropp men inte förståndet. Nu är jag skröplig som en
gammal rutten gärdsgård men samtidigt betydligt klokare.

Tisdag 9
Fromm hörde av sig och bad mig sova hemma hos mamma och sköta
bäckenet en natt så pappa fick sova ut.

Jag sov inne hos mamma och pappa sov i det andra rummet. Jag fick gå
upp ett par gånger under natten när hon ropade på mig.

Några veckor senare orkade pappa inte ta hand om mamma längre och hon
blev inlagd på sjukhus. Åsö sjukhus var fullt så hon fick komma till
Sabbatsberg istället. Eftersom en influensaepidemi härjade i staden var alla
besök på sjukhuset förbjudna och jag fick egentligen inte gå dit. Trots det
kunde jag gå och hälsa på henne, hon hade lyckats utverka tillstånd för
besök trots epidemin. Hon var belåten med vården men hade ont i benen.
Hon var matfrisk som vanligt, jag matade henne med kaffemat.
En vecka senare rådde fortfarande besöksförbud på sjukhusen men jag fick
tillstånd att hälsa på mamma som nu hade fått en blodpropp i benet.
"Det gör så ont, Gustav."
Åh, lilla mamma. Ändå verkade hon ha livsgnistan kvar.

Jag hälsade på henne så ofta jag kunde. Hon klagade över värk och var fullständigt hjälplös men klar och redig i huvudet.

Sen blev hon sämre. Hon sa att hon hade fått ett brev som berättade att morbror Klas i Amerika hade dött.

Det gick i vågor. Ena veckan var hon piggare och veckan därpå var hon matt och yrade. Hon piggnade till bara för att en vecka senare rossla och ha svårt att andas.

En dag var hon väldigt dålig när jag kom till sjukhuset och jag förstod att det inte var långt kvar. Dagen därpå dog hon och jag kände mig totalt tillintetgjord.

Sigrid grät.

Pappa visade inga känslor. Han sa ingenting, var tvärtom ovanligt tyst. Jag förstod att han saknade henne men jag hade fullt upp med min egen sorg. Han verkade lyckas halvskapligt med att dränka sin.

När jag tänkte på mamma och hur hon alltid varit den fasta och kärleksfulla punkten i mitt liv grät jag.

Jag köpte hög hatt och lackskor samt uppsökte pastor Gyberg för att be honom att sköta jordfästningen som ägde rum på Skogskyrkogården. Alla var svartklädda och många grät högt men på begravningskalaset verkade alla vara glada igen, utom jag. Jag bestämde mig för att inte bära sorgband på kläderna. Sorgen behöver inte någon reklam.

Hon efterlämnade totalt tvåhundrasjuttio kronor. Jag gick upp till pastorn och lämnade tian för begravningen.

1984

En dag ringer Margit. Min Margit. Hon känner först inte igen min röst efter alla år.

Vi pratar. Länge. Det är roligt att prata med henne och jag känner mig upplivad. Hon har varit gift och har en son men är nu änka. Vi hörs på telefon flera gånger och det är trevligt att höra av henne. Det blev dumt på slutet och sen hördes vi inte mer.

161

Hon kommer och hälsar på och jag berättar vad som verkligen hände när skrällen kom i juli 1942. Hon besöker mig fler gånger, jag köper hem någon god mat som hon anrättar.

Vi ses allt oftare. Jag hämtar henne på lördagseftermiddagen, vi äter och dricker gott och pratar. Mest om gamla tider. Sen kör jag henne hem.

Jag gjorde henne illa när vi var gifta och jag vill gottgöra henne, ta hand om henne bättre än jag gjorde fast jag vet att det som skedde inte kan gottgöras.

Margit och jag åker på en bussresa till Prag, Budapest och Wien tillsammans och har trevligt hela tiden.

I november får jag ett meddelande från Nellys släktingar i Småland att barnens mormor har avlidit. Hon blev 101 år. Hon har efterlämnat pengar som ska delas upp mellan barnen och i vårt fall barnbarnen. De oförtjänta barnen kommer och hämtar sitt arv.

Fredag 24

Världsmästaren i konståkning på skridskor, Sonja Heine, besökte Stadion och hade uppvisning vid en isfest arrangerad av Stockholmstidningen till förmån för Röda Korset. Jag kostade på mig två "bagis" och klämde mig in genom ett av vändkorsen vid Valhallavägen.

Det var smockfullt av folk men tack vare min längd och placeringsförmåga lyckades jag få se vad som försiggick. Den tjugoåriga Sonja var fenomenalt skicklig på att dansa, hoppa och piruettera på isen och var mäkta populär.

Lördag 4

Jag fortsatte mitt arbete på BP. På kontoret jobbade fröken Andersson. Jag brukade skoja med henne om att jag skulle bjuda henne på bio. En dag gjorde jag slag i saken och bestämde bio och tid med henne men jag fick stå där och vänta. Hon kom inte.

Jag letade reda på hennes telefonnummer och ringde upp henne.

Hon svarade förvånat att hon trodde att det fortfarande bara var på skoj men blev glad när hon förstod att det skulle bli av och så gick vi på en senare föreställning istället.

Tillsammans med tre arbetskamrater hade jag vunnit på lotteri och en dag på lunchrasten gick en av dem, Nyberg, och kvitterade ut vinsten, varvid han kunde utdela vardera etthundraåttio kronor. Glädjen respektive avundsjukan var stor på kontoret. Jag sa inget hemma om vinsten, utan tänkte att det kunde vara bra att kunna kvitta skulden till Farbror.

På kvällen satt jag kvar på kontoret och slog konsumkvitton åt Erika på en additionsmaskin. Det var 1570 kvitton på sammanlagt 13 245 kronor. Jag fortsatte min Hermodskurs i bokföring och i mars fick jag äntligen den utlovade löneförhöjningen. Istället för 175 kronor i månaden fick jag nu 225 och i och med det fick jag betala 110 kronor hemma för mat och husrum.

Det kom folk från England till jobbet för att se om det skulle gå att göra en omorganisation. Jag undrade vad det skulle innebära. Om jag skulle bli av med jobbet.

På Kristi Himmelsfärdsdag bestod nyhetsrapporteringen mest av det fruktansvärda som hade hänt i Ådalen. Ett aggressivt demonstrationståg hade beskjutits av militär med fem döda som resultat. Dagen efter jäste hela landet, inte minst Stockholm, där kommunisterna ställde till med kravaller på gatorna.

Arbetare vid Långrörs fabrik i Sandarne strejkade sedan oktober 1930 mot lönesänkning och höjda hyror. Strejkbrytare hade kallats in, ägaren var antifacklig. I maj 1931 gick arbetare i Ådalen ut i sympatistrejk. Vid en demonstration den 13 maj misshandlades tillresta strejkbrytare. Ett demonstrationståg 14 maj var fredligt men bestod av 3500 demonstranter som tryckte på och ingen möjlighet fanns att stanna då militären beordrade halt. Skotten i Ådalen som händelsen kallas innebar att militären som kallats in från Sollefteå sköt ihjäl fem personer varav en inte gick med i tåget utan stod på sin gårdsplan. En ung man fick stopp på det hela genom att blåsa eld upphör i sin trumpet.

Måndag 13
Jag hämtade den ljusgrå-randiga sommarkostymen som jag hade beställt
hos Harald Andersson. Den kostade etthundrafemton kronor.

Det var relativt dyrt, nästan en månadslön för mig men det går naturligtvis inte att jämföra en skräddarsydd kostym med en maskintillverkad som är vanligast nuförtiden. Det var även så att jag var mer noggrann med min klädsel då. Det spelar inte längre så stor roll tycker jag men jag minns att Nellie tvingade mig att köpa en ny kostym när vi skulle åka med Haningekören till USA. Jag skulle inte få följa med annars sa hon.

Lördag 6
Jag gick upp till nyinvigda Östermalms och konstaterade att nu fanns det
fina omklädningsrum och utmärkta duschar men banan var stenhård.
Klubbkamraten Hallman var också där och tränade. Som vanligt bevakade
han mig så att jag inte tränade mer och blev bättre eftersom vi var så
jämna.

I början av juni blev det plötsligt hopkört med arbetet på kontoret.
Avslutningen av gamla månaden skulle forceras, fakturor och
utgiftsrapporter slängdes ut för betalning och kassan stängdes för maj.
Samtidigt kom provisionerna jämte voucherna som ska skrivas för den
permanenta rapporten till London per fredag kväll. Att hinna allt ser
hopplöst ut. Jag arbetade till en kvart över sju då jag gick till Stadion för
att springa 1500 på Kronoberg-Linneas tävlingar. Jag startade i det andra
heatet tillsammans med Stickan Holmin och en åtta nio man. Jag joggade
första hundra meterna, medan herrarna slogs, och intog jumboplatsen som
jag behöll under större delen av löpningen. När sista varvet började ökade
jag farten och vid ingången till bortre långsidan slog jag på en spurt som
jag till min förvåning fann att ingen kunde besvara. Jag gick i mål på 4.16.8
vilket var nytt rekord för mig.

Så fick jag då äntligen lite lön för mödan med all träning.

Måndag 8
Kassör Ohlsson och jag bytte platser idag för att jag skulle få förövning till
hans semester.

Fredag 12
Jag tog bil till kontoret och var där redan ½ 9. Jag övertog kassan och fick
det sedan hett om öronen hela dan.
Eva-Lisa ringde för att få mig att resa ut till Björknäs midsommarafton.

"Är det fler inbjudna?"
"Ja, det är Sonja och Jansson och Forsberg.
"Nej, tack. Jag avböjer."
Jag tänkte tillbaka på liknande danstillställningar som inte varit kul.
Ett par dagar senare ringde Eva-Lisa igen och tjatade och när jag inte ville komma hotade hon med Sven Lundström som jag visste att hon var förtjust i och då gav jag med mig.
Sålunda tog jag bussen ut till Björknäs på midsommarafton. Eva-Lisa hade lovat att möta mig vid hållplatsen och visa vägen. Där fanns emellertid ingen Eva-Lisa när jag stigit av bussen. Jag gick vägen fram och tänkte att jag får försöka leta mig dit. När jag kommit en bit på väg insåg jag att jag hade klivit av en hållplats för tidigt, för vid nästa hållplats stod hela gänget, Eva-Lisa, Sonja, herr Forsberg och herr Jansson. Eva-Lisa hade sin vita klänning med den röda västen och var pratsam och glad.
Vi gav oss iväg till Herrgårn och dansade. Det kostade en krona i entré och 20 öre per dans med rabattkuponger. Vi dansade på den gamla dansbanan med lutande betonggolv och det var inte särskilt roligt, svårt att få någon ordentlig rytm. Flickorna och jag letade så småningom istället upp en bergknalle i skogen där vi beskådade soluppgången. När vi kom tillbaka till stugan hade herrarna Forsberg och Jansson tagit sista bussen hem. Jag blev ensam kvar med flickorna och fick övernatta på golvet.
På midsommardagen, spelade vi spel, ägnade oss åt ringkastning och pilkastning samt spelade grammofon och dansade. Det kändes ändå som en lyckad midsommar eftersom Eva-Lisa varit snäll mot mig hela tiden. Däremot hade vi inte kunnat vara ensamma alls vilket var skada. Jag hade gärna velat hålla om henne lite och det tillät hon inte när någon annan var med.

Helgen därpå fyllde tant Ida 52 år, vilket föranledde mig att köpa en Rolfskiva och åka ut till Björknäs. Eftersom jag hade fått kritik av Eva-Lisa för min nya hatt satte jag istället på mig en ny keps som jag hade köpt men uppväckte ingen sensation fördenskull.

Ute på Björknäs spelade vi spel och grammofon.

Veckan därpå tog jag med mig min nyinköpta filmkamera ut till Björknäs. Eva-Lisa satte igång att posera och jag filmade. Det fick tydligen damen på gott humör, för efter det var hon så rar så rar mot mig och ville sitta i mitt knä och jag fick hålla om henne. Jag hade köpt mig en ny baddräkt för att få bada med Eva-Lisa. Den bestod av blå tröja och svartvioletta byxor och dagen därpå badade vi tillsammans.

När jag kom hem till stan hade Erika och Farbror åkt ut till Vendelsö. Jag bestämde mig för att gå på bio och valde Chaplins *Stadens ljus*. Den var ett konstnärligt mästerverk med en fruktansvärd livsironi i slutet.

1984

En av Nellys gamla väninnor, Märit, hör ibland av sig. Hon reser med pendeltåget från Stockholm till Nynäshamn och vidare med buss till sin sommarstuga. Det händer att hon stannar här och kommer upp och hälsar på en stund och fortsätter med ett senare tåg. Oftast vill hon ha finansiella råd, vilket hon får men sällan följer och det hela gör mig ganska trött, men hon är glad och pratsam. Hon ringer en dag och berättar att dotterns nya man, den före detta indiske tiggarmunken, ska vara med på tv. Programmet heter "Den Goda Mannen i Råcksta" och nu vill Märit att jag ska spela in det åt henne.

Magdalena kommer ett par veckor senare och jag berättar att Märit och sonen varit här, ätit och sett på det inspelade programmet.

"Han gick från bordet innan vi hade ätit klart. Sedan lämnade han lägenheten när vi satt och tittade på hans turbanförsedda svåger."

"Du sa kanske något nedsättande om Indiern?" föreslår Magdalena. "Du har en viss förmåga att komma med sarkastiska kommentarer."

"Eller så ville han helt enkelt inte se honom."

"Gillar han inte sin nya svåger?"

"Jag tror inte det. De är av lite finare familj. Det passar nog inte in."

Margit och jag träffas ibland men en dag ringer hon och säger att vi inte kan ses mer.

"Vad har hänt", frågar jag. "Jag hoppas att jag inte har gjort dig besviken."

"Nej, Gustav, det har du inte. Det är min son. Jag tror att han är svartsjuk på något konstigt sätt. Eller är det som han säger, att det inte passar sig att jag träffar dig. Det är inte så länge sedan Elof, min man, dog."

Jag vet inte vad jag ska svara. Jag förstår inte hur sonen kan vara så missunnsam mot sin mamma.

"Det låter underligt i mina öron."

"Jag vill inte gå emot honom."

"Då får jag så klart respektera det men jag tycker så klart att det är tråkigt."

Tisdag 3

Redan i februari hade jag bestämt mig för att det var hög tid att börja löpträna på allvar om jag skulle komma i form. Jag köpte därför en grön träningsoverall för 11:75 och en röd ylleluva för 2:25 hos Idrottsmagasinet på Birger Jarlsgatan. Sprang sedan två varv runt södra latin till klubbkamraternas förvåning, det var nämligen ett par grader kallt.

Jag bestämde mig även för att börja träningspromenera 1 timme varje morgon, som löparen Nurmi gjorde.

En kväll gick jag till Fiskartorpet och sprang lilla varvet där.

Jag gick hem till en av mina gamla träningskompisar, Svenne Thulin för att få honom att återuppta idrottandet. Jag saknade honom på träningen och ansåg att det var synd eftersom han var så lovande. Han jobbade kvar på Åsö sjukhus och det visade sig att Svenne hade skaffat fästmö och hon upptog all hans fritid, men kanske kunde han komma loss någon kväll, sa han.

I Hellas hade vi blivit ett gäng som träffades ett par kvällar i veckan och övade på en revy att uppföra i samband med 30-årsjubileumet. Det passade mig utmärkt att spela olika roller och agera ihop med kamraterna. Kanske är det ett sätt att försöka förstå vem man är? Vi hade kul tillsammans och det var en samling trevliga kamrater dessutom. De bästa vännerna finner man i gemensamma aktiviteter.

Vi hade föreställning i Södra latins gymnastiksal.

Lördag 21

När Hellas en tid senare hade maskerad på Grand och jag stod framför spegeln för att göra mig i ordning upptäckte jag att jag tappade hår. Jag bestämde mig för att smörja in med ricinolja och konjak för det hade jag hört var en "gammal beprövad hårmedicin".

Jag skrattar lite för mig själv. Ricinolja och konjak. Det hjälpte så klart inte, jag blev flintis tidigt, tyvärr.

Hellas revy visades på Grand. Med åtföljande dans.

I Hellasbladet skrev de om min träningsflit men jag skämdes för att jag inte hade bättre resultat

Jag köpte ett fotoalbum för 11 krisch (riksdaler) och klistrade in mina bilder däri.

Hittills hade jag förvarat dem i en pappask men nu blev de sorterade och införda med små passande texter till. Albumet passade fint på min lilla bokhylla.

I tidningen läste jag om den stora sensationen att prins Lennart mot kungahusets vilja, alltså V-Gurras, hade förlovat sig med fröken Karin Nissvandt. Därmed hade han avsagt sig sin arvsrätt och vunnit många beundrare. En av dem var jag som inte var någon vän av kungahuset men uppskattade den som vågade stå för sina åsikter.

Jag tränade på Enskede och på Östermalms. På en Klubbmatch mot Göta på Östermalms kom jag sexa på 800 meter och blev uttagen att tävla för Hellas i Hallstavik på femtonhundra meter.

När det blev dags att åka dit tog jag en promenad till Östra Station, vilket tog fyrtio minuter. Med mig hade jag matsäck som Erika hade gjort. Tågresan tog tre timmar och när vi kom fram blev vi bjudna på smörgåsar och mjölk på "Utsikten".

Jag kom på tredjeplats på tiden 4.17.4, inte illa men inte heller tillräckligt bra. Jag måste bli snabbare, måste träna mer.

Ett par veckor senare var jag med i Hellas stafettlag på Johanneshov, fyra gånger femtonhundra meter.

När det blev uttagning till laget som skulle springa i Göteborg blev jag klubbmästare på tiden 4.20.6.

Tävlingskamraterna i Hellas hette Yourstone, Widman och Norgren.

Senare hölls Klubbtävlingar på Enskede där jag kom på tredje plats på 400 m med tiden 55,6, inte särskilt bra men underlaget var tungt.

Det blev dags för DM. Jag hade nyss fått löning och köpt nya spikskor för femton kronor och kom fyra på femtonhundra meter på årets bästa tid; 4.16.5.

En regnig och blåsig söndag var det tävlingar i Södertälje. Ett par av killarna åkte dit i öppen bil. Jag huttrade bara jag såg dem. Själv tog jag tåget tillsammans med några av klubbkamraterna från Hellas.

Jag kom trea på 1000 meter på tiden 2.44.

När det senare blev Prisutdelningsfestival i Rosenbad fick jag ett flertal prispokaler och plaketter för bland annat seger på medeldistanslöpningarna under 1930–1931. Fliten hade fått sin lön, ingen var avundsjuk, alla gratulerade.

1985

Dagarna går i trötthetens tecken. Jag har ont i nacken och känner mig yr. Vissa dagar går jag inte ut.

I februari spårar ett pendeltåg ur och hamnar härnere i sjön, Rudan. De håller på med bärgningen hela nästa dag. Jag kan följa skådespelet från mitt fönster.

En natt vaknar jag med en fruktansvärd huvudvärk. Jag försöker gå upp men ramlar ihop och det blir svart. Jag vaknar senare av att Magdalena är hos mig. Jag ligger på golvet, klädd i pyjamas och känner mig omtöcknad.

"Hej Magdalena, säger jag. "Vad vill du ha att äta?"

"Hur mår du pappa?"

Jag vet inte riktigt hur jag mår. Magdalena ringer efter en ambulans som kör iväg med mig med ett fasligt skramlande. Jag vet inte vart vi ska och jag känner mig väldigt dimmig. Senare förstår jag att jag befinner mig på ett sjukhus. Det tas prover och det är fullt med apparater. Läkare och sjuksköterskor kommer in till mig på rummet, kontrollerar apparaterna som jag är kopplad till.

Någon säger att jag har fått en stroke, ett slaganfall.

Efter en stund kommer Magdalena. Hon sitter hos mig en stund och försöker prata med mig men jag är för trött.

Jag blir kvar på sjukhuset ett bra tag. Jag befinner mig på Södersjukhuset får jag reda på och efter en tid blir jag flyttad till Handen. Magdalena besöker mig där.

"Är det här slutet?" säger jag till henne men hon försäkrar mig att jag är på bättringsvägen.

Jag förstår att jag inte kan gå. De har satt staket på min säng efter att jag försökt gå upp själv och ramlat. Jag får gå till sjukgymnasten, Sandra, och börja lära mig att gå igen. Det finns ledstänger som jag kan hålla mig i och Sandra uppmuntrar mig och manar på mig. Sandra är fantastisk och jag blir rörd av hennes omsorger. Det blir jag hela tiden nu. Rörd, tårögd. För ingenting.

"Lite till, Gustav", säger hon. "Ta i nu."

Övningarna går ut på att träna upp vänster arm som liksom vänster ben är förlamad. Sandra manar på mig, hon vill att jag ska lyfta armen så högt jag kan och försöka greppa med vänsterhanden. Långsamt blir det bättre och efter några månader kan jag gå med stödkäpp.

"Jag kan snart få åka hem", säger jag till Magdalena när hon besöker mig.

"Om du kan bo hos mig ett par dagar."

"Det kan jag", säger hon och en tid senare får jag äntligen flytta hem.

Magdalena sover hemma ett par nätter och sen får jag täta besök av hemtjänst.

Telefonen ringer. Det är Martin. Han är hemma nu och säger att han vill hälsa på. Jag känner mig genast piggare. Han dyker upp en stund senare. Jag tycker att han har lagt på sig, det är all ölen förstås. Jag hade hoppats att han skulle följa mitt exempel och ägna sig åt idrott men så blev det inte, det blev raggarbilar och andra dumheter istället och nu bor han mest i Thailand. Men han är snäll och frågar hur jag har det.

Magdalena kommer nästan samtidigt och när jag berättar för honom om min stroke och säger att jag ringde efter Magdalena invänder hon:

"Hemtjänst ringde mig för att du inte öppnade dörren och inte svarade i telefon."

Och jag som var säker på att jag hade ringt henne.

"Du hade säkert försökt, telefonen låg kastad på golvet med luren av." Jag har tydligen inbillat mig.

När barnen har lämnat mig tar jag fram den senaste dagboken från 1931 och läser lite. Det går långsamt men det roar mig att tänka tillbaka på min ungdom.

Erika och Farbror for på semester till Väddö och jag fick under tiden luncha på Konsums restaurang på Sveavägen. Jag tyckte att jag klarade mig bra som gräsungkarl. Portvaktsflickan köpte mjölk och kokade kräm. Ägg, smör och bröd fanns hemma och lunch åt jag ju på Konsumrestaurangen.

Tisdag 8 September
Jag ryckte in vid Svea Livgarde för att göra mitt tredje och sista möte. Ansökningen att få stanna i stan blev nämligen beviljad. Under gårdagen satte jag nytt personligt rekord på 400 meter, 55,1. Synd att jag skulle ut i lumpen nu när jag tycks ha kommit i kanonform.
Enligt överenskommelse träffades Berild och jag utanför Sveas kasern klockan 12. I gymnastiksalen var det smockfullt med folk, massor av gamla bekantingar. Vi fick vänta 1½ timme vid :1sta bataljonens bord, blev tilldelade 8:de kompaniet och förlades till 1: sta logementet. Först ½8 fick vi ut våra sylar och sen fick man sno sej för att hinna hem med civila kläderna och tillbaka till tapto.

Natten var kall med tunna filtar, mycket frysa, lite sova.

Vännen Berild och jag hade ett sjå att klara oss från förtroendeposter som gruppchef, ställföreträdare och KG-skytt. Det blev endast en timmes exercis.

De följande dagarna fick vi ha harvning på gården, permis klockan fem, ut till Enskede och träning i den råkalla luften.

Efter några dagar fick vi istället öva försvarsstrid på förmiddagen. Vi fick ut andramunderingen och permis halv fyra.

171

Hellas klubbmästerskap hölls i Enskede och jag kom tvåa på 200 meter. Dessutom tävlade vi i längd, spjut och diskus samt 1500 meter. Jag var tillbaka i kasern klockan tio och halv elva skulle det vara tyst, men vid den tiden började det istället bli livat med historieberättande och skratt.

På fredagskvällen skulle Hellas hålla prisutdelning i Fiskartorpet och jag beviljades permission för att delta. Jag fick till och med låna kaptens cykel. Jag fick fyra medaljer och blev mäkta stolt.

På söndagen åkte jag till Uppsala för att tävla på 800 meter som jag blivit uttagen till. Det gick inget vidare och det kändes dystert att gå upp till kasern på kvällen efter hemkomsten.

Det blev marsch till Ursvik på måndagen, sedan långsamma övningar i terrängen fram till Akalla. Där slog vi läger och utspisades med fläskkorv och filmjölk. Berild, jag och gruppchefen Magaliff åkte med en lastbil till Spånga kyrka och fikade. Därefter fick vi turas om att vara eldvakt.

Under natten blev det frost.

Det blev snålt med maten att klara sig på hela dagen men det var även förhållandevis lite harvning och en maskig övning i anfallandestrid. På kvällen gick jag till Barkarby och fikade.

Tisdagen inleddes med en ansträngande skogspromenad på förmiddagen, på eftermiddagen blev det framryckning i bataljonförband fram till halv fem. Då hade jag tröttnat och tog bondpermis. Jag fick åka med en lastbil in till stan och sedan tog jag spårvagnen hem, badade, åt, rakade mig och åkte tillbaka med bussen.

På onsdagen gav vi oss av till Spånga kyrka som målkompani. Till kvällsmat fick vi ärtor och fläsk men Berild och jag valde att istället gå till Spånga och äta pannbiff på en matservering.

Jag var uttagen som kulsprutesoldat, utrustad med bland annat bajonett, karbin, vattenflaska, yxa, mattornister, kokkärl och gasmask.

Påföljande måndag blev det avmarsch med musik, läger i Ursvik mittemot Rinkeby kvarn. Varje grupp hade kulspruta med kärra och häst. Plutonchefen, löjtnant Drakenberg, som fick öknamnet "Draken", visade sig vara en karsk herre och nästa dag blev en dag i helvetet. Framryckning med språng. Jag kände mig som en medeltidsriddare i min rustning.

På kvällen gick jag och fikade på fiket i Spånga.

På fredagen vidtog materielvård efter dagens övningar och till kvällsmat blev det kalops.

På söndagen tränade jag. Till kvällsmat fick jag kyckling, som smakade bra mycket bättre än maten på förläggningen och på kvällen gick jag på bio.

Jag sov hemma och tog en buss till Ursvik på måndagsmorgonen.

Dagen började med marsch till Kymlinge där vi låg i eldställning ett tag för att sedan gå tillbaka och bli utspisade med brända bruna bönor, fläsk och äppelsoppa. Innan sovdags fick vi kubbar och mjölk.

Morgonen därpå hade vi jobbiga övningar i anfallsstrid norr om Hägerstalund. Hemmarschen till bivacken i en och en halv timme blev oerhört jobbig på grund av det uppdrivna tempot hästarna orsakade. Extra jobbigt blev den ryckighet som kom sig av att hästen tvekade en stund framför varje dike innan han hoppade över.

Kärr- och pjäsvård och sedan mat; köttbullar och potatis och mycket god filmjölk. Det rådde permissionsförbud och vi låg istället vid lägerelden och berättade historier och hade trevligt.

På torsdagen var det revelj klockan sex, efter en varm natt. Vi bröt bivacken med plockning av halmstrån i det oändliga, Draken var petnoga. Halv tolv började hela bataljonen gå mot stan i en ganska ansträngande marsch. När vi kom upp på luckan visade det sig att alla från femte kompaniet skulle återgå dit. Därefter fick vi en angenäm överraskning; istället för persedelvård bytte vi om till andramundering, hämtade permissedel och tolv kronor i avlöning hos fanjunkaren och på lördagen fick vi lämna in gevären.

På söndagen fick jag permis för att delta i KM på Enskede.

Så blev det vrålmuck måndag. Det tog lång tid innan städning och annat blev klart.

1986

Dåsigheten smyger sig på, dagboken faller ur min hand.

Tänk att man kan se tillbaka på den jobbiga tiden med ett leende, det är konstigt hur man glömmer allt det jobbiga.

173

Livet går vidare, jag blir hämtad med färdtjänst och körd till sjukhuset där jag får gå på sjukgymnastik ett par dagar i veckan. Jag tycker att jag gör framsteg.

Det tycker även sjukgymnasten.

"Det är tack vare att du är så vältränad som du återhämtar dig så bra", säger hon.

Jag tänker att det var länge sen jag var vältränad.

Nästa gång Magdalena kommer berättar hon att hon har köpt ett torp i utkanten av Västerhaninge tillsammans med sin Lasse.

"Ett sätt att skaffa sig fler problem", säger jag när hon berättar det för mig.

Hon verkar inte uppskatta kommentaren.

"Jag vill fira jul i torpet på landet och inte åka in till asfalten", säger hon.

"Ni får gärna fira jul med mig om ni vill, men jag stannar hemma."

Det låter utmärkt, hos mig hade det blivit svårt att få till något julfirande.

Martin är hemma i Sverige med sin nya fru, en filippinska han träffat därnere och tagit med sig hem och de hämtar mig på vägen.

Jag får även träffa Lasse, Lasses mamma och bror. Vi bjuds på mat och vi pratar och har trevligt tills det är dags att åka hem.

November

På det fullsatta Konserthuset gick jag och såg Karl Gerhards version av Glada Änkan med Gösta Ekman och Sarah Leander. Det jag kunde konstatera var att Gösta Ekman spelade sig själv.

Erik styrde ut sig i golfkostym för att gå ut och gå med sitt senaste intresse, fröken Öberg, dotter till juvelerare Öberg. Erik var lite hemlighetsfull eftersom Erika var svartsjuk på både Eriks och mina flickbekanta. Jag gick i sällskap med Farbror och såg Falske miljonären på Göta Lejon.

Där blev jag insläppt av min gamla kamrat Palmblad. Där visades en film om finska vinterkriget; *En natt.* Farbror bjöd på China bion där vi såg Chevaliers senaste film; *Leende Löjtnanten.*

På premiären av *Rolfs Rytmiska revy* gick jag dit i sällskap med Erika. Fullsmockat hus, garderoberna räckte inte till utan många fick sitta med kläderna i knäet

Jag dansade till Frans Vernons orkester på Savoy på Djurgården. Ibland gick jag ensam, ibland hade jag någon med mig, min klubbkamrat Norgren eller Hilding. Flickorna dansade utmärkt här och jag dansade inte illa själv heller. En ful men trevlig flicka berättade att hon nobbat flera innan för att de var för korta, det hade sina fördelar att vara lång. Vi dansade flera danser tillsammans.

Jag gick och hälsade på hos Forsbergs där Eva-Lisas kusin Sonja spelade och jag sjöng och dansade. Sonja lärde mig att dansa tango.

Min fostersyster Sigrid, gift med Axel Fromm, hörde av sig och ville att jag skulle komma över.

"Se här, Gustav", sa hon när jag kom. "Jag har stickat en schal åt Erika för att hon hjälpt mamma."

"Då blir hon glad."

"Vet du vad jag mer har gjort, Gustav?"

Nej det kunde jag inte veta.

"Jag har tagit körkort."

Jag häpnade.

"Körkort? Var det svårt?"

"Nej, jag tycker att du också ska ta körkort så kan vi hyra en bil och åka på semester till Båstad och Göteborg nästa sommar."

Nu fick jag något att fundera över. Det lät kul. Kanske skulle jag göra slag i saken?

När jag kom hem till Erika med schalen blev hon både glad och rörd.

Efter en tid när jag hade funderat över Sigrids förslag bestämde jag mig. Jag gick och anmälde mig som elev vid Ekmans bilskola på Strandvägen. Kursavgiften var etthundra kronor och då ingick femton lektioner på en halvtimmes körning och så många teorilektioner man behövde. Jag förskottsbetalade och fick Erland Bratts chaufförsbok i kassarabatt.

Jag gick till bilskolan, började med teorilektion en torsdagskväll. Det handlade om differentialen och körning i trafik.

Det blev dags för den första körlektion och jag tyckte att det var "Hemskt lattjo" för att tala backfischspråk. Teorin på kvällen handlade om motorn.

175

Körlektionerna fortsatte, jag gjorde en del fel, la i backen istället för tvåan och var uppe på trottoaren och körde vid Stureplan.

Hos polisen hämtade jag nykterhetsintyg och bilskolans läkare, doktor Kjellberg på Nybrogatan skrev ut läkarintyg, vilket betingade ett pris av fem kronor. Två kronor kostade körkortsfotografierna hos American Foto på Sveavägen.

Det blev muntligt förhör av körkortsteorin.

Efter ett par veckors lektioner på bilskolan fick jag köra för besiktningsman. Jag åkte till besiktningsbyrån på Riddargatan. Kapten Högberg hette besiktningsmannen. Jag körde Storgatan-Nybrogatan-BirgerJarlsgatan-Brunnsgatan-Regeringsgatan, Lästmakargatan, Malmskillnadsgatan. Jag var uppe på trottoaren en gång då jag hade fullt bestyr med att ge armtecken. Jag klarade ändå provet och även efterföljande teoretiska förhör och kunde ett par veckor senare hämta mitt körkort samtidigt som jag fick lön.

Jag hälsade på hos Fromms och förevisade körkortet.

"Bra, Gustav", sa Sigrid. "Vet du vad som hände mig, förresten?"

Det kunde jag omöjligt veta.

"Jag hyrde en Buick och körde i diket."

Sigrid skrattade och jag skrattade med henne.

"Nu vill jag köpa en bil men jag får inte för Axel."

Axel Fromm var Sigrids man och han var motståndare till fruns bilfluga. Det kunde han få vara men Sigrid var en hejare på att få som hon ville så det skulle säkert bli en bil ändå så småningom.

Anna 1931

Annas födelsedag närmar sig. Det ska bli femtioårskalas. Inget märkvärdigt, bara de närmaste, Hilda med familj och några vänner. Hon har bjudit Gustav också och han har tackat ja men han ska komma till helgen när han är ledig.

Stig har blivit sju år och börjat skolan och det går bra för honom, han kan redan både läsa och skriva.

På söndagen dyker Gustav upp i en bil, strålar av glädje. Han kör själv och Emil sitter på passagerarsidan. De har med sig blommor och choklad, Anna bjuder på kaffe och tårta.

"Nu ska vi ta en tur", säger Gustav efter en stund.

När Ivar och Anna har klätt på sig och Stig, går de ut och tar plats i det lilla baksätet. Gustav försöker starta bilen men den går inte igång. De väntar utan att säga något medan Gustav försöker väcka liv i den till synes döda bilen. Tur att de har klätt på sig ordentligt för det blir kallt att sitta och vänta.

Så till slut får han igång motorn och färden kan börja.

De kör runt på Svartsjölandet en stund. Anna ser sig omkring. Det är en märklig upplevelse. Tänk att hennes son kan köra bil. Tänk att han skjutsar runt dem. Det är en härlig känsla.

Efter en stund vänder de hemåt igen, Gustav vill ge sig iväg innan det blir mörkt. De tackar för färden när han släpper av dem och kör vidare mot stan.

177

I slutet av november hyrde jag en Fiat 514 för sexton kronor inför söndagens utflykt. Jag skulle åka till Stenhamra tillsammans med pappa för att fira Annas 50-årsdag. Pappa och jag gick tillsammans och hämtade ut bilen och gav oss iväg på Drottningholmsvägen ut mot Färingsö och Stenhamra. Jag höll en stadig fart på fyrtio kilometer i timmen. Det var en härlig känsla av frihet och jag tror att pappa uppskattade resan minst lika mycket som jag.

Väl framme var det meningen att vi skulle göra en utflykt med familjen Högvall men då kunde jag inte få igång bilen. Jag funderade på vad som kunde vara fel och efter en stunds bryderier upptäckte jag att tändningen var avslagen. Med tändningen på och choke gick den igång.

Lördag 28
Jag blev bjuden på lunch hos Fromms. De hade köpt radio och det skulle nog bli bil också. Sigrid höll på att bearbeta sin man och trodde att han skulle ge med sig.

Erika hade vrickat foten och jag höll föreläsning om hennes kroppsformat, om nyttan av bantning men fick ingen förståelse för detta. När Erika besökte sjukhuset visade det sig att hon hade brutit ett ben i foten. Hon blev gipsad och fick ligga till sängs.

Nu hade vi ingen som skötte hushållet men en fru Lindkvist kom dit och hjälpte till.

Söndag 29
Uppvaktning hemma hos Ida och Eva-Lisa tillsammans med flera andra. Vi spelade kort och hade trevligt. Före uppbrottet bjöds på té och smörgåsar och det var nu det verkligt roliga började. Rätt vad det var hade nämligen en ytterst intressant diskussion kommit igång. Vi talade om psykologi och höll oss överhuvudtaget på själslivets områden, en gentlemans plikt att försvara sitt kvinnliga sällskap mot ligister på en mörk gata var dock kanske längst på tapeten. Sakligaste talare var ingenjör Krantz, lugn, vis och trevlig, roligaste Olle, trevlig, intelligent och rasande självsäker. Jag var nog ivrigast medan Eva-Lisa utan tvekan var mest ologisk. Olle och jag gick hem till Söder under livligt tankeutbyte. Dom bor också på Åsögatan. Hoppas man träffar de bägge herrarna snart igen. Eva-

Lisa är kolossalt kylslagen mot mej, kritiserar mej synnerligen orättvist och verkar oerhört besvärad av mitt sällskap. Numera är hon visst rädd att ge fan ett finger!

Arne lät höra av sig för första gången på nära ett år. Han har legat ute och tjänat fosterlandet vid Kustartilleriet i sommar. Nu ska han byta namn. Han ska ta sin mors flicknamn Nylén. Jag lovade att skriva ansökningen till Överståthållarämbetet till i morgon förmiddag. Det var bråttom, han var på väg att förlova sig."

På jobbet var det full fart. BP:s Stockholmskontor hade blivit sammanslaget med Hälsingborgskontoret och det medförde att arbetsbelastningen ökade. Jag var tvungen att jobba på söndagen, skriva vouchers och göra klart provisionerna.

Mina tankar var fortfarande upptagna över denna Hjalmar, min biologiska pappa. Om det skulle gå att ta reda på var han fanns. Söka upp honom? Jag undrade hur han skulle reagera då? Han ville väl inte ha något med mig att göra. Eller skulle han ändå tycka att det vore trevligt att träffa sin son?

Jag gick till mantalskontoret för att försöka få uppgifter om Hjalmar Lindström men det slog slint. De fick inte fram något. Jag kunde ändå inte släppa tanken på att uppsöka honom. Fanns det något annat sätt?

I december blev det kallt och halt på gatorna och bilarnas hastighet var minimal. Det gick mot mörkare tider och det var svårt att ha någon egentlig fart på morgnarna. Jag var sällan i tid men chefen, Kessemeier, kom också ofta sent så han märkte inget. Utom en morgon när jag kom nästan en timme för sent. Han kom in på kontoret där jag precis hade satt mig för att ta itu med arbetet och gormade och skrek. Det fick mig att märka hur trött jag var på att jobba på BP:s kontor, det var stressigt och ofantligt mycket att göra. Kollegorna var stressade och vresiga, det var inte kul. Ohlsson och jag skulle tillsammans sköta kassan och vi drunknade i in- och utbetalningar.

"Jag tror att de försöker ta livet av oss", sa Ohlsson en eftermiddag när det verkade som om vi aldrig skulle bli klara och få gå hem.

"Det är jobb för fyra man", sa jag. "Som vi ska klara på två. Men de håller nere kostnaderna."

Ohlsson, som uppfattade sarkasmen, svarade med en grimas.

Första måndagen i december kom Ohlsson och jag överens om att göra klart provisionerna nästa kväll. Men det föll inte Kessemeier på läppen, han sa att de skulle göras klart samma kväll så att inte bokslutet fördröjdes.

Jag svarade:

"Novembervoucherna kan ändå inte bli klara i morgon, då många av dessa ännu ej konterats."

Kessemeier skrek:

"När de arma djuren på huvudboken sliter förtvivlat för att bli klara med bokslutet kan Bradell åtminstone visa lite intresse för att få provisionerna klara."

Därefter gick han in till sig och slängde igen dörren.

"Endera dagen ger jag svar på tal", sa jag.

Jag kokade inombords.

"Då ryker vi ihop ordentligt."

Ohlsson sa ingenting. Dagen därpå jobbade vi till elva på kvällen men då var vi också klara.

Några dagar senare fick vi reda på att BP ville lägga ner Stockholmskontoret. Det rådde depression och hög arbetslöshet efter börskraschen på Wallstreet i New York hösten 1929. Jag behövde antagligen inte oroa mig för att behöva säga upp mig, det skulle de förmodligen ordna åt mig.

1987

Hemtjänst ligger på och vill att jag ska flytta till en servicelägenhet intill sjukhuset. Där finns ettor som är handikappanpassade och ligger nära centrum så att jag kan ta mig dit med min gåkäpp. Jag annonserar ut möbler jag inte behöver och säljer det mesta. Magdalena kommer och hjälper mig att flytta och gör sig troligen av med en stor del av mitt bohag.

"Vad ska du ha alla de här gamla färgburkarna till?" säger Magdalena när hon håller på att plocka ur min klädkammare.

Jag tror att hon slänger en hel del saker utan att säga något till mig och det är säkert bra. Jag kan bara sitta och se på, oduglig som jag blivit.

Hon säger inget men jag anar att hon tröttnar på att packa. Så installeras jag i en liten etta i Handens Centrum.

1931

Jag bestämde mig för att göra ett sista försök att få tag på denna Hjalmar, min biologiska pappa. Jag visste att han jobbade på en bank och eftersom han bodde på Östermalm jobbade han kanske där också. Men hur skulle jag göra? Om jag bara gick runt och frågade skulle de kanske inte vilja lämna ut uppgifter om sina anställda.

Jag bestämde mig för att gå runt till de olika bankkontoren och säga att jag hade ett meddelande till min pappa, Hjalmar Lindström.

Jag besökte Handelsbanken på Humlegårdsgatan där de inte hade någon Hjalmar Lindström, gick vidare till Stockholms Enskilda Bank med samma svar men när jag kom till Sparbanken fick jag svaret:

"Han är i personalrummet, ska jag hämta honom?"

"Meddela honom bara att hans son har sökt honom."

"Jag trodde att han bara hade döttrar."

Jag väntade utanför banken tills de stängde och när personalen kom ut gick jag fram och sa:

"Herr Lindström?"

Varvid en av herrarna reagerade och gav mig en undrande blick.

"Får jag tala med er?"

Det gick han med på. Jag bad om ursäkt och framförde kortfattat mitt ärende och försäkrade honom om att jag inte ville ha något utan bara var nyfiken.

"Jag har inte tid nu", blev svaret.

"Kan vi ses någon annan gång?

"Jag bad Anna att inte berätta om mig. Jag vill inte ha några bekymmer."

Sen vände han på klacken och gick innan jag hann säga något mer.

Jag tittade på honom och kunde ändå uppfatta vissa likheter. Han var liksom jag storväxt och stornäst och han var tunnhårig.

Jag tänkte inte ge upp. Han hade såklart blivit överrumplad. Jag skulle ge honom lite tid och försöka igen. Nu visste jag ändå vem han var.

1987

Jag ligger mest på sängen och vilar. Tv:n står vid fotänden av sängen och jag tittar gärna på gamla filmer men ser även nyheter och självklart alla

181

sportsändningar. Om jag inte kände mig så ostadig och svag vore det en ganska behaglig tillvaro. Flickorna från hemtjänsten dyker upp med jämna mellanrum. De har egna nycklar och ropar alltid "Hej Gustav" så snart de har låst upp lägenhetsdörren och kommit in i min lilla lägenhet.

Häromdagen tog en av flickorna, jag tror hon heter Josefine, med mig till centrum för att jag skulle köpa mig en ny tröja. Det blev en mönsterstickad historia i blått som jag tyckte såg bra ut.

Magdalena har också egen nyckel och när hon kommer har jag min nya tröja på mig. Josefine är kvar och berättar att vi har varit och handlat.

"Visst är han tjusig i sin nya tröja", säger Josefin. "Det är en riktig charmtröja".

Magdalena småskrattar, tittar på mig och säger:

"Väldigt tjusig, pappa."

Jag vet inte om hon verkligen tycker det men det spelar ingen roll.

När jag har ork läser jag vidare i mina dagböcker.

Lördag 12 december 1931
Norgren och jag gick till Strandvägen för att se årets Lucia, högvälborna fröken Britt-Marie Rudensköld. Hon var tämligen söt men kunde inte jämföras med 1930 års söta Luciabrud.
Tisdag 15
Det blev snöstorm med vindbyar på tjugosex sekundmeter. Det var omöjligt att gå emot vinden, man såg ingenting för snön som piskade i ansiktet.
Mera snö, i stora vallar på gatorna flera tusen arbetslösa har fått jobb med snöskottning.
Lördag 19
Tö. Slask på gatorna. Jag köpte en del julklappar åt Farbror, Erika och pappa, innan jag gick hem från kontoret. Eva-Lisa får ingen, det skulle sjutton kasta pärlor för Sven Lundströms beundrarinnor.

Det blev kallt igen och dans i Kungsholms realskola på kvällen. Det var få flickor som såg bra ut och som kunde dansa. Musiken var inget vidare. Inte mycket nöje den kvällen, alltså.

Inför julen bonade jag golvet och satte upp draperier tillsammans med Farbror och Erik.

På kvällen lackade jag julklappar och skrev verser för att därefter äta och ägna mig åt julklappsutdelning.

Julottan firade jag i Kungsholmens kyrka tillsammans med Eva-Lisa. Efter det följde jag med henne till Norra kyrkogården och hennes mormors grav. "Jag kommer aldrig att gifta mig", anförtrodde hon mig. "Jag är kär i Sven Lundström och kommer att vara så länge jag lever och han vill inte ha mig."

Annandag jul tog jag på mig den fina skiddräkten jag fått i julklapp och gav mig iväg på skidor till Danvikstull, över sjöarna och in i skogen. Jag kände mig ovan på skidorna, halkade och ramlade i snön men det gjorde inget. Jag slog mig inte.

I mellandagarna var det fullt med jobb samtidigt som julfestens sketcher skulle förberedas. BP ställde till med fest och dans på Strand och jag och några av arbetskamraterna uppträdde och förevisade ett antal sketcher vi hade övat in.

Festen blev lyckad, mycket folk, titlar lades bort till höger och vänster, musiken var bra och det fanns gott om flickor att dansa med.

På nyårsafton var det många som inte dök upp på jobbet och jag kom inte iväg därifrån förrän klockan sex. Sedan blev det nyårsvaka med Hellas på Grand.

1932

Jag jobbade på BP och trivdes bra, siktade inte längre på de stora tävlingsframgångarna utan nöjde mig med att vara en hyfsat god medeldistanslöpare.

Jag fortsatte dock att idrotta. Sommaren 1932 for jag med mina kamrater i Hellas till Malung för att deltaga i sommarspelen där.

Under semestern hyrde jag en stuga på Blidö.

Jag började på Borgarskolan och läste tyska och engelska.

En stor förändring skedde i och med att jag skaffade en egen lägenhet, flyttade från Johanssons till Rådmansgatan 50, en fin lägenhet med bad. Samtidigt gick jag med i Hyresgästernas scenklubb *Viljorna* och började spela teater, vilket jag tyckte var oerhört roligt.

183

Gustaf Fehringborg var en av dem som ingick i scenklubben Viljorna. Han var den av oss som senare kom att bli en mer etablerad skådespelare. Vi framförde en revy, *Kom och paddla med oss,* i NTO-lokalen. Ett annat framträdande vi hade hette *Fripassageraren.* Därefter repeterade vi *18 år i Ålsten.* Den hade premiär i konserthusets lilla sal och fick relativt god kritik. Genom teatern gjorde jag nya bekantskaper, några av dem kom att bli mina närmsta vänner och den som kom att stå mig allra närmast var Svenne Rådberg.

I slutet av 1932 dog Ernst Rolf till min stora sorg. Ernst Rolf var min främsta idol jämte Karl Gerhard.

1988

"Hallå. Pappa?"
Magdalena kommer på besök
"Vill du ha kaffe? Jag har ett par wienerbröd med mig, såna med vaniljkräm som du gillar."
Vi sitter vid köksbordet och dricker kaffe och äter wienerbröd.
"Hur går det med dina studier", frågar jag.
"Bra", svarar hon. "Men det tar tid. Det är så mycket litteratur vi ska läsa. På tyska. Du vet Goethe och Schiller och de där."
"Faust", säger jag. "Som sålde sin själ till djävulen."
"Texten är på gammaldags tyska och ganska jobbig att läsa men det var kul att hitta citat därifrån som man hade hört innan. Det där med pudelns kärna till exempel, när djävulen har gömt sig i en pudel. Eller att sälja sin själ till djävulen."
Jag håller med. Många citat är hämtade från den klassiska litteraturen och andra kommer från Bibeln.
"Jag måste lägga mig lite", säger jag och tar mig bort till sängen.
"Sen ska vi läsa realia samtidigt, alltså historia och sånt. På tyska."
Hon tystnar när hon märker att jag inte lyssnar. Egentligen tycker jag att det är intressant eftersom jag själv har studerat tyska en hel del men jag blir sömnig och mina ögon faller igen. När jag vaknar har hon gått.

Jag hade inte gett upp om att få prata med min biologiska far. Jag måste komma på ett sätt. Jag bestämde mig för att skriva ett brev och lämna på hans arbetsplats. Jag skrev bara kort att jag inte skulle ställa till med besvär utan bara undrade om jag fick bjuda honom på en kopp kaffe och prata en stund. Lämnade mitt telefonnummer. Kort därefter ringde han faktiskt. Bad om ursäkt för att han varit otrevlig sist och gick med på att träffa mig. Vi skulle ses på ett kafé i närheten av banken där han jobbade. Han berättade att han nu hade en familj med tre döttrar. Han lyssnade intresserat när jag berättade om mitt liv och om hur Anna nu var gift och hade en son förutom mig. Vi satt och pratade i gott och väl en timme varefter han ursäktade sig med att hans familj väntade på honom.

"Hälsa så gott till Anna", sa han. "Så bra att det ordnade sig för er trots mitt svek. Kanske ses vi någon mer gång."

"Det hade varit roligt."

Troligen skulle det inte bli av men jag var ändå nöjd. Jag ville träffa honom och det hade jag gjort, hade till och med fått veta mer om honom.

Det var 1933 Adolf Hitler kom till makten i Tyskland. Landet omvandlades på kort tid till en nazistisk diktatur. All politisk opposition förbjöds. Politiska motståndare och andra oliktänkande fängslades och internerades i koncentrationsläger.

Jag jobbade vidare på BP, jag fortsatte med idrottandet och jag spelade teater.

1936

I maj 1936 lånade jag sjuhundrafemtio kronor av Farbror och köpte en filmkamera med tillbehör för 933 kronor. Jag invigde den genom att gå ut och filma på gatorna i stan. Det var en övning inför den stora uppgiften, att filma på OS i Berlin. Att åka dit var en chans för mig att äntligen få se tävlingarna i verkligheten. Röster höjdes för att bojkotta spelen på grund av Hitlers diktatur, men att kunna se detta evenemang övertrumfade alla sådana betänkligheter för min del. Sympatier för det tyska styret saknades inte i Sverige.

Redan 1931, innan nazisterna kom till makten, hade Tyskland tilldelats de olympiska spelen 1936. Hitler såg till att utnyttja olympiaden för att skapa en stor propagandamanifestation för sig själv och det nazistiska Tyskland. I samband med Nürnberglagarnas införande 1935, höjdes röster för att OS i Tyskland borde bojkottas, främst från USA. Att Tyskland var en diktatur var dock inget större problem för Internationella olympiska kommittén, IOK, som ville hålla isär idrott och politik.

I slutet av juli begav jag mig dit på egen hand med tåg och båt och fick tag på ett hyresrum i närheten av olympiastadion hos en äldre dam. I hyran för rummet ingick frukost och kvällsmat som jag intog tillsammans med min hyresvärdinna. Jag tyckte att det var kul att få användning för mina språkkunskaper och pratade med Frau Schildt som hon hette. Ett självklart samtalsämne var deras ledare, Adolf Hitler.

"Er Hitler är på väg att föra Er in i ett krig", hävdade jag.

"Inte då", svarade Frau Schildt. "Han är det bästa som har hänt oss på länge.

Han viker inte undan utan jobbar för ett starkt Tyskland och ser till att alla tyskar får det bättre, bygger upp landet."

Jag skakade på huvudet och undrade om det fanns någon chans att jag skulle kunna få henne att förstå vartåt det lutade.

Mellan den första och sextonde augusti pågick de olympiska spelen. Jag hade med mig filmkameran och filmade flitigt. På olympiastadion var läktarna välfyllda. Sextontusen svenskar var ditresta för att beskåda det hela och Sverige kunde åka hem med 21 medaljer, sex guld, fem silver och tio brons. I nationstävlingen kom Sverige på femte plats. Däremot gick det mindre bra i fotbollsturneringen. Förlusten mot Japan med 2–3 anses vara det skymfligaste nederlaget någonsin i svensk idrottshistoria. Sven Jerrings referat med de berömda orden "Japaner, japaner, japaner, överallt japaner" blev vida känt. Mindre känt är att Sverige den gången 1936 inte spelade med ordinarie lag. Tre spelare från IFK Göteborg, försvarsresarna Ernst Andersson och Fritz Berg och den lovande anfallaren Arne Nyberg stannade hemma då de bojkottade OS av politiska skäl.

Innan det blev dags att åka hem till Sverige igen passade jag på att turista i Berlin, besöka kända byggnader och filma alla djuren på Zoologischer Garten. Jag visste inte när jag skulle komma till Berlin igen.

När jag kom hem blev det dags att springa 800 m på Stadion och i september fyllde pappa sjuttiofem år.

1988

Dag läggs till dag. Barnen ringer ibland och kommer och hälsar på en stund. En dag kommer de båda på besök.

"Hej pappa. Grattis på födelsedagen."

"Grattis, farsan."

Idag har mina barn tydligen sammanstrålat för att fira mig på min födelsedag. Det gläder mig att de gör något tillsammans. De har med sig en liten tårta. Jag hade egentligen glömt bort att jag fyller år men blev påmind av flickorna från hemtjänst i morse när de kom och grattade mig.

Magdalena sätter på kaffe, plockar fram assietter och skedar från köksskåpet.

"Har du någon tårtspade", frågar hon.

"Det vet jag inte", får jag erkänna.

Hon river runt i mina lådor en stund och får fram en stekspade.

"Den här får duga."

Tårtan är god. Vi dricker kaffe, äter tårta och småpratar och sen lämnar de mig igen.

Jag känner mig uppiggad av besöket och av kaffet och tar fram min dagbok när de har gått.

Lördag 1 Januari 1938 Nyårsdagen
Nyårsvaka hos Svenne Rådberg. McAggen och Birgit Grönlund med. Alla tajders nyårsvaka. Jag var själv i högform och höll låda i ett. Svenne var obetalbar i alla avseenden. Birgers flicka, Ingrid Wigren, var förtjusande och snygg. Gillade tydligen min svada. Skotten, Grönlund och jag följde Svenne Karlsson hem. I säng 6.20.
2 Buske i Blå Hallen. Sällskapade med Ingrid Wigren. Hon tycks mig djärv. Och även åtråvärd. Vi åt ett päron tillsammans. Varannan tugga. Framför näsan på Birger. Det här blir en farlig lek med elden.
Torsdag 6. Januari
Stockholms Damkör hade julfest på S:t Göransgården. Jag köpte en biljett. Ingrid är ju där. Hon var underbar. Påstår att hon är väldigt förtjust i mig. Birger var nog åtskilligt svart. Hon verkade gilla mitt sällskap också. Hon sa "Mitt liv är Birger men det är ett svagt och tynande liv." Jag är bara vax i hennes närhet. Förälskad, förlorad.
Lördag 6 Februari
På hemväg från bio mötte jag Ingrid, Birger och ytterligare en flicka. "Vi kan väl träffas nån gång", sa hon. Hmm, sa greven.

Nu blev det inget med Ingrid men jag träffade fler trevliga damer. En av dem var Inga-May som tyvärr kom fram till att vi enbart skulle vara vänner efter en tids flirtande. Och så fortsatte det. Damer kom i min väg, vi flirtade, jag blev förälskad men till slut skulle vi bara vara vänner.

Samtidigt var det flera av mina kamrater som stadgade sig och jag blev bjuden på två olika svensexor på Källhagen, en för Berild, en för Widtfeld. Frågan växte i mitt inre, Skulle jag någonsin finna kärleken?

Jag åkte skidor på Gärdet och i Enskede och fortsatte att läsa tyska på Borgarskolan. När våren kom tränade jag i Liljansskogen och på Enskede Idrottsplats.

På jobbet på BP fick jag påökt till trehundrafemtio kronor i månaden. Dessutom valdes jag till ordförande i BP:s tjänstemannaförening.

I februari blev jag beviljad en och en halv veckas semester för att åka till Lahtis och se VM i skidor.

Farbror drabbades av hjärnblödning och fick läggas in på Sabbatsbergs sjukhus. Jag gick dit och hälsade på honom så fort jag hade tid men han var väldigt dålig och sa inte mycket. Jag vet inte om han ens noterade att jag var där.

Jag gick hem till Erika och hjälpte henne att handla och städa och höll henne sällskap en stund. Hon ojade sig så klart men det var inte konstigt. Sommaren kom och när det blev varmt och soligt badade jag i det nyinvigda Vanadisbadet. Det var 22 grader i vattnet och ännu fler i luften. Solen värmde både utanpå och inuti. Det är fantastiskt vilken påverkan solskenet har på min energi och mitt välmående.

Jag fick semester och åkte med tåg till Västkusten, Göteborg och Marstrand med Carlstens fästning. Jag stannade på Västkusten några dagar, besökte även Öckerö, bodde på vandrarhem och badade i havet. Jag hade inget emot att åka på egen hand, tvärtom, jag träffade folk på vägen som jag umgicks med. Fortsatte därefter söderut, åkte färja till Bornholm och tillbaka, följde östkusten hemåt, stannade en natt i Kalmar för att sedan fortsätta norrut och ta färjan över till Gotland från Oskarshamn. Bodde i Visby ett par dagar, badade i det iskalla vattnet och tog sen den nya båten *Gotland* till Nynäshamn och hem därifrån med tåg till Stockholm.

När jag kom hem hade jag fortfarande en vecka semester kvar och den tillbringade jag i en skärgårdsvilla på Resarö som BP hade skaffat och där personalen kunde vistas under semestern.

Mitt i sommaren fyllde jag trettio och Eva-Lisa hörde av sig och ville träffa mig för hon trodde att hon hade gjort en "gubbe". Hon hade förlovat sig med Erik Bergkvist. Nu ville hon absolut bli gift, älskade ingen men sa att det vore roligare med mig. Men hon fick korgen.

I födelsedagspresent fick jag en plånbok från kamraterna i Viljorna med Svenne Rådberg i spetsen.

I september blev det mörkläggning av Stockholm och Sigrid firade sin 60-årsdag på Forresta.

189

Del 3

Krig och kärlek

Fredag 14
En första lovande uppmuntran från Maud. Maud den sköna.

På Oljebolaget där jag jobbade, alltså BP, jobbade flera trevliga flickor, däribland Maud och Margit, båda rara och snälla, Maud dessutom mycket vacker med mörkbrunt hår och bruna ögon, smärt midja och långa ben. Hon hade lätt för att le vilket gjorde henne än vackrare. Det sägs att skönheten kommer inifrån men i Mauds fall kom den både utifrån och inifrån. Hon var fantastiskt rar.

En kväll kom Maud och Margit och några andra flickor på besök till mig. Vi spelade spel och jag var i högform, skojade och fick flickorna att skratta. De var även bekanta med Eva-Lisa och informerade mig om att hon nu hade gift sig med Erik Bergkvist. Jag brydde mig inte längre och tänkte att det kunde hon ha.

När det blev dags för flickorna att gå hem följde jag Maud till Rådmansgatan 3. Jag hade aldrig träffat en flicka som var så rar och vänlig och inte fräste åt mig, även om jag själv märkte att jag blev i fånigaste laget i min iver att skoja och vara till lags. När jag skulle lämna henne och återvända hem tog jag mod till mig och frågade henne:

"Skulle du vilja gå med mig på teater någon kväll?"

"Tack, Gustav, det var vänligt men det går inte."

"Får jag fråga varför?"

"Jag har en annan, Gustav."

I november blev det årsfest med Oljebolaget. Jag dansade med Maud mest hela kvällen och upptäckte att hon dansade som en gudinna. Jag kunde inte tänka på annat än henne. Under en paus berättade Margit, Mauds väninna, att hennes ohängda sällskap hade avpolletterats dagen innan. Som det spratt till i mig, det fanns en chans.

Dagen därpå träffades vi hemma hos Margit. Jag kramade Maud och hon tillät det och kramade tillbaka. Hon doftade underbart och jag blev yr.

"Jag vill vara för mig själv", sa hon när jag kom med förslaget om att träffas på tu man hand.

Jag fick alltså sukta men redan några dagar senare berättade Margit att det var bra igen med Maud och Lennart, som det ohängda sällskapet hette. Han hade träffat henne och gråtit och lyckats få henne tillbaka.

"Nu är det hopplöst", sa Margit.

Den ständiga visan. Alla tilldragande kvinnor hade redan en fästman. Hur skulle det gå för mig? Jag hade fyllt trettio och hade ännu inte hittat någon. Jag försökte släppa tankarna på Maud men det var inte lätt.

Trettioårsskivan hade jag skjutit upp av flera anledningar men nu blev den av hemma hos mig. När festen var slut följde jag Margit hem.

Margit var på ett sätt Mauds motsats, hon var blond och blåögd och inte alls lång men hon var minst lika rar som Maud.

"Jag är kär i dig, Gustav", sa hon när jag lämnade henne utanför porten.

"Jag kan bara tänka på Maud, men kanske med tiden kan jag bli lindad om ditt finger", svarade jag.

Ödets ironi. När jag ville ha Eva-Lisa ville hon inte ha mig utan Sven Lundström som inte ville ha henne. Nu ville jag ha Maud men hon ville inte ha mig och Margit ville ha mig men jag hade inte ens tänkt på henne. Skulle jag kunna ändra mig?

Anna 1939

När Gustav fyller trettio vill Anna uppvakta honom men han säger att han inte har tid och hon låter saken bero tills vidare, får respektera hans önskan. Kanske blir det tillfälle längre fram. Hon vet att han jobbar på BP och att det är vansinnigt mycket att göra.

En kväll ringer Gustav och berättar att han har träffat en flicka som han ska gifta sig med. Han låter ovanligt uppåt i telefonen.

"Så roligt, Gustav. Men nu måste du berätta, vad heter hon?

Gustav berättar att det var två flickor som jobbade på BP. Hur han varit olyckligt kär i väninnan, Maud, att hon hade redan en fästman så det blev inget. Däremot Margit, som flickan heter, var förälskad i Gustav och vann till slut hans hjärta istället.

"När ska ni gifta er? Är det bestämt?"

"Jag lovar att du ska få komma på bröllopet, Anna, men vi har inte bestämt något datum ännu. Hon vill gärna träffa dig också. Vi ska snart ge oss iväg på cykelsemester runt i landet."

"Var rädd om dig Gustav. Det är oroliga tider."

1939

Tack vare sin kärlek till mig vann Margit mer och mer mark. Hon verkade uppskatta mina fåniga skämt och sarkastiska kommentarer och är det något som kan väcka förälskelse är det just visad kärlek. Vem vill inte ha kärlek? Vem vill inte sola sig i glansen av någon annans uppskattning? Jag lärde mig att värdesätta henne mer och mer för varje gång vi sågs.

Hon fanns ständigt där, skrattade åt mina skämt och talade om för mig hur mycket hon tyckte om mig. Jag tog med henne hem till Fromms och presenterade henne en kväll, en annan kväll kom Margits mamma på besök hem till mig.

Margits mamma hade problem med nerverna och var inskriven på Beckomberga sjukhus. Hon verkade väldigt rar men tystlåten.

1989

Så går det en tid igen. Jag känner hur jag blir svagare och ostadigare. Inte konstigt med tanke på att jag mest ligger på sängen.

Magdalena kommer på besök och jag vill bjuda henne på kaffe. Jag reser mig och går till diskbänken men jag blir yr i huvudet och vinglar till och får ta tag i bordet intill.

"Det är inte mycket med gubben längre", säger jag

"Jag kan fixa kaffe, gå och sätt dig", säger hon och jag lyder.

Hon ställer fram kaffet och ur en medhavd påse tar hon fram två biskvier, som jag tycker är så gott. När kaffet är urdrucket hjälper hon mig bort till sängen igen. Ögonlocken faller igen, jag är trött.

"Är du sömnig, pappa? Jag tror jag åker nu."

Så går en tid igen. När barnen kommer blir det mest korta besök. Oftast är jag för trött för att läsa, ser mest på tv. Tv:n står vid fotänden på min säng och jag sköter den med fjärrkontrollen. Ibland är jag lite piggare och då brukar jag ta fram dagboken och läsa.

Onsdag 19 April 1939
Årets första träningslöpning.

194

"Gustav, skulle vi inte kunna träna tillsammans? Men inte löpning, det går inte, utan cykling. Cykling är jag bra på."

"Visst Maggie."

Jag hade börjat kalla henne för Maggie. Jag ropade in en tandemcykel på stadsauktion för femtioen bagare och gav mig sen iväg på den första träningsturen på cykel tillsammans med Maggie.

Några veckor senare förlovade vi oss. Jag tyckte det var bäst så eftersom vi skulle åka på cykelsemester till sommaren. Det blev två veckor i juni och det bar av till Värmland. Margit fick ett nytt smeknamn; "Puttergumman" eftersom hon alltid puttrade på så fint.

Vi besökte flera småorter där vi sov på vandrarhem, hittade små sjöar där vi badade och njöt av vår kärlek trots att det var oroliga tider ute i Europa.

Hemma i Stockholm igen badade vi i Strömparterren efter jobbet, omväxlande med Vanadis, Djursholms Badhus och Flaten. Jag passade på att ta simborgarmärket.

Vädret var varmt och skönt och på tandemcykeln gav vi oss iväg till nya badplatser; Kersön mittemot Drottningholms slott och Erstavik.

I slutet av augusti rådde stort krigshot. Hitler tänkte ta den fria staden Danzig och hade även slutit en non-aggressionspakt med Stalin. Det skulle smälla endera dan trots det. England vek sig inte.

Det hotfulla läget kunde dock inte inverka på min lycka. Jag var på väg att gifta mig och tog ut lysning i Engelbrekt. För att kunna inreda det nya hemmet inför bröllopet köpte jag möbler för sjuhundrafemtio kronor hos Elliot på Drottninggatan.

Det var bord och fyra stolar, en buffé och ett skåp i antik stil. Jag lånade tusen kronor av Farbror och köpte husgeråd.

Fredag 1 september
Kriget har brutit ut. I morse kommenderade Hitler "Vorvärts". Jag var ledig på eftermiddagen och handlade. Utom specialutbildade har årsklasserna 1935–38 kallats ut. Stor förtröstan råder här hemma. Beredskapen, speciellt den ekonomiska, anses god. Stora förråd finnas. Bensinransonering tillämpas dock fr o m idag.

195

Två dagar senare förklarade England och Frankrike krig mot Hitler. En tysk atlantjätte blev kapad och en engelsk dito blev torpederad. En grekisk båt blev minspräng vid Öresund som tyskarna minerat.

I november inledde Ryssland krig mot Finland och i början av 1940 anklagade den ryska regeringen Sverige för bristande neutralitet. Finland hade svårt att hålla stånd mot ryssarna och begärde hjälp från Sverige som svarade att vi inte kunde bryta vår neutralitet. Det hölls fredsförhandlingar i Moskva. Finnarna avträdde Karelska Näset, Ladogastranden, Fiskarhalvön och Ryssland fick flottbas vid Hangö.

I april 1940 ockuperade Tyskland Norge och Danmark, sjöstrider mot England pågick utmed den norska kusten.

Engelsmännen hade sänkt 7 tyska jagare vid Narvik och landsatt trupper i Norge. Därefter blev det ett engelskt bakslag i Norge, ett försök att avskära Trondheim från Oslo och Bergen misslyckades. Man trodde att engelsmännens ynkliga insats berodde delvis på Mussolinis hotfulla hållning.

I juni tågade tyskarna över gränsen till Holland och Belgien. Frankrike bombades från luften, tyska flygplan sköts ner. Det blev hårda strider, först Holland och därefter Belgien kapitulerade. Italien gick in i kriget och tyskarna tågade in i Paris. Ryssarna besatte Estland, Lettland och Litauen. Det rådde vapenstillestånd i Frankrike, tyskarna ockuperade större delen av landet och engelsmännen stod ensamma kvar mot tyskarna. I juli beslagtog engelsmännen delar av den franska örlogsflottan.

Tyskarna hade satt igång med flygoffensiv mot England, men många av deras plan blev nerskjutna. I oktober gick Japan till axeln och engelsmännen bombade Berlin. Amerika kallade in reservister och Ryssland teg. Italien anföll Grekland.

Anna 1939

Nästa gång Gustav hör av sig har krig brutit ut i Europa. Den där Hitler i Tyskland verkar mer eller mindre galen. Allt känns oroligt. Tänk om Sverige blir indraget i kriget.

"Du är välkommen på bröllop den trettonde oktober", säger Gustav. "Men tyvärr har jag fått sparken så det blir inget överdådigt."

Oron griper tag i Annas bröst. Fått sparken. Gustav som är så skötsam. Vad kan ha hänt?

"Men kära Gustav, varför har du fått sparken?"

"Det är kriget, de ska bara sälja kontant och kreditavdelningen läggs ner. Då behövs ju inte jag. Men Margit får stanna."

Det är sent på kvällen. Anna och Ivar har ätit. Ivar sitter i sin fåtölj och läser tidningen och Anna stickar på en tröja som Stig ska få i födelsedagspresent.

"Var kan han vara?" säger Anna.

"Han kommer nog när han blir hungrig ska du se."

När Stig äntligen kommer hem har maten de sparat hunnit bli kall. Anna börjar värma den på spisen.

"Var har du varit?

"Jag ska börja träna med boxningsklubben. Jag har varit där och provat." Boxning. Det låter farligt.

"Hur var det? Var det roligt?"

Det är Ivar som frågar.

"De sa att jag har talang."

Stig har blivit femton år. Ivar uppmuntrar hans boxningsplaner men Anna är inte lika road.

Ute i världen pågår andra världskriget och ingenting är som vanligt. Ivar väntar på att bli inkallad och Anna har börjat jobba i en hattaffär. Och mitt i allt det ska Stig börja boxas. Men Ivar säger att det är bra att han har något att ägna sig åt.

Det blir hård träning flera dagar i veckan. Ofta kommer Stig hem sent och Anna blir alltid orolig om han inte kommer hem när han sagt.

En kväll kommer han inte hem alls. Anna väntar uppe. Ivar, däremot, verkar obekymrad och har lagt sig att sova.

När Stig äntligen dyker upp har klockan blivit ett på natten. Hon möter honom i hallen och frågar honom var han har varit. Han har varit ute med boxargänget säger han.

Anna känner tydligt att han luktar sprit.

1939

Kontantförsäljning av bensin skulle tillämpas hade bolaget bestämt så kreditavdelningen blev överflödig. Det var inga ljusa utsikter för mig som blev inkallad till Kessemeier med besked om ett halvårs uppsägning till januari 1940 med niohundra kronor i gratifikation.

Margit fick däremot stanna.

Hennes pappa John flyttade ut till Råsunda och i samband med det fick Margit behålla sitt piano och en del möbler. Hon flyttade till åkare Orest med fru på Västmannagatan i väntan på bröllopet och att vårt nya hem skulle bli klart. Jag betalade första kvartalshyran på tvåhundra kronor till löjtnant Lindqvist och fick en servis i lysningspresent av tant Ida och Eva-Lisa.

I oktober köpte jag fyra kubikmeter prima björkved à femton kronor och lastade in den. I samband med det lyckades jag få en spik i foten och blev därmed tvungen att slå av på takten ett tag. Jag lyckades göra rent såret och redan någon dag senare var det läkt och jag var i full fart igen.

Fredagen den 13 oktober vigdes Margit och jag. Jag har aldrig varit skrockfull men såhär i efterhand undrar jag om vi inte skulle ha valt ett annat datum med tanke på det som hände sedan.

Jag fick ledigt en vecka för att flytta in i vårt nya hem. Jag satte i innanfönster inför den stundande vintern och slutade på BP men med lön året ut. Trots krig och dåliga framtidsutsikter vad beträffade inkomster välkomnade jag framtiden, för den skulle spenderas med Margit.

1990

Då och då kommer Magdalena för att besöka sin gamla pappa. Hon har egen nyckel men hon brukar ringa och förvarna innan hon kommer.

Nu ropar hon "Hallå" i hallen. Jag harklar mig och svarar ett hest "Hallå".

Hon har med sig en kanellängd som hon skivar upp, sätter på kaffebryggaren, hjälper mig upp och vi sitter vid köksbordet och dricker kaffe och äter av kanellängden.

"Det var en god vetelängd. Har du bakat den själv?"

Hon ger mig en blick som om jag sagt något väldigt konstigt.

"Jag har inte tid att baka."

Hur skulle jag kunna veta det? Men jag vet att det tar tid det där med hästarna. Det var så redan när hon bodde hemma att hon tillbringade massor av tid i stallet och på den tiden hade hon inte ens någon egen häst att sköta om.

"Den var god i alla fall", säger jag.

Jag tänker att jag får anstränga mig lite och intressera mig för hennes liv.

"Hur går det med huset?"

"Vi har snart renoverat hela huset. Bra att passa på när jag jobbar på Byggshopen."

"Gör ni allt själva?"

"Det mesta."

Magdalena hjälper mig att gå tillbaka till sängen och diskar upp kopparna.

"Är det något du vill att jag tar med mig nästa gång jag kommer?"

"Vad skulle det vara?"

"Hör av dig i så fall."

"Tack för att du kom."

Hon tar på sig jackan och så är hon borta.

Jag ser på tv och slumrar till. När Martin kommer och hälsar på säger jag till honom att det är så konstiga program numera, med små snuttar som jag inte förstår. Han börjar skratta och berättar han att vi har börjat med reklamtv och att det är reklaminslagen jag har sett. Där ser man.

Jag har dålig koll på dagarna som kommer och går, allt flyter ihop men jag fortsätter då och då att läsa i mina dagböcker.

Måndag 23 oktober 1939
Var oppe på arbetsförmedlingen. Där härskade den stora freden. Har börjat fundera på att köpa ett kafé.

Nu var jag gift och hade just blivit av med jobbet och som tiderna var med hög arbetslöshet hyste jag inga större förhoppningar om att kunna skaffa ett nytt jobb. Jag funderade på vilka andra försörjningsmöjligheter jag skulle kunna tänka mig och kom fram till att jag skulle köpa ett kafé. Jag började läsa annonser om kaféer till salu och hittade Kafé Dani på Norrtullsgatan. Priset var femtusen kronor och hyran var artonhundra. Servitriser fanns. Jag kollade upp kaféet närmare och konstaterade att det gick med förlust men valde ändå att köpa det. Det skulle väl gå att få rätsida på det.

I december fick jag besked om att killarna på BP:s Sundsvallskontor hade mobiliserats och de behövde mina tjänster däruppe. Jag skulle få fyrahundra kronor i månaden, åkte upp och tog in på hotell Knaust och började på kontoret. Margit skulle ta hand om kaféet när jag var borta. Det fanns ju personal så hon behövde bara se till att allt flöt på.

Jag hann knappt komma in i jobbet för julen närmade sig och jag fick ledigt för att åka hem och fira med min nyblivna hustru.

Julen firade vi på tu man hand i all enkelhet och det var min bästa jul hittills.

1990

Martin hör av sig och vill komma och hälsa på. Han meddelar vilken tid han ska komma så jag kan gå upp och ställa upp låset till dörren innan. Jag vet aldrig om jag har somnat när han kommer och det kan ta lång tid för mig att ta mig till dörren för att öppna.

På sagda tid knackar det på dörren och Martin kommer in.

"Tjena, farsan", säger han.

Jag gillar inte att bli kallad "farsan" men jag försöker att inte bry mig om det.

Han har inget med sig när han kommer men det gör ingenting. Han sätter sig på stolen bredvid min säng och frågar hur jag har det. Vad ska jag säga? Jag har inget att berätta, här händer ingenting. Jag frågar hur det är med mitt barnbarn, Martins son och får svaret att det går bra. Han är duktig i skolan.

Jag slumrar till och när jag vaknar har han gått.

1940

Kaféet gick inte med någon större vinst men det var bra att ha en extra försörjningskälla när Sundsvalls jobbet tog slut. Margit höll ett öga på kaféet när jag inte var hemma, personalen jobbade kvar.

201

I januari åkte jag tillbaka och fortsatte jobba. Bra att ha ett jobb men mindre bra att vara ifrån min fru när jag var nygift men såna lyxproblem fick jag bortse ifrån. På fritiden åkte jag skidor där uppe och umgicks med mina nya arbetskamrater. Varannan helg åkte jag hem till Stockholm. Det var kallt, uppåt tjugofem minusgrader och när jag kom hem sågade jag ved och hälsade på pappa som var sjuk. Margit jobbade på fiket och vi gick på Oscarsteatern. Vännerna Sven och Karin Rådberg kom hem till oss på besök.

Kriget kom närmare, insåg jag, när Bladh, en av mina arbetskamrater, blev inkallad.

Margit ringde och berättade att Farbror hade dött. Jag åkte hem till Stockholm och hjälpte Erika att ordna med begravningen. Det var tråkigt men inte oväntat, han hade varit dålig en tid. Farbror hade varit en viktig person under min uppväxt, jag sörjde honom och jag skulle komma att sakna honom. Det blev ett nytt hål i mitt inre.

I Stockholm gav staden ett krigiskt intryck med massor av militärer på gatorna.

Kafé Dani hade börjat gå bra med dagskassor på runt sextio kronor. Jag funderade över orsaken och gissade att kafferansoneringen och de militära inkallelserna hade medfört en ökning av kafébesöken.

Till Valborgsmässoafton åkte jag hem till Stockholm igen och besökte Sigrid tillsammans med Margit, "Puttergumman" som jag numera kallade henne. Jag fick femtio kronor av Sigrid och cyklade upp till pappa med hälften. Jag tog tillsammans med min fru en cykeltur åt Fiskartorpshållet.

I juni flyttade jag hem från Sundsvall. Det blev avlämning och avlöning hos BP. Jag konstaterade att för första gången sedan 1923 deltog jag inte i Dagbladstävlingarna. Det kändes tråkigt att inte kunna vara med men jag var inte tränad för att tävla löpning. Jag gladde mig istället åt det vackra sommarvädret och åt att kassorna på kaféet var fina runt midsommar. Tydligen var det ett bra köp trots allt.

Det blev ett härligt sommarväder och jag badade i Brunnsviken. Erika bjöd mig tillsammans med Margit på Skansens Friluftsteater där de gav

202

Twelfth Night or What you Will. Alltså den pjäs av Shakespeare som på svenska heter *Trettondagsafton.*

Vi pratade om att skaffa barn men vi var överens om att som läget var med kriget som pågick och osäkra inkomster var det inte läge för tillfället. Som väl var fanns det nu lagliga preventivmedel.

På min 32-årsdag fick jag en brännvinsflaska av Puttergumman och sen bjöd hon på Tantolundens teater. Vi badade i Källtorpssjön och i Ängby och blev påkörda av en drullig busschaufför på Drottningholmsvägen men klarade oss utan några allvarliga skador vare sig på oss eller på cykeln. Cykeln blev däremot demolerad av en lastbil när den stod utanför porten men jag fick den gratis reparerad av försäkringsbolaget.

Margit åkte till Väddö på semester och jag stannade kvar i stan för att se till Kaféet och jag kom äntligen igång med idrottandet igen. Nu gick jag upp klockan fem för att gå till kafé Dani och skura golvet och jag delade även ut reklam för Kaféet.

Nu gällde det att ordna med fler inkomster och i augusti kom jag överens med mina vänner Rune och Arne Värnling om att tillsammans göra affärer i bär, frukt och potatis. Vi idkade torghandel på Kornhamnstorg och tjänade på så vis ett par hundra kronor. Jag tog mig för att leverera lingon per cykel men det blev ett hårt jobb och endast några tior i förtjänst.

Jag sågade ved och väntade på att närsomhelst bli inkallad.

Så fick jag plats på Svenska Gengas AB genom rekommendation av Maud. Jag skulle bli kontorschef och få mellan 300 och 400 kronor i månaden. Fem dagar senare fick jag sparken på grund av en felkollad lista med återförsäljarnas namn. *Gonatt sa Fan när han damp i vattsån.*

På kafé Dani jobbade Daga som servitris. Hon verkade ta sig allehanda friheter; en dag när jag kom dit visade det sig att hon bjöd sina vänner på gratis kaffe, ibland försvann det pengar ur hennes kassa och en dag försvann det kaffe när hon jobbade. När jag konfronterade henne svarade hon med att stämma mig för ärekränkning genom en advokat. Samtidigt fick jag ett ultimatum från fackföreningen och tvingades höja lönerna från femtio kronor i veckan till sjuttiosju och femtio. Jag fick nog, det blev ingen förtjänst på kaféet. När servitriserna skulle ha mer betalt blev bördan alltför stor; det kostade mer än det smakade och jag lämnade kaféet till försäljning och försökte hitta en ny plats.

Nu visade det sig emellertid vara omöjligt att sälja kaféet så vi fortsatte att driva det även om det inte gav någon förtjänst.

I november lyckades jag äntligen få en ny anställning. Jag skulle jobba hos Livsmedelskommissionen med trehundrafemtio kronor i lön och kunde åter hoppas på en någorlunda dräglig tillvaro.

Margit fyllde tjugotre år och jag uppvaktade henne så gott jag kunde med de medel som stod till buds, det var lättare för mig att ordna med kaffe och bakelser nu när jag ägde ett kafé.

Julen firade jag hemma med min "Puttergumma" och passade på att storhandla i affärerna inför den stundande omsättningsskatten på fem procent som skulle införas på det nya året. Det var dock inte bara jag som hade kommit på denna briljanta idé utan det var full rusning i affärerna.

Nyåret vakade vi in i Stureby tillsammans med min skådespelarkompis Svenne Rådberg och hans maka Karin.

Torsdag 2 januari 1941
Margit har börjat ny plats som maskinbokförerska hos Ahréns mekaniska verkstad. Lön 225: - +6,3%. Arbetstid 8-16.30.

Jag hade problem med magen; det var någon sorts influensa som härjade i stan. Daga på kaféet var också sjuk och jag gick till arbetsförmedlingen för att försöka skaffa en vikarie.

En natt hade det varit inbrott på kafé Dani och cigaretter för sextio kronor hade blivit stulna. Inte nog med att det var svårt att få det att gå ihop, jag blev bestulen också. Nu var det nattsvart.

Det blev mycket övertidsarbete men det blev bättre när Maud, min tidigare förälskelse, började jobba på Kafé Dani. Margit och Maud var alltjämt bästa vänner och vi höll kontakten.

När jag någon dag blev ledig tog jag en skidtur över Värtan till Lidingö eller åkte jag skidor på Brunnsviken. Det var kallt och gott om snö.

En kväll besökte Margit och jag Sven och Sonja Bergman och spelade priffe och en annan kväll gick vi på Royal och såg *Utrikeskorrespondenten*.

Tidningarna publicerade fortlöpande information om krigets utveckling. I Amerika valdes Roosevelt till president för tredje gången. Grekerna slog tillbaka Italien och trängde in i Albanien och Ungern anslöt sig till axeln. Tyskarna fortsatte bomba England med ungefär femhundra bombplan varje natt. I december gjorde engelsmännen ett blixtanfall på italienarna vid Egyptens gräns. "Makaronigubbarna", som jag kallade dem, det hade jag antagligen också fått från Farbror, drevs tillbaka och led betydande förluster i materiel och fångar.

Kriget fortsatte på flera fronter. Engelsmännen ryckte fram i Libyen. Roosevelt lovade att ställa alla USA:s resurser till Englands förfogande. Betalningen fick bli bisak. Engelsmännen hade stora framgångar i Afrika och i mars gav Bulgarien efter för Tysklands krav att låta tyska trupper rycka in i landet. Sovjet uttryckte sitt missnöje med detta. Förhandlingar med Turkiet från alla parter och Greklands ödestimma var snart slagen. Bombräder och U-båtstorpederingar samt revolution i Jugoslavien.

I april blev det sjöslag i östra Medelhavet. Stora förluster för Italien men inga för England. Tyskland anföll Jugoslavien och Grekland och Italien gav upp Addis Abeba. Amerikanska flottan bedrev patrulltjänst för att skydda trafiken på England. Strider i Irak mot engelsmännen. I maj anlände Rudolf Hess ensam i flygmaskin till Glasgow för att enligt egen utsago mäkla fred och Hitler blev ursinnig.

Wasa kafferosteri i Värtan brann och jag fick genom jobbet åka dit på kontrollinventering. Livsmedelskommissionens kontor och därmed min arbetsplats flyttade till Riddargatan.

På kafé Dani hade det ånyo varit inbrott, denna gång hade etthundrafjorton kronor i kontanter stulits och dessutom cigaretter för sextio kronor. Trots detta gick det bättre än någonsin.

Margit och jag cyklade till Solvalla och satsade 19 bagare men vann inget. Vi gick och såg *Tjuven i Bagdad* och konstaterade att det var en strålande färgfilm. Tillsammans med paret Rådberg gick vi på Vasan och såg *Han som kom till middag*. Efteråt drack vi te hos dem på Brunkebergsgatan.

Jag följde med Margit till Beckomberga för att hälsa på hennes mamma. På helgerna cyklade jag till Skarpnäck för terrängbaneträning. Jag hade inte helt givit upp mina ambitioner som idrottsman och i vart fall visste jag att jag behövde idrottandet för att orka med vardagen.

I juni cyklade jag med min puttergumma till Österskär och hälsade på Maud och hennes familj. Vi hade vår tandemcykel som var ett fortskaffningsmedel samtidigt som det gav oss bra träning. Vi for till Huddinge, Fittja och på midsommarafton till Sigtuna. Livet tycktes fortgå nästan som vanligt medan kriget rasade ute i världen.

I juli var det dags för Margit och mig att ge oss iväg på cykelsemester, Vättern runt med ungefär 10 mils cykling per dag och boende på vandrarhem. Färden gick till Trosa, Getå, Vreta Kloster, Vadstena, Omberg, Varnhem, Kinnekulle, Gullspång, Gårdsjö, Askersund och Brevens Bruk. Det blev en fantastisk tur där vi trampade runt i vårt vackra land. Krigets skugga låg visserligen som ett orosmoln över allting men vi försökte att inte tänka på det utan passa på att njuta av semestern och varandra.

I augusti anställde jag en ny förmåga som hette Ingeborg. Jag tyckte att hon var ful men fantastisk; hon bakade, skurade, tvättade, strök och serverade.

I september mörklades Stockholm, äggransonering infördes och på kafé Dani var det rekordförsäljning med en vinst på nästan trehundra kronor.

Hellas ordnade kräftskiva på Forresta och tränings och tävlingskompisen Landström blev inkallad.

1992

Tiden går vidare med tv-tittande, hemtjänst och små darriga promenader inomhus. Ett par gånger ger jag mig ut på en liten promenad utomhus med min käpp, eller gåstöd som det heter. Jag är helt slut när jag återvänder.

Magdalena tar upp några apelsiner och bananer ur den medhavda påsen, sätter sig på stolen bredvid sängen och säger:

206

"Det var en Margit som ringde till mig och frågade efter dig."

"Margit. Hon var min första fru."

"Hur gick det med henne?"

"Hon blev nervsjuk."

"Vadå nervsjuk? Vad menar du med det?"

"Idag skulle man kanske säga deprimerad."

"Hon sa att ni hade träffats."

"Vi umgicks för ett tag sedan men hennes son satte stopp för det."

"Va? Varför då?"

"Jag vet inte om han blev svartsjuk eller om han bara tyckte det var opassande."

"Märkligt. Och tråkigt. Det hade varit bra om ni kunde umgås tycker jag."

Vi småpratar en stund och jag blir trött, så trött. Magdalena går igen.

Söndag 9 november1941

Margit 24 år. Wallyrevyn och supé sedan hemma hos Fritz. I säng 4 på morgonen. Maud och Fritz fann varandra med besked.

Tisdag 11 november

Tyskarna har stoppats opp framför Moskva. Leriga vägar försvårar framryckningen.

Tyskarna intog Kreta. Det tyska slagskeppet Bissmark sänktes av engelsmännen som även tagit Irak. Tyskland anföll Sovjetunionen och ryssarna bombade Helsingfors.

Hemma hölls skjutövningar ute vid Kaknäs. Tyskarna fick godkänt att transitera ett regemente genom Sverige. De intog sedan Tallinn för att försöka ringa in Leningrad. England och Ryssland intog Iran.

I oktober var tyskarna på väg mot Moskva och i november sänkte en tysk U-båt en av sina egna jagare utanför Island.

Japan bombade amerikanska baser, bland annat Pearl Harbor och förklarade USA och England krig. Ryssarna hade trängt tillbaka tyskarna vid Moskva och japanerna fortsatte att bombardera baser och fartyg. I mellanöstern rådde ett våldsamt krig. I Tyskland tog Hitler själv befälet över armén.

Hösten 1941 inskränktes kaféernas tilldelning betydligt. Samtidigt samlades överblivna kuponger in och på jobbet fick jag som uppgift att lägga in alla försändelser märkta "kuponginsamlingen" oöppnade i ett låst rum till vilket jag hade nyckel. Syftet var att möjliggöra ökad tilldelning av tilläggskort. Kupongerna räknades av kvinnlig personal under mitt överinseende och därefter skulle jag bränna dem med biträde av annan anställd. Kupongerna skulle ha varit överkryssade men många kuponger kom in omakulerade. Jag tittade på de outnyttjade kupongerna. De var inte kryssade. De skulle kunna användas. Jag tänkte på hur svårt det var att driva ett kafé när jag inte kunde få tillräckligt med ransoneringskuponger. Det kändes onödigt att makulera dessa fullt användbara kuponger. Ingen skulle antagligen märka något, det var jag som hade hand om dem och skulle se till att de blev makulerade. Frestelsen blev för stor.

Jag hade brist på både mjöl och smör och socker som behövdes för att kunna baka bröd som nu gick åt som aldrig förr på kaféet. Det hade blivit ett rejält uppsving. Först tog jag bara några mjölkuponger men när jag väl hade börjat kunde jag inte sluta.

Anna 1942

Anna vet inte vad hon ska ta sig till. Hon känner på sig att det håller på att gå över styr för Stig. Allt oftare på senare tid har han kommit hem berusad. Hon har frågat var han får tag på spriten men han svarar henne inte. Erkänner inte ens att han har druckit utan säger att han bara har druckit en pilsner. Men Anna kan känna på lukten, höra på hans sluddriga röst och se på hans okontrollerade rörelser att det handlar om betydligt mer än en pilsner. Hon har tagit upp frågan med Ivar men han visar ingen förståelse alls utan säger bara att det ordnar sig nog.

Som om det inte vore nog har Erika hört av sig och berättat om Gustav, att han har stulit ransoneringskuponger på sitt jobb och troligen kommer att få fängelse.

Magen är orolig och det är svårt att sova. Nu har Gustav ringt och sagt att han och Margit kommer på besök på sin tandemcykel.

Hon blir glad när de kommer, roligt att han hittat en så trevlig flicka. Anna har bestämt sig för att inte säga något om kupongerna, vill inte skälla på honom. Hon har lagat mat och bakat.

"Välkomna. Ni kan väl följa med in och sätta er till bords."

De pratar om vädret, om Erika som inte mår bra.

"Vi kan väl lägga bort titlarna", säger hon till Margit.

"Gärna", svarar Margit.

De har bara setts som hastigast ett par gånger men nu märker Anna hur rar flickan är, hur förtjust hon verkar vara i Gustav och det blir varmt i bröstet.

"Ska ni inte skaffa barn", undrar Anna.

"Tycker du att det är lämpligt nu mitt under brinnande krig?" svarar Gustav.

"Jag har begått ett misstag", fortsätter han, "och kommer kanske att få en tid i fängelse."

"Det skulle bara vara roligt med barnbarn."

Nu har Gustav själv valt att säga något om sin stöld, eller antyda snarare, men hon lägger band på sig och frågar inte. Han får berätta själv i så fall.

Men det gör han inte.

De dricker kaffe ute i bersån, med kakor och bullar, när Anna märker att Stig kommit hem och är på väg ut till dem.

"Nej men är det storebror", sluddrar han.

Anna märker hur Margit rycker till. Gustav finner sig snabbt och hälsar kort, frågar hur det står till. Anna ser att Stig har en rejäl blåtira och vet inte om det är från boxningen eller om han varit i slagsmål. Åh att han måste komma nu, att han måste vara berusad, vad ska Gustav och Margit tänka?

1942

Det nya året bjöd på gott om snö och jag åkte skidor med Margit och Maud. Jag besökte även Sven och Sonja som hade fått barn och nu bodde omodernt på Polhemsgatan 26. Jag konstaterade att ungen skrek högt och ofta.

Polisen var på Livsmedelskommissionen i ett annat ärende och snubblade över detta med kupongerna. De inlämnade kupongerna registrerades vare sig de var kryssade eller inte och nu upptäckte polisen att det inte stämde med de som var makulerade. De upptäckte att det saknades kuponger motsvarande 1200 kg mjöl, 175 kg matfett, 300 kg socker 60 kg köttvaror. Det hade gått åt fanders, jag hade inte räknat med att bli upptäckt och nu skedde det av en slump. Fy farao. Hur skulle jag nu klara mig ur detta? På Kafé Dani gjorde jag rekordvinster och fick besked att den stämningsansökan Dana lämnat in ogillades.

I april blev det äntligen vår och jag tittade på en ny lägenhet på Tre Liljor och prutade ner kontantinsatsen från 12 000 till 10 000.

I resten av världen fortsatte kriget. Ryssarna återtog några samhällen per dag. Japanerna avancerade i mellanöstern och trängde tillbaka engelsmännen i Asien. Det allierade flyget sänkte 29 japanska fartyg utanför Bali.

Engelsmännen gjorde fruktansvärda bombraider mot Lübeck och Rostock och 1 250 engelska plan bombade Köln. I juni bombades Essen av 1 000 engelska plan. Axeltrupperna och Rommel hejdades av de allierade vid El Alamein på sin väg mot Alexandria.

I Stalingrad fanns bara ruinerna av en fabrik kvar men motståndet därifrån var lika segt. Rommel var på reträtt och Darlan, överbefälhavare för Vichyfrankrikes krigsmakt mördades.

Ryssarna gav sig inte vid Stalingrad. I februari 1943 fick vi reda på att tyskarna hade kapitulerat vid Stalingrad, ryssarna drev dem tillbaka och återtog städer.

Framåt sommaren rapporterade nyheterna att Mussolini hade avgått. Det verkade som om kriget vände och det ingav hopp.

I juli 1942 knackade polisen på dörren och bad mig följa med. Jag anade såklart vad det handlade om och fick en klump i magen. Till Margit sa jag bara att hon inte skulle oroa sig, att jag snart skulle vara tillbaka. Jag blev förhörd och fick övernatta hos kriminalen men sen kunde jag gå hem igen, de skulle höra av sig. Livet fortsatte som vanligt. Jag ville inget säga till Margit, ville inte oroa henne, vilket skulle visa sig ha motsatt effekt.

Sommaren var varm och skön och vi ägnade oss åt diverse cykelturer till olika badplatser. Margit och jag cyklade på tandemcykel till Segeltorp, Sandasjön och Edsviken. Vi gav oss iväg på cykeltur till Lovön, vidare till Stenhamra för att hälsa på Anna.

Tillsammans med Maud och Fritz cyklade vi till Sandasjön och till Magelungen. Senare badade vi även i Brunnsviken, Källtorpssjön och Vanadisbadet.

En söndag cyklade Margit och jag till Drottningholm och sedan till Beckomberga för att hälsa på Margits mamma. Vad jag kunde märka var det inte något större fel på mamman, annat än att hon var tyst och verkade ledsen. Inte som en del andra intagna som skrek och gapade de mest underliga saker.

Jag tränade löpning i skogen och vi gick tillsammans och plockade svamp. Trots att kriget pågick ute i världen och ett ständigt hot låg över oss hade vi en härlig tid tillsammans. Problemet med kupongerna hade jag förträngt och tänkte att det säkert skulle ordna sig.

Maud och Fritz gifte sig och när jag vaknade med illamående dagen efter, trodde jag först att jag hade druckit för mycket men insåg när det inte gick över att jag hade fått maginfluensa.

Vi gick på bio med Maud och Fritz och såg Max Hansen i *Lille Napoleon*, vi såg Fred Astaires senaste, besökte Skansen och Gröna Lund. Ibland kom Maud och Fritz hem till oss och ibland var vi hemma hos dem.

Erika föll i trappan och bröt nyckelbenet och fick komma in på S:t Eriks Sjukhus där jag gick och hälsade på henne. Hon fick så småningom komma hem igen men snart därefter fick hon läggas in på S: Eriks igen. Hon hade fått gulsot.

I augusti fick hon komma hem igen. Nu hade hon fått höra talas om kupongstölden, jag tror att det var Erik som hade skvallrat. När jag kom dit satte hon igång att beklaga sig. Stort jämmer. "Hur kan du vara så dum, Gustav", sa hon. "Du förstör hela ditt liv. Vem tror du vill anställa dig nu? En simpel tjuv." Jag visste inte vad jag skulle svara så jag gjorde inte det, försökte inte ens försvara mitt beteende. Det fanns inget försvar.

1993

Magdalena bestämmer sig för att ta tag i sitt pluggande igen. Hon har kommit in på lärarutbildningen och ska bli språklärare i tyska och engelska. Hon kommer och hälsar på ibland men det är inte så ofta som jag önskar. Hon behöver så klart ägna sig åt studierna.

När hon kommer säger hon att jag ska få flytta till ett sjukhem i Västerhaninge. Hemtjänsten har tydligen klagat. Jag har en knapp om halsen jag ska ringa på om jag ramlar och inte kommer upp och nu har jag tydligen ringt ett par gånger för mycket, när jag känner mig för darrig för att gå på toa själv. Det uppskattas visst inte.

På det här nya boendet ska det finnas personal som kan hjälpa mig dygnet runt och det är säkert bra. Det blir dessutom närmare för Magdalena att hälsa på mig. Men det känns inte som ett steg till förbättring.

"De ringde mig en kväll och frågade om det var någon som fyllde år", säger Magdalena. "Du hade klätt på dig sent på kvällen och gått ut. De hittade dig utanför porten och du sa att du skulle på Farbrors 50-årsfest."

"Ja, det vart tokigt."

"Det går inte, du kan inte bo själv. Du får ta med dig dina saker, kanske inte alla. Sängen behöver du inte, det finns där och köksbordet får inte plats. Men skåpet med priserna och dagböckerna kan du ta med."

"Och tv:n."

"Det finns tv där i allrummet."

"Jag vill ha min egen tv med mig."

Magdalena gör mig till viljes och ett par dagar senare kommer hon och hjälper mig att flytta. Hon har tagit med sig hästsläpet och Lasse. De hjälps åt att bära in mina saker. Vi åker gemensamt till Västerhaninge där de bär

213

in allt i mitt nya hem. Jag är inte helt nöjd men jag förstår att jag behöver hjälpen jag kan få här. Magdalena och Lasse lämnar mig när allt är upplockat och klart.

Jag har installerats bland en massa åldringar på hemmet i Västerhaninge. De har placerat mig i samma rum som en annan gubbe. Om han inte vore så virrig kunde det ha varit trevligt med sällskap men nu går det inte att föra ett vettigt samtal med honom. En dag när jag har varit på toa står han och rotar i minna grejor och jag blir fly förbannad och går dit och lappar till honom. Han skriker och gapar och en av flickorna som jobbar här kommer och undrar vad som står på.

Det var inte populärt och jag fick bannor men jag fick även ett eget rum och det var skönt.

Några dagar senare kommer Magdalena och hälsar på, får höra om incidenten med rumskamraten. Hon ser lite chockad ut, hon har nog aldrig tänkt på mig som en slagskämpe. Men jag ser även att hon har svårt att dölja ett leende.

1942

Jag gick på auktion och ropade in möbler, bland annat två fåtöljer och en läslampa. Nu började vårt hem kännas färdiginrett.

I mitten av september började det bli rått och kallt och jag satte igång att elda.

Jag gick och röstade i stadsfullmäktige.

Margit och jag tog en cykeltur ut till Lidingö tillsammans med Maud och Fritz för att köpa äpplen och päron.

I oktober firade vi treårig bröllopsdag och jag köpte en chokladask åt Margit och själv fick jag en bok. Vi gick och såg Greta Garbos senaste, *Tvillingarna*.

Vi hade bestämt oss för att flytta till en bättre lägenhet vid Tre Liljor. Jag bjöd 10 000 kronor vilket accepterades. Skulle betalas med 2 000 genast, 4 000 i oktober och 4 000 första april 1943. Lägenheten skulle först renoveras och när allt var klart lånade jag en transportcykel och började flytta; jag körde ett lass per dag. Till månadsskiftet oktober-november var flytten färdig. Det som återstod var att städa ur den gamla lägenheten.

I november blev det rättegång. Förundersökning för villkorlig dom, Jag dömdes till fyra månaders fängelse villkorligt men domaren trodde domen skulle överklagas.

Söndag 10 januari 1943
-15 grader på morgonen. Sol. Jag skidade Brunnsviken runt. Vi åkte buss till familjen Högvall.
Torsdag 14
Inryckning vid Svea Livgarde på morgonen. En del kända ansikten. Vi åker till Boden på lördag.

På tåget till Boden drack jag sprit tillsammans med övriga inkallade med den påföljden att jag var fyllsjuk dagen efter. Framme i Boden blev det exercis och skjutning samt kastövning av olika sorters handgranater. Vi hade fyra tvåtimmarsvakter per dygn. När vi blev lediga gick vi på bio i Boden och såg *De dog med stövlarna på*.

Jag passade på att åka skidor i 2-mila spåret. När vi var lediga fördrev vi tiden med att spela poker.

I mars gick jag och såg *Himlaspelet*, en svensk dramafilm efter Rune Lindströms bygdespel som hade premiär i Leksand 1941.

En morgon vaknade jag och hörde att två av killarna på luckan, Klein och Putte pratade om mig. Jag hörde mitt namn nämnas och en del mindre fördelaktiga ord och jag förstod att de pratade skit om mig. Jag funderade en stund på att skälla ut dem men bestämde mig istället för att låtsas sova.

Råttbögar. Det var det ord som först dök upp i min hjärna.

Jag fick permission en vecka och åkte hem till Stockholm. Margit pysslade om mig och jag skulle njutit av tillvaron om det inte vore för att Dani gick dåligt. Hur skulle jag kunna driva ett kafé när jag inte kunde köpa de varor jag behövde?

Det blev en lång tågresa tillbaka till Boden och när jag kom fram upptäckte jag två saker. De hade fått ett pingpongspel i Moråsen och det skulle bli krigsrätt om en stulen cykel. Vems cykel det var eller vem som hade tagit den visste jag ingenting om och det verkade inte som vi skulle få någon klarhet i frågan heller. I april fick jag gå på vakt på Trången. Det fanns ett swingpjattäckel på luckan som hette Wallander. Han hade en överlägsen attityd och var lat och en dag fick jag nog och skällde ut honom så att jag blev rädd för mig själv. Det verkade som om även Wallander blev skärrad och det hela fick en viss effekt verkade det som för denne höll en betydligt lägre profil efteråt.

Ett telegram kom från Margit: "Fostermor svårt sjuk" vilket renderade mig en veckas extra permis. Hon var för säker, den lilla. Sån tur att hon ville ha just mig.

Veckan gick snabbt och när jag återvände till norr blev jag skickad till Gransjö som vaktchef. Där hände just ingenting och jag hade svårt att få dagarna att gå. I mitten av maj blev det äntligen muck och inlämning på Svea.

Vid hemkomsten satte jag igång att löpträna.

I juni blev det badväder och Margit och jag cyklade till olika badplatser och badade för att sedan ge oss iväg på cykelsemester. Den här gången blev det Dalarna och hem igen via Strängnäs och Mariefred. Vi bodde på vandrarhem och levde på matsäck så det blev ingen dyr historia. Det var härligt att i långsamt gemak passera genom vårt vackra land och underbart att vara på tu man hand med min kära lilla fru.

Olle Tandberg blev europamästare i tungviktsboxning medan vi kämpade vidare med Kafé Dani. Det sista dråpslaget kom en dag när jag upptäckte att jag hade räknat fel på restaurangkupongerna. Jag anmälde det till LK, blev kallad till förhör och därefter fick jag besked om licensstopp. Det gick helt enkelt inte att behålla kaféet längre och jag hittade en köpare som betalade sex tusen kronor. Nu hade jag inget jobb och min lilla rörelse fanns inte kvar. Det fick bli ett senare bekymmer för det var mitt i sommaren och jag åkte tandemcykel med min lilla puttergumma till olika badplatser och jag fortsatte min löpträning och tyckte att livet var bra härligt ändå.

Svenne Rådberg hörde av sig och berättade att hans fru Karin hade fött honom en son som skulle heta Anders. Det väckte på nytt frågan om att skaffa barn men vi bestämde oss för att vänta tills vi visste mer om hur framtiden skulle te sig för oss.

Jag började känna mig vältränad i att skälla ut folk och jag fick ett nytt tillfälle när målaren som skulle vara med och iordningsställa Kafé Dani hellre ville fira motbokens namnsdag.

I augusti var det hög tid att börja söka jobb och fick en anställning som kontorist på maskin AB Vema.

I september hade ryssarna och de allierade fortsatta framgångar och Italien kapitulerade villkorslöst. Någon månad senare bombades Berlin och ryssarna var nästan framme i Polen.

I oktober kom domen för kupongmålet. Det blev 6 månader. Men domen skulle överklagas hos hovrätten.

Jag hade tandvärk efter att ha fått en visdomstand lagad och försökte mildra besvären med Vepydontabletter men tvingades sluta med detta då jag en morgon vaknade med utslag, bölder, igensvullna ögon och feber. Den onda visdomstanden fick jag dra ut och det kostade tvåhundrafyrtionio kronor.

1995

Dagarna flyter ihop och jag har svårt att hålla isär dem. Inte för att det spelar någon större roll, det är inte någon skillnad. Jag vet inte ens om Magdalena kommer någon särskild dag men det kan också kvitta. Hon kommer då och då, har ofta bråttom, har med sig frukt och choklad. Det har blivit nytt år och vi går mot ljusare tider.

Utanför fönstret börjar trädens blad bli ljusgröna, vilket bör betyda att vi befinner oss i hänryckningens årstid. Det innebär också att Martin snart återvänder från Thailand där han spenderar vinterhalvåret och jag kan förvänta mig besök av honom också. Om inte annat ringer han ganska ofta. Det gör aldrig Magdalena.

I natt hade jag en otäck mardröm, jag drömde att jag befann mig i fängelset. Det var så verkligt att jag inte kunde släppa det och när Magdalena dök upp befann jag mig halvt om halvt kvar i drömmen och det blev så där konstigt igen. Hon trodde nog att jag hade blivit helt senil och hon studerade mig med en forskande blick. Hon svarade knappt, verkade mest besvärad och fick ganska bråttom att ge sig iväg igen. När hon hade gått klarnade det och jag förstod att hon trodde att jag var helt borta. Hon känner inte heller till något om min tid i fängelset. Det är inget jag är stolt över och Martin och barnens mamma har heller aldrig fått veta något.

Anna 1944

Stig har flyttat hemifrån och är rejält på glid och hon vet inte vad hon ska ta sig till. Samtidigt verkar Ivar inte ta så hårt på det utan menar att han kommer att växa till sig. Själv känner hon sig gammal, hon är sextiotvå år. Ivar är ju betydligt yngre men han har pratat om att flytta närmare stan, att han inte kommer orka jobba på stenhuggeriet så länge till. Kanske när kriget är över, för det måste väl snart ta slut, verkar ju ha vänt. Det är tur att Gustav kommer och hälsar på ibland. Det piggar upp hennes tillvaro. Anna ser fram emot hans besök. Han kommer i sällskap med Margit, de åker buss ut till Stenhamra. Det verkar som om han kommer att få sitta i fängelse för den där historien med kupongerna. Om hon ändå kunde göra något.

En dag hör Gustav av sig per telefon och berättar att Emil har dött.

"Vill du komma på begravningen?"

Det vill hon så klart. Hon tar bussen in till Stockholm.

Onsdag 5 Januari 1944
Brev från Staedler. Hovrätten har fastställt rådhusrättens dom. Jag skrev till Staedler o meddelade att utslaget ska överklagas. Jag bad honom också pruta på sin arvodesräkning.
Fredag 21
Jag fick meddelande till kontoret att pappa fått hjärnblödning. Jag gick dit. Pappa låg i ett slags dvallik sömn. Hans umgänge sista åren, fru Lindholm, var där.
Lördag 22
Fru Lindholm ringde i morse: Pappa dog vid ½ 9 tiden i går kväll. Jag, hans bror August och herr och fru Sandahl ordnade med begravningen. Han bisattes idag. Anna och Stig hemma hos oss.

I februari 1944 fortsatte den ryska offensiven. Tio tyska divisioner befann sig inringade i Ukraina och varje natt pågick fruktansvärda flygräder mot Tyskland. Berlin skulle snart bara vara ruiner.

Ryssarna var framme i Rumänien och i juni startade de allierades invasion.

Jag blev åter inkallad och skulle till Fältpost 63702. Jag tyckte att det lät tusan så nordligt.

Svenne Rådberg fyllde 30 år och vi gick på skivan som höll på långt in på natten och vi var inte hemma förrän klockan tre.

Margit och jag besökte Maud och Fritz.

"Kan ni inte försöka hyra ut två av rummen så ni får in lite pengar när du är borta?" sa Maud.

Det visade sig vara en utmärkt idé och vi satte ut en annons om att hyra ut två rum medan jag var inkallad. Priset var hundra kronor i månaden och det var många som ringde. På ett par dar hade vi hyrt ut ett rum till cykelreparatör Andersson och ett till ingenjör Falkman från Göteborg som var inkallad civil.

När jag väl ryckte in visade det sig att jag skulle till ett bevakningskompani på Jakobsbergsgatan i Stockholm. Där hade de tre-dygnsvakt med tre timmar vakt och sex timmar vila och därefter permis det fjärde dygnet. Jag utrustades med pistol och batong och stod inomhus.

Efter två veckor fick jag tjugofem och femtio i avlöning. Under permisen jobbade jag på Vema och gick på bio.

Vi fick träna skjutning vid Stora Skuggan och harvning vid Fiskis och jag fick flytta in på kompaniexpeditionen. Inget muck på en tid på grund av förestående operation. Jag och tre andra skickades till södra Hammarby för att vakta Electra av Bremen som skulle lossa järnbalkar till bröderna Edstrand. Nu blev det kvälls- och nattpass och det var svinkallt med förläggning hos General Motors. Därefter fick jag ge mig iväg till det nya båtvarvet i Gäddviken för att vakta en finsk båt som lossade svavelkis.

I april fick jag permis och jobbade med bokföring på Vema samt gick på bio. När jag återvände blev jag överflyttad till vakten på Artillerigården. Det var svårt att sova på vakten och jag kände mig helt utschasad.

Så kom det slutliga beskedet. Jag fick ett brev från Staedler som informerade mig om att Högsta domstolen hade fastställt domen. Så det så!

Tisdag 18 april 1944
Det känns betydligt drägligare. Jag är inte trött längre. Man anpassar sig.
Torsdag 20 april
Besök hos Staedler som fick 100 kronor. Han fick i uppdrag att sätta upp nådeansökan.

Den tjugosjätte maj var det muck.
Margit och jag tandemade till Sandasjön. Det hade plötsligt blivit varmt och härligt och vi brände oss en aning. Sen tog vi tandemcykeln och hälsade på herrskapet Högvall, alltså Anna och Ivar.
Några dagar senare var Maud och Fritz på middag hos oss.
Jag återupptog mitt arbete hos Vema.
Nu skulle Andersson, som hyrde ett av rummen, flytta för han kunde inte sova på grund av spårvagnsbullret. Jag måste hitta en ny hyresgäst men det var svårt att få någon spekulant eftersom tidningarna var fulla av annonser om möblerade rum.

221

Jag planerade semestern och tänkte att det vore skönt med en vecka i skärgården. Jag vände mig till Centrala förmedlingsbyrån och kunde genom dem hyra en stuga på Blidö i två veckor i juli för fyrtio kronor per vecka. Stugan bestod av ett rum och kök med vedspis. Det fanns en veranda, det var sjötomt och en roddbåt fanns att låna. Det skulle ha blivit en underbar semester för Margit och mig men nu blev det ingenting av med det. Vi blev bjudna på middag hos Maud och Fritz. Vi gjorde också ett besök på Wallyrevyn på Cirkus. Jag hade rotfyllt den där tanden som hade krånglat länge nu men det ledde bara till tandvärk och dålig sömn.

Jag fick besked om att min nådeansökan hade blivit avslagen. Jag skulle inställa mig hos Kriminalen för överföring till rannsakningsfängelset eftersom Långholmen var överfyllt.

Jag blev tvungen att berätta för Margit men berättade inte hela sanningen utan framställde mig själv i en bättre dager än vad som var fallet. Hon blev ändå upprörd och grät, tyckte det skulle bli fasansfullt att vara ensam men lovade att hälsa på mig så ofta det gick.

När jag kom till rannsakningsfängelset blev jag upplyst om reglerna. Jag skulle få promenera runt på gården i en timme per dag, det var tillåtet att prata och varannan söndag fick jag ta emot ett besök om högst tio minuter. Brev fick jag skicka varje söndag. Det var uppstigning halv sju och klockan åtta på kvällen låstes kläderna ut. På lördagar var det bad och rena underkläder.

I juli blev jag helt plötsligt överförd till Långholmen och närmare bestämt cell 53. Mindre rent och snyggt och mindre luktfritt. Och ingen tidning. På födelsedagen fick jag paket från Margit med jordgubbar och grädde. Jag begärde förflyttning från cell 53 på nedre botten och fick flytta till cell 70 som hade söderläge och var snyggare.

En valp hade ristat sitt öknamn på väggen; "Kattan, Västerås". Cellen låg åt solsidan och det blev varmt. Utanför fönstret var vädret irriterande fint.

Långholmen är mest känd för fängelset, från början inrättat som spinnhus på 1700-talet. Ett spinnhus fungerade som ett fängelse för kvinnor som ofta var prostituerade eller arbetslösa och placerades på spinnhuset för att

222

arbeta. Där tvingades de spinna garn och sy som straff. 1818 fanns här plats för 500 fångar. Några år senare ändrades fängelsets inriktning och spinnhuset lades ner. Verksamheten blev i stället en "arbets- och korrektionsinrättning" för manliga fångar. På fängelset fanns Sveriges sista avrättningsrum. Där användes giljotin för första och sista gången i Sverige. Det var när rånmördare Alfred Ander blev avrättad den 23 november 1910.

1995

På det här hemmet är det stundtals långtråkigt trots alla rara flickor som kommer med mat och kaffe och frågar hur jag mår. Vissa dagar går i dimmans tecken och andra är jag pigg. Magdalena kommer och hälsar på då och då och även Martin dyker upp emellanåt.

Idag är det tydligen min födelsedag för de kommer båda för att gratta mig, har med sig en tårta. En av flickorna här tittar in och frågar om vi vill ha kaffe och kommer sedan in med tre koppar.

1944

Så småningom fick jag min tidning och kunde läsa om händelserna i världen; ett bombattentat hade utförts mot Hitler. Översten Claus Schenk von Stauffenberg hade placerat en portfölj med en tallriksmina under det bord vid vilket Führern satt. Hitler var i hans ögon en dåre som måste dödas för att förkorta det mänskliga lidandet i Europa. Vi var väl fler som höll med. Flera dödades och skadades i hans närhet men själv klarade han sig. En militärrevolt hade kvävts i sin linda påstod nasseledarna. De som försökte störta Hitler dömdes senare och hängdes.

Amerikanerna hade äntligen satt fronten i Normandie i rotation. Partisaner erövrade Paris och Marseilles och de allierade ryckte fram.

20 juli-attentatet kallas det mest kända attentatet mot Adolf Hitler. Det genomfördes den 20 juli 1944 i Hitlers högkvarter Wolfsschanze nära Rastenburg i Ostpreussen. Attentatet följdes av ett kuppförsök i Berlin, med syfte att avveckla det nazistiska Tredje Riket och sluta separatfred med västmakterna.

223

Margit kom på besök och hade med sig jordgubbar och grädde, kakor, saft och körsbär. Hon var verkligen makalös.

I augusti fick jag madrassen utbytt eftersom den gamla var trasig. Fjädern i min klocka hade lagt av så nu var jag tidlös. Men när Margit kom nästa söndag med hallon, körsbär, Aladdin, päron och melon tog hon med sig klockan för att få den lagad. Margit fortsatte att komma på söndagarna och däremellan brevväxlade vi.

Tiden i fängelset var stundtals en skräckupplevelse. Att bli inlåst är fruktansvärt. Stundtals var det dock överkomligt, till stor del Margits förtjänst. Hennes besök var mina små höjdpunkter.

Jag var glad att jag fick min tidning och kunde läsa om händelserna i världen.

I september kom den första sändningen av den nya läkemedlet Penicillin från USA som skulle innebära en klar förbättring av sjukvården.

De allierade var på väg in i Tyskland och Holland, i Danmark rådde undantagstillstånd. Gestapo försökte genom en kupp bura in den danska polisen.

Margits besök uteblev en söndag då hon var sjuk men sen kom hon igen och hade med sig ägg och rökt ål bland annat.

På de dagliga promenaderna hade jag nu sällskap av en samvetsöm vapenvägrare, skogsarbetare och sjundedagsadventist men han hade bara fått en månad och släpptes ut igen i oktober.

Den femåriga bröllopsdagen närmade sig och jag fick ett tryck över bröstet när jag insåg att jag inte kunde uppvakta min lilla rara fru i samband med detta. Jag skickade ett brev till Edith och bad henne köpa nejlikor och choklad till Margit. Margit kom på besök på själva dagen och hade med sig hummer, böckling, leverpastej, tomater, äpplen, päron med mera men dagen blev misslyckad. Edith, vår hyresvärdinna, hade sålt möblerna vi hade till låns i lägenheten.

Jag läste ut "Svenska folkets öden och äventyr"

Margit fortsatte att komma på söndagarna och hon hade alltid med sig något, en söndag kom hon med rena underkläder, rena skjortor, choklad och rulltårta.

I november var hon på uruselt humör när hon kom på besök. Fader John hade ringt och yrkat på livligare umgänge och en animerad träta hade infunnit sig. Margit ville inte alls träffa sin pappa.

Jag skrev till Rune och bad honom gå med en chokladask till Margit på hennes födelsedag.

När det kom brev från Margit förstod jag att hennes nerver var trasiga för tillfället. Hon berättade att hon vantrivdes både hemma och på kontoret. Ingenting kunde roa henne och jag kände att jag skulle behövt finnas vid hennes sida.

Nu hade jag fått nytt sällskap av en direktör Ejberg som hade en bilaffär och satt för svart olja.

Onsdag 8 november 1944
Blev klippt av fosterfördrivare Anders, 4 år straff, frisör till yrket.
Så det blev välgjort. Efter mig klipptes Netzler, 17-åringen som slog ihjäl
sin mor och sitter för sinnesundersökning. Han sitter i 72.

Margit kom med smör och skinka bland annat. Hon var helt förstörd i nerverna och hade fått ett nervöst sammanbrott på kontoret på måndagen. Hade varit hos läkare och fått sjukintyg för 14 dagar men det räckte inte.

Jag skrev till Maud och bad henne offra mesta möjliga tid för att hålla Margit sällskap. Jag hade verkligen behövt finnas vid hennes sida nu.

Jag skrev ett långt brev till Margit för att försöka muntra upp henne.

Mitt nya promenadsällskap hette Palm och satt två månader för att ha sålt åtta ton vete på svarta börsen. Han satt civil med egna möbler. Jag fick tillstånd att sitta tillsammans med Palm på eftermiddagarna. Palm började med att bjuda på kaffe och lärde mig spela schack.

Brev från Fritz. Han och Maud hade visat Margit brevet jag skrev till dem och fördärvat alla goda avsikter. Av brevet till mig hade Fritz skickat en kopia till Margit. för han ville "inte gå emellan äkta makar". Var han riktigt klok? Vad skulle Margit tycka och tro? Jag ångrade att jag hade blandat in dem.

Men sen kom ett paket från min lilla skatt med hembakat kaffebröd och jag blev lugnare igen.

Allmän offensiv av de allierade över hela Västfronten och tyskarna på reträtt överallt i Elsass och Lothringen. Ryssarna stöter fram söder om Budapest.
Det ingav hopp att kriget verkade vända nu.

I december åkte Margit till Tällberg. Jag hoppades det skulle göra henne gott.
Nu fick jag gå dubbla promenader och hade inte långt kvar.
Gurren kom på besök och rådde mig att åka direkt till Tällberg när jag kom ut. Det var tydligen illa med Margit, värre än jag hade trott.
Jag fick gå in till lärarassistenten för att svara på frågor till fångvårdsstyrelsens register och blev förbannad på karln när han vill veta var Margit jobbade. Denne menade på att vad jag tyckte inte hörde dit. Jag svarade att vi lever i ett demokratiskt samhälle och att jag hade rätt att få veta varför om jag skulle svara på frågor.

Gurren mötte upp när jag kom hem, hade köpt biljett till Tällberg. Jag for dit och tillbringade natten med Margit. Det blev en stor uppgörelse och många tårar. Ingen av oss var i någon vidare psykisk form men det var bättre på morgonen.
På juldagen for vi till julotta i Leksand med släde klockan tre. Det blev en enastående upplevelse. Innan vi for hem igen passade vi på att köpa ut kött- och tvättmedelsransonerna som var på väg att förfalla. Hemkomna städade vi, putsade fönster och åt nyårsmiddag på tu man hand och lyssnade på radio.

1996

Jag har tagit mig upp och sitter i fåtöljen men jag måste ha nickat till och jag vaknar av att en av flickorna kommer med min mat.

"Seså, Gustav", säger hon klämkäckt och ställer tallriken på det lilla bordet.
"Varsågod, ska du sitta här och äta?"
Det ser ut som pannbiff med lök. Löken vill jag inte ha, det har jag aldrig tyckt om men resten smakar bra, sås, potatis och gurka. Hon kommer tillbaka efter en stund för att ta ut disken och får hjälpa mig bort till sängen så jag kan lägga mig.

Jag har nickat till igen när Magdalena kommer in i rummet. Munnen är torr och icke samarbetsvillig men jag försöker le. Jag rör tungan mot gommen för att få igång munnen som verkar ha klibbat ihop. Det känns torrt och stelt, som klister. Jag tar en klunk vatten från glaset bredvid sängen och försöker säga något. Jag lyckas få fram:
"Hej Magdalena."
Hon sätter sig på stolen bredvid sängen, frågar hur jag mår och jag svarar "Bra". Sen pratar hon om sitt liv och jag försöker lyssna men jag orkar inte riktigt. Mina ögonlock blir tunga och jag märker att hon tröttnar. Efter en stund går hon.

Nästa dag känner jag mig piggare så jag tar fram dagboken.

Måndag 1 januari 1945
Vi låg länge. Jag fernissade kapprumsparketten. Hallberg anlände från hemmet i kväll.
Onsdag 3
Besåg en fruktaffär på Ringvägen. Som var till salu. Var hos Gurren på verkstan o betalade tågbiljetten till Tällberg. Ediths 36-årsdag med livligt liv på småtimmarna.

Edith var vår hyresvärdinna och jag kunde inte direkt be henne att avstå från fest när hon fyllde år.
Jag en besåg en fruktaffär i hörnet Nybrogatan – Östermalmsgatan som föll mig i smaken. Men optimisten som sålde trodde att han skulle få åttatusen kronor.
Margit och jag gick på bio och såg *Vändkorset* på Skandia och en annan kväll såg vi *Sången om Bernadette*. Vi gick med Lisbeth och Sverre på Nalen och dansade Jitterbug.

227

Jag öppnade checkräkning på Handelsbanken och konstaterade att det fanns apelsiner i stan för första gången på länge. Jag fortsatte att titta på fruktaffärer, en i Fredhäll och en på Frejgatan, den senare kostade 2000 men då ingick lagret och jag bestämde mig senare för att köpa den sistnämnda efter att ha prutat tvåhundra kronor och lagt femtio kronor i handpenning. Jag skulle överta butiken den femtonde februari.

Fick idén att starta "Nordisk Förmedlingstjänst" och öppnade ett postgiro för denna. Vad jag skulle förmedla hade jag inte riktigt bestämt ännu. På en annons om kuplett- och visförfattande fick jag några uppdrag, mest kupletter som skulle framföras i olika revyer. På så vis kunde jag tjäna extra.

Jag delade ut reklamkort för affären och upptäckte att den frekventerades av barn från den närbelägna Gustav Vasaskolan på Karlbergsvägen. Barnen vällde in i butiken emellanåt för att köpa snask. Till en början såg jag det som ett bra tillskott i kassan men efter hand tröttnade jag på deras oändliga underhandlande innan de kunde bestämma sig.

Vissa dagar var det bra kassor i affären, uppåt 60–70 kronor, ibland mer. Jag hade hjälp av Maud i affären ibland när jag behövde uträtta ärende

Vi gick och såg och hörde Evert Taube i Konserthusets lilla sal och jag fick en stifttand isatt istället för guldkronan som varit borta i 8 månader.

Rysk framryckning i Polen och snart rapporterades att ryssarna befann sig femton mil från Berlin. En amerikansk armada bombade utanför Japan och i mars hade de intagit Köln. Ryssarna nådde Danzig medan Hitler och Goebbels manade till uthållighet för att segern väntade och snart skulle komma. Trodde de. Den stora slutoffensiven sattes in i Väst med fyrtiotusen fallskärmssoldater i tyskarnas rygg. Vi var positiva, det kändes som om kriget var på väg mot sitt slut. Förr eller senare måste Hitler och axelmakterna ge upp.

I februari blev det mörkläggning i Stockholm några dagar. Margit och jag bjöd hem först Rune och Margaret och sedan paret Rådberg.

Margit var dålig i nerverna.

"Jag har ont i magen", berättade hon allt som oftast.

"Jag vill bo för mig själv", meddelade hon en dag.

En kväll när jag kom hem var hon inte där men hade lämnat ett meddelande om att hon hade flyttat till en väninna. Jag fick gå till Stockholms Stads rättshjälpsanstalt och skriva på hemskillnadsansökan. Jag fick ett tryck över bröstet. Min lilla rara Puttergumma. Jag skrev ett brev till Margit och fick ett rart svar. Det blev medling. Margit grät och vi tog en promenad tillsammans och pratade lugnt i samförstånd om hur allt skulle ordnas. Hon fick en lägenhet på Sankt Eriksgatan så pianot flyttades dit. Hemma var det tomt, väldigt tomt precis som i mitt inre. Jag promenerade på stan på kvällarna. Margit och jag var fortfarande goda vänner. En kväll kom hon hem till mig och hjälpte mig med tvätten. Det var väldigt snällt av henne men jag kunde se att hon inte mådde bra. Hon hade dålig aptit och det syntes tydligt att hon hade magrat. Vi talade om vårt äktenskap och hon sa att hennes känslor hade förändrats, inget annat.

Jag gick hem till Margit och drack kaffe, Margit hämtade mina skjortor och strumpor för stoppning. Hon var snäll, kanske för snäll.

När de nya bröd-matfett-sockerkorten kom gick jag till Margit och lämnade hennes andel, en annan kväll gick jag till henne med en chokladask.

Jag saknade min lilla gumma men jag förstod att det var slut. Det var ändå bra att vi kunde fortsätta som vänner.

1997

Livet går tydligen vidare. Nästa gång jag fyller år blir jag 89 år. Magdalena och Martin kommer tillsammans och gratulerar mig. De har med sig en blomkvast och en chokladask.

En av flickorna tittar in och säger att det är matdags så Martin och Magdalena ger sig iväg.

Efter maten blir jag tvungen att vila en stund. Sen är tydligen en artist av något slag som ska sjunga för oss. Det låter inget vidare så jag drar mig tillbaka till mitt rum.

1945

Jag blev bjuden på gädda av Anna. Hon hade åldrats, fått rynkor och grått hår. Hon skulle fylla sextiotre så det var inte så konstigt men jag hade inte tänkt på det förut.

Jag gick och såg Esther Williams i *Genom Eld och vatten* och hälsade på hos Rune, min affärspartner från tidigare. Han demonstrerade en 16 mm filmprojektor. Jag blev sugen på att skaffa mig en likadan och tänkte att så fort min ekonomi kom i ordning skulle jag köpa en.

President Roosevelt dog. I tidningen kunde man läsa att den tyska fronten i Berlin bestod av pojkar från Hitlerjugend. De var alltså desperata, hade slut på soldater och skickade istället ut unga pojkar som kanonmat.

Hitlerjugend grundades på 1920-talet och fostrade unga pojkar, från 14 år och uppåt, till fanatiska nazister. När Hitler blev rikskansler 1933 blev medlemskapet obligatoriskt.

Ryssar och allierade möttes vid Elbe och Himmler var villig att kapitulera. Hitler uppgavs vara dödssjuk och Mussolini uppgavs vara skjuten.

I maj dog Hitler. Tyskarna kapitulerade i Italien, liksom de som befann sig i Danmark och Holland. Även Norge var nu fritt och stor glädje rådde i Norden. När Tyskland kapitulerade totalt rådde karnevalsglädje på Stockholms gator. Även jag var ute på Kungsgatan och firade.

Jag fortsatte att sköta affären men efter en tid fick jag nog av att vara affärsbiträde så jag satte ut annons och fick några hugade spekulanter vilket emellertid inte ledde till någon uppgörelse.

Ida och Eva-Lisa kom på besök i affären. Eva-Lisa var höggravid och vägde 100 kg.

En kort tid därefter fick jag reda på att barnet tagits ut eftersom naturlig förlossning uteblivit. Det var en pojke men han dog strax efteråt.

Eva-Lisa fick ett krampanfall och svävade mellan liv och död. Ett par dagar senare gick jag och besökte henne på BB och då hade hon kryat på sig.

När Ida och Eva-Lisa åter kom på besök efter några veckor vägde Eva-Lisa alltjämt nittio kilo. Jag tyckte ändå synd om henne. Det var allt.

Jag stängde affären för att ge mig iväg på cykelsemester. Den här gången på egen hand. Jag cyklade till Västervik, Oskarshamn och Kalmar, sov på vandrarhem och gjorde på vägen en del bekantskaper som körde samma rutt. En morgon var bakdäcket platt, jag hade fått punktering. När jag hade lagat punkteringen fortsatte jag till Ronneby, Ystad, och Malmö, där jag badade i Ribersborg och dansade i Folkets Park. Därefter gick resan vidare till Hälsingborg, Mölle, Båstad, Halmstad, Falkenberg och Göteborg. I Göteborg gick jag på bio och besökte Liseberg. Sedan blev det en jobbig hemväg via Hjo eftersom det var många vägskäl och så många upp- och nerförsbackar att det mest liknade en berg-och dalbana. Det blev en jobbig semester på ett sätt men samtidigt var det härligt avkopplande att bli helt slut i kroppen. Det blev många upplevelser och nya bekantskaper.

1998

Det knackar på dörren och Magdalena kommer in.
"Har Martin varit här?"
"Skulle han det?"
"Ja det borde han, men han kommer kanske. Grattis på nittioårsdagen, pappa."
Hon tar fram en blombukett och en chokladask. Går och hämtar en vas ute hos flickorna och kommer tillbaka, fyller vatten och stoppar i blommorna.
"Det trodde jag aldrig, att jag skulle bli så gammal."
"Var vill du ha dem?"
"Jag vet inte."
Hon ger mig en underlig blick och bestämmer sig sen för att ställa vasen i fönstret. Dörren öppnas och in kommer Martin.
"Grattis, farsan."
En av flickorna kommer in och frågar om vi vill ha kaffe. Jag tittar på Magdalena.
"Ja, tack", säger hon.

231

Vi får kaffe och en liten tårtbit som de tydligen har trollat fram. Sitter och pratar lite. Jag är glad att barnen kommer överens.

"Hur går det med studierna?"

"Men pappa! Jag har berättat att jag har börjat jobba. Jag jobbar som lärare i Nynäshamn."

Hade hon sagt det? Minns inte. När blev hon klar med pluggandet? Jag säger inget mer. Vill inte riskera att hon ska tycka att jag är för rörig och ge sig av. Jag försöker istället komma på vad Martins senaste flamma heter.

"Är det bra med ... "

"Nä, hon har flyttat."

Vad ska jag säga om det? Jag vänder mig istället till Magdalena.

"Och Lasse?"

"Jo då."

"Du får hälsa till honom."

Martin reser sig och verkar göra sig klar att gå. Magdalena nickar och ställer tillbaka våra kaffekoppar på brickan och går ut med den till köket.

Hon kommer tillbaka och tar sin jacka och säger "Hejdå".

Nittio år, tänker jag när de har gått. Jag kan inte förstå att jag har blivit så gammal.

1945

Jag fortsatte att annonsera ut butiken och det kom en och annan spekulant men någon uppgörelse blev det inte, det verkade vara svårsålt.

Jag hjälpte Erika med bokföring och hon bjöd mig på mat.

Sen ringde hon en kväll och berättade att hon var väldigt dålig och att hjärtat krånglade. Hon fick komma in på Sankt Eriks sjukhus och Jag besökte henne där. Margit kom och passade affären under tiden jag var borta.

Jag fortsatte att besöka Erika varje vecka ända tills hon kom hem från sjukhuset längre fram på sommaren. Varje gång jag träffade henne tjatade hon om att jag skulle söka plats och till slut skällde jag upp med henne om hennes gnat.

När hon fyllde sjuttioåtta år uppvaktade jag henne med blommor.

Jag hälsade på Svenne Rådberg, roade mig med att cykla till Ulriksdal för att spela och vann åttiosju kronor. Jag besökte Edith, spelade poker hos Rune och förlorade sextiosju bagare och bestämde mig för att nu fick det vara nog.

Den sjunde augusti släppte USA en atombomb över Japan som svarade att de kapitulerade om kejsaren fick stanna men de allierade gick ej med på några som helst villkor.

Jag cyklade till Enebyberg och köpte röda vinbär och transparant Blanche samt konstaterade att affären som hade gått dåligt en tid nu gick bättre sen äpplena kom. När skolan började blev det bra kassor igen. En dag tog jag en tjuv bland barnen på bar gärning men lät jäntan löpa.

Så gott jag kunde ordnade jag med matlagning åt mig själv men blev fortfarande relativt ofta bortbjuden på mat, till exempel fick jag en dag dillkött hos Anna och en annan kålpudding hos Erika.

Livet gick sin gilla gång med morgonlöpning i Haga, kulturell dans på Sveavägen och mat på mjölkbaren. Jag anmälde mig till engelsk konversation på Borgarskolan.

1998

Så sakteliga smyger mörkret sig på. Martin kommer på besök och meddelar att han ämnar ge sig iväg till sydligare breddgrader igen. Vädret är jämngrått, regnigt och hjälper inte precis till att hålla humöret oppe. Jag är fruktansvärt trött för det mesta och ligger mest på sängen och vilar. Ibland försöker flickorna här att få med mig ut i samlingsrummet eller vad det heter för att jag ska umgås med andra gamla kärringar och gubbar men det har jag verkligen ingen lust med, det gör mig deprimerad. Inte mycket att prata med heller, de flesta är mer vimsiga än vad jag är.

De ser på tv och jag har min egen tv på rummet där jag kan välja själv vad jag ska se.

Det enda avbrottet är när Magdalena kommer på besök någon gång i veckan. Oftast blir det bara en snabbvisit men så kommer hon en helg och har med sig ett par wienerbröd.

233

"Ska jag gå och be att vi får kaffe?"

"Det vore gott."

Hon återvänder strax med två koppar kaffe och det var precis vad jag behövde för jag piggnar till.

Vi pratar en stund, hon berättar om renoveringen av torpet och jag försöker lyssna men jag blir snart trött. Hon märker det, slänger påsen wienerbröden låg i och bär ut disken till köket på vägen ut.

1945

En dag fick jag ett telefonsamtal från Hjalmar, min biologiska far. Han ville komma och hälsa på mig, undrade om jag ville träffa mina halvsystrar.

"Det vill jag gärna."

"Vi tar med oss kaffebröd om du bjuder på kaffe."

De kom en stund senare, hade med sig en påse wienerbröd. Jag dukade fram kaffe och bad dem slå sig ner.

Det var utomordentligt trevligt att träffa såväl Hjalmar som systrarna, Kerstin, Gunnel och Ruth. Vi satt en lång stund och pratade, berättade om våra respektive liv. Det kändes som om vi kom bra överens och de hade tydligen samma uppfattning för när de skulle gå föreslog de att vi skulle träffas fler gånger.

Det blev en ny sida av mitt liv och en mycket trevlig sådan.

I oktober satte jag ut en ny annons på affären och denna gång fick jag napp ganska omgående, ett äkta par Engberg lämnade 100 kronor i handpenning på priset 4 200, varav lagret uppgick till 1 250.

Jag köpte frukt i Enebyberg, Oranier, Cox Pomona och Gravensteiner.

I november upphörde ransoneringen av kaffe, te och kakao.

Nu gällde det att hitta en ny affärsbana och jag satte in en annons om att jag sökte affärspartner. En Malmlöf hörde av sig och ville göra en gemensam Norrlandsturné men när jag tog upplysning på honom visade det sig att han var en flerfaldigt straffad bedragare. En uppfinnare Seby ville låna femtusen kronor. Många konstiga svar som vanligt när man annonserar.

Jag satsade på en del olika affärsprojekt, jag skrev kontrakt på en radioaffär på Stora Essingen och bestämde mig för att ordna en nyårsvaka på Ängbybion men sålde bara hälften så många biljetter som jag räknat med. Det blev ett rent fiasko och jag gick back med 700 kronor.

Anna 1947

Anna känner hur kroppen blir allt mindre samarbetsvillig. Krämporna blir fler och fler. Det är besvärligt att ta sig ur sängen på morgnarna, det är en pina när ryggen ska rätas ut. Knäna smärtar och hon har svårt att gå några längre sträckor. Den här dagen känner hon dessutom en dov smärta i magen. Hon borde uppsöka en läkare men hon drar sig för det. Hon väljer att blunda så länge det går.

Stig har flyttat hemifrån och det är lika gott så. Hans alkoholproblem tar för stor plats och för mycket av Annas alltmer sinande energi. Ivar och Anna bor sedan några år tillbaka i en lägenhet i stan. Anna är sextiofyra och Ivar är femtiotre. Han börjar också bli sliten men jobbar alltjämt. Har skaffat ett lättare jobb nu när han är äldre, jobbar som vaktmästare i S: t Görans kyrka. Gustav kommer då och då på besök och det är alltid en glädje när han kommer.

Anna känner sig matt, febrig och är inte hungrig men hon ordnar ändå med mat, fläsk med löksås, som Ivar får när han kommer hem på kvällen. Själv kan hon inte få i sig något.

"Ska du inte försöka äta lite ändå?" säger Ivar.

"Jag är inte hungrig", svarar hon. Det är egentligen en lögn, hon är hungrig men smärtan i magen gör henne illamående.

"Hur mår du, Anna?" säger Ivar när hon står i köket och diskar lite senare.

"Det är ingen fara med mig."

"Jag ser ju att du har ont."

"Det är som det är med det. Det tjänar ingenting till att klaga."

"Du borde gå till doktorn."

Anna blir lite rörd för att han bekymrar sig för henne hälsa. Han har ju sina egna krämpor. Det långa arbetslivet i stenbrottet har satt sina spår. Kroppen är sliten och på nätterna vaknar han ibland och hostar.

Nästa dag smärtar buken ännu mer och hon inser att hon måste uppsöka läkare. Hon får komma in direkt till doktor Frisell.

Hon tar av sig och lägger sig på rygg på britsen. Han känner med händerna på hennes mage. När han trycker till långt ner på höger sida gör det så ont att Anna skriker rakt ut.

"Det är blindtarmen", säger läkaren. "Vi ska operera på en gång."

Sen går allt snabbt, in till operation, hon sövs och vaknar på kvällen när det är klart.

Ivar kommer med blommor och besöker henne. En vecka senare när hon ska skrivas ut och åka hem har hon blivit förkyld med hög feber och läkaren vill inte skicka hem henne.

"Ni ska snart vara bättre igen, fru Högvall", säger läkaren när han kommer.

Men hon blir inte bättre. Hon blir sämre. Hon får hög feber och det konstateras att hon har fått lunginflammation

Ivar gråter när han kommer på besök.

Hon känner att krafterna tryter.

Hon förstår att slutet är nära.

1947

Ivar hörde av sig och berättade att Anna var sjuk. Det lät som om det var illa och bara ett par dagar senare hörde han av sig och sa att hon hade dött. Trots att det inte kom som någon överraskning var det ändå sorgligt.

Det blev begravning i Solna och jag åkte dit så klart med en blomma och mina kondoleanser.

Det var inte många där, Ivar och Stig förstås och några släktingar som jag inte kände. Ivar bjöd på kaffe efteråt.

Anna och jag hade inte haft någon särskilt nära relation på det sätt som jag hade haft med mamma Kristina men det var tråkigt att tänka på att Anna inte skulle finnas mer. Det var trots allt ännu ett tomrum som etablerade sig i mitt inre.

1999

"Vad gör du? Ligger du och läser dina gamla dagböcker?"

Magdalena har kommit in i rummet utan att jag har märkt något.

"Det är intressant, mitt liv går på repris, jag får vara med om alltihopa en gång till. Du kan läsa sen om du vill."

"Kan du inte berätta om när du träffade mamma."

Saker som händer numera minns jag inte alls. Jag kan inte minnas vad jag fick för mat igår eller vilken av flickorna som var här senast men jag minns det som hände för femtio år sen eller mer. Det är märkligt med det mänskliga minnet, svårt att förstå hur det fungerar.

Jag minns det som igår, när jag träffade Nellie.

1948

När kriget tog slut såg framtiden ljus ut för de flesta, även för mig. Jag började försörja mig på att köpa och sälja bilar, startade aldrig någon firma utan jobbade privat. Det var fina tider för bilförsäljning, det gällde att köpa billigt och sälja dyrare. Många hade en stark framtidstro och i den tron ingick att äga och köra en bil.

Det blev några glada år med trevligt socialt umgänge, teatergänget med Svenne Rådberg i spetsen och de gamla idrottskompisarna.

Vi umgicks framförallt på helgerna, ordnade små fester med mat och dans hemma hos varandra och det var vid ett sånt tillfälle hon bara fanns där. Det var en av de där vackra vårkvällarna 1948, jag var på ett enastående humör, hade gjort en bra affär och babblade värre än vanligt.

Nelly hade kommit dit i sällskap med min gamla idrottskompis Norgren men jag skyndade mig att lägga beslag på henne. Hon var vacker, hon strålade, kanske en av de vackraste kvinnor jag träffat. Hon verkade inte road av mitt prat och skojande men hon var väldigt vänlig. Vänlig och lågmäld och jag föll pladask. Jag frågade om jag fick bjuda ut henne en kväll och det verkade inte omöjligt.

"Och Norgren?"

Han hade ingen ensamrätt på henne förklarade hon. Hon hade träffat honom ett par gånger, mer var det inte. Jag kunde inte tro att jag hade sån tur och jag ansträngde mig allt vad jag orkade för att vinna hennes hjärta.

Hon bodde på Kungsklippan i "Kvinnornas hus". Små lägenheter för ensamstående kvinnor, ett alternativ till att vara inneboende.

Nelly berättade att hon kom från Småland och var uppvuxen på en bondgård utanför Gislaved. Hon hade utbildat sig till barnskötare och jobbat sig runt i södra Sverige hos folk som hade det gott ställt. Till sist hade hon hamnat i huvudstaden och var anställd i en parfymaffär på Hornsgatan.

1999

"Det där minns jag", säger Magdalena. "Mamma berättade för mig om när hon jobbade som barnskötare åt folk som hade pengar. Ibland när vi såg på tv kunde hon säga 'Honom skötte jag när han var liten'. Mammas barndomsgård var vi ju på när jag var liten, hälsade på mormor."

Det stämmer men jag blir trött när hon pratar så mycket.

"Fortsätt berätta nu", beordrar hon sen så jag berättar vidare.

1948

Hon var inte lättflörtad, det kan jag inte säga, men så småningom veknade hon. Hon orkade antagligen inte med mitt tjat. Vi gick ut tillsammans, jag

239

bjöd henne på restaurang och på teater och på bio. Jag kunde inte fatta att hon ville ha mig. Att ingen hade lagt beslag på denna vackra och rara kvinna.

Sommaren 1948 fick jag åka med henne till Småland för att träffa hennes släkt. Vi åkte dit med en av de bilar jag hade då, en Ford V8. Jag fick träffa hennes fyra systrar och hennes lillebror. Tre av systrarna var redan gifta, två av dem hade barn. Jag fick även träffa hennes mamma, Hulda, min blivande svärmor. Lillebror och mamma Hulda bodde kvar på bondgården där Nelly var uppvuxen och det var en upplevelse för mig att komma ut på den småländska landsbygden. Sommaren därpå förlovade vi oss och i september 1949 gifte vi oss. Borgerligt så klart även om Nelly hellre hade firat kyrkbröllop men där var jag principfast. Jag fick tag på en fin lägenhet på Kungsholmen dit vi flyttade efter bröllopet.

1950-talet

Vi hade en fin lägenhet på femte våningen längst upp på Drottningholmsvägen i ett lugnt område med väldigt lite biltrafik, alldeles vid Kronobergsparken. Nelly sa upp sig från sitt jobb i parfymaffären på Hornsgatan för att ta hand om hemmet men det passade tydligen inte affärsinnehavaren för hon fick inte ut sin slutlön. Jag fick skriva och bråka med hennes chef i flera omgångar innan pengarna kom.

Nelly var en fantastisk kvinna på alla sätt, lagade god mat, var en kärleksfull hustru som skötte barnen och hemmet på ett förträffligt sätt utan att klaga. Hon var alltid omtänksam, verkade tänka på alla utom sig själv. Hon blev min bästa vän. Hon hade bara ett fel, hon var långsint. Om jag sa något fel eller hon tyckte att jag inte lyssnade tjurade hon. Hon svarade kort om jag frågade något. Annars pratade hon inte med mig. Det var effektivt, hon fick ofta sin vilja igenom.

För det mesta hade vi det fint. Jag tänker att alla par har sina problem och vi blev alltid sams igen.

Vi levde på mina bilaffärer och vi levde förhållandevis gott. Det var goda tider, det fanns hopp om en bättre värld efter att andra världskriget var slut.

Att sälja bilar var lätt. Jag köpte billigt, var bra på att pruta, snyggade till och lagade om det behövdes, fick hjälp av en kille som hette Nilsson. Han reparerade utan att ta för mycket betalt. Jag handlade med alla möjliga märken, Opel Olympia, Plymouth, Citroën, Hillman, Morris och Prefekt. "Att du inte åker till Tyskland för att köpa bilar", sa Nilsson. "De är billigare där."

Jag började åka till Hamburg och handla bilar, flera åt gången. Ofta flög jag dit ner, ibland blev det tåg och buss. En gång svarade jag på en annons och fick åka med en kille som ville ha sällskap i bilen.

Jag körde hem med en bil samtidigt som jag skickade de andra med båt, oftast Merca eller Olympia, någon Kapitän. Jag fick lämna in en licensansökan på handelskommissionen i Svea Livgardes gamla lokaler och hämta svenska skyltar hos polisen. Den som lämnade ut skyltarna höll ett föredrag om risken med accis.

Bilaccis, omsättningsskatt på motorfordon 10%, infördes på femtiotalet för att hämma den snabba tillväxten av bilismen

"Saluvagnsaccis", svarade jag, "som man bara kan få om man säljer 75– 100 bilar om året tycks vara inspirerat av Automobilhandlarförbundet. Det strider mot lagen om näringsfrihet."

Nilssons verkstad brann ner med 5 bilar. Inget gick att rädda så han fick börja leta efter en ny lokal. Hittade så småningom en villa i Trångsund med stort garage i källaren.

Lönsamheten i att åka till Tyskland avtog efter en tid, jag märkte också att bilhandlarna började tröttna på mig och mitt ständiga, envisa prutande.

"Jag har en idé", sa Nilsson. Vi skulle kunna köpa krockade bilar. Jag kan rikta och du sälja."

Jag åkte och tittade på några men förstod att de var i bilhandlarhänder. Det var några skojare som börjat köpa krockade bilar och sålde i samma skick fast dyrare.

Samtidigt som det fanns en tro på framtiden låg det kalla kriget som ett ständigt hot över världen. Kriget mellan Nordkorea och Sydkorea pågick med stöd av Sovjetunionen och Kina respektive USA. Vapenstillestånd skulle inledas 1951 men det gick som en lus på en tjärsticka.

I mars 1953 dog Stalin och efterträddes av Malenkov, Dag Hammarskiöld valdes till FN-sekreterare. I Östberlin var det upplopp mot höga produktions-kvoter och strängare arbetsnormer men protesterna slogs ner av Sovjet.

Stockholm firade 700-årsjubileum. I maj blev det lockout för livsmedelsarbetarna med hamstring av kött, bröd, konserver, mjöl och gryn i affärerna. I juni var den slut. Baden i Stockholm stängdes då en paratyfusepidemi härjade i staden.

I oktober 1956 sålde Torsten Kreuger Aftonbladet och Stockholmstidningen till LO för 25 miljoner. I Ungern blev det uppror med gatustrider i Budapest. I november slogs upproret ner av ryska stridsvagnar. Vintern 1956 var ovanligt kall. Fartygen frös fast i isen, Finlands-trafiken ställdes in och i Östersjön låg drivis. Ventilationsröret på taket frös med den påföljden att det luktade avlopp i hela huset

När Suezkrisen i slutet av femtiotalet ledde till bensinbrist blev det förbud mot att köra bil lördag och söndag. Bilarna blev billiga och affärerna gick dåligt.

Vi tog hem en tv på prov men när den gick sönder fick de hämta den igen.

Vintrarnas kyla och snö gjorde det i stort sett omöjligt att sälja bilar om man ville ha något betalt. Jag bestämde mig för att tillsammans med en affärspartner köpa en grävskopa, en Åkerman 350 för 69 000 kronor. Vi skulle börja med entreprenadgrävning.

Den första grävningen var åt en byggmästare Gustavsson som inte ville betala. Jag lämnade in handräckningsansökan vid Solna Domsaga och vann som väntat när målet togs upp några månader senare.

Vi hade även bra kunder som betalde och gjorde rätt för sig men det var problem med den där grävmaskinen. Så även med maskinisterna. En av dem, Hilding Karlsson, skulle vara erfaren men skötte inte maskinen. Den skulle underhållas och smörjas vilket han inte gjorde med följden att lagren gick sönder och måste bytas. Han hade redan sagt upp sig ett par gånger men återvänt. Nu fick han gå.

På kvällen ringde hans fästmö, berättade att han söp och slog henne. Ett par dagar senare ringde en ombudsman i Transportarbetarförbundet som berättade att Karlsson var medlem och hade rätt till traktamente. Vi kom överens om en ersättning som jag blev tvungen att betala.

Jag fick tag på en ny maskinist, en Andersson. Vi började gräva åt en byggmästare Norrman. En dag ringde byggmästaren och sa att maskinen var för klen och inte orkade flytta sprängsten. Med anledning av det ville han pruta på timpriset. Jag kontaktade Andersson för att höra hans syn på saken.

"Nä, det är Norrman som är för snål. Han har inte anlitat en yrkessprängare utan sprängt själv. Utan att kunna sin sak. Skopan har blivit sliten av att gräva sprängsten. Den skulle behöva nya tänder och hissband." Jag åkte och köpte det efterfrågade samt åkte ut till maskinen.

"Jag kommer att säga upp mig", sa Andersson. "Jag får för dåligt betalt så jag ska köpa en egen maskin istället."

En ny maskinist måste letas upp.

Krånglet med maskinen och maskinförarna fortsatte. Jag fick svar på mina annonser men antingen dök de aldrig upp eller var de totalt odugliga och körde sönder maskinen. Till slut fick jag tag på en finne som hette Korhonen som var toppen. Han reparerade och grejade så att maskinen snart var i nyskick.

I slutet av 1950 berättade Nelly att hon var i grossess. Vi blev så klart glada, det var inget vi hade tagit för givet. Nu fick vi ägna oss åt att ställa i ordning för det väntade barnet med spjälsäng och en fin barnvagn som vi köpte på PUB. I augusti 1951 var det dags. Nelly åkte in till S:t Eriks BB med små värkar och vattenavgång. På morgonen dagen efter ringde de för att berätta att Nelly fött en pojke. Han vägde 3860 gram. Att han skulle heta Martin hade vi bestämt långt tidigare. Jag tyckte att det var bra med ett namn som var gångbart internationellt, eftersom det blev allt vanligare med utlandsresor. Det var som om världen hade kommit närmare efter andra världskriget.

När jag hämtade min lilla familj elva dagar senare hade Nelly passat på att döpa Martin på sjukhuset eftersom hon visste min hållning när det gällde religion och dop.

Jag var stolt över att ha fått en son, filmade flitigt men ganska snart förbyttes glädjen i hopplöshet då Martin skrek på nätterna och det blev omöjligt att sova.

"Han har kräkts blod", sa Nelly en dag. "Vi måste åka till sjukhuset."

Jag kunde se att Nelly var orolig även om hon verkade lugn utåt. Det låg inte för henne att få panik eller agera utåt. Hon höll det inom sig. Vi åkte till kronprinsessan Lovisas Vårdanstalt där läkaren sa att blodet kom från Nellys söndriga bröstvårtor. Hon fick mjölka och mata med nappflaska. Martin började sova lite längre men Nelly fick mjölkstockning. Vi fick åka till sjukhuset så att Nelly fick penicillin. Vi fick även en hemhjälpssyster genom sociala byrån. Men Nellys problem med brösten blev inte bättre så hon fick läggas in på S:t Eriks där hon opererades, de tog bort massor av var. Där fick hon stanna i två veckor. Nelly ringde till en av sina väninnor som tog hand om Martin under tiden. När Martin var sex månader gammal sa han sitt första ord; klocka. Han var ovanligt stor för sin ålder, började gå när han var ett år.

På sommaren åkte vi och hälsade på släkten i Småland för att visa upp vårt lilla underverk för mostrar och mormor. Resan tog tio timmar med paus för mat och bad. Det blev oerhört varmt i bilen.

Framåt höstkanten bilade vi med en Cittra till Frankrike. Martin lämnade vi hos en av Nellys systrar på vägen. Vi åkte runt till olika franska städer och var även på besök i Köln där vi såg hur illa bombad Kölnerdomen var. Året därpå flög vi till Marseilles, Den här gången lämnade vi Martin hos en av Nellys väninnor.

1999

"Kul att höra", säger Magdalena, "men jag ska åka hem nu. Du får fortsätta berätta nästa gång jag kommer."

"När blir det?"

"Jag vet inte, nästa helg kanske."

Jag är ändå trött och somnar när hon har gått. Det går några dagar innan hon kommer tillbaka.

"Kan du inte fortsätta berätta?" ber hon.

"Var befann vi oss någonstans?"

"Ni hade lämnat bort Martin och åkt på semester."

1950-tal

Vi umgicks ofta med våra vänner, turades om att bjuda på middag. Ibland åt vi ute på restaurang, blev bjudna på Operagrillen och Stallmästaregården, bjöd tillbaka på Ambassadeur.

Nelly lagade utsökt mat men när vi hade större sällskap hemma hyrde vi ändå in en kokerska så att Nelly fick vara med och umgås vid bordet och inte stå vid spisen större delen av kvällen. När vi var bortbjudna hyrde vi in en barnvakt.

Vi bodde alldeles intill Kronobergsparken och när Martin blev lite större gick Nelly med honom dit varje dag. Där kunde han leka med andra barn, gunga eller var med på aktiviteter som anordnades av parkleken. På sommaren kunde han bada i plaskdammen, på vintern åkte han kälke. När Martin var tre år klädde Nelly ut sig till jultomte på julafton. Han blev överlycklig för julklapparna, leksaker som han aldrig ville sluta leka med.

På sommaren badade vi i Källtorpssjön och på Svartsjölandet.

En dag kom min gamla träningskompis Svenne Thulin på besök. Vi hade inte setts på 20 år. Det var kul att se honom. Sist jag träffade honom jobbade han som likbärare på Åsö sjukhus, nu jobbade han på SÖS.

Senare på sommaren åkte vi till Stockby och plockade kantareller. På hemvägen lyckades jag köra i diket med Studebakern. Vi blev uppdragna av en häst för 2 kronor.

När Martin var fyra år föddes du, Magdalena. Det blev svårt för Martin att acceptera att han måste dela sin mamma med en bebis. Han var oerhört livlig och ville ha Nellys uppmärksamhet hela tiden så det blev besvärligt för henne att hinna göra något annat än ta hand om barnen. Jag började därför ta med mig Martin när jag åkte på olika ärenden, ofta till Nilsson för att han skulle laga något på en bil. Martin blev glad när han fick följa med, tyckte det var spännande i bilverkstan och jag tyckte det var fint att umgås med min son.

Magdalena var undertempererad när hon föddes, därefter hade hon upprepade, envisa förkylningar den första tiden. Efter en tid fick hon problem med magen, kräktes hela tiden. Vi ringde hem en läkare som konstaterade att hon hade kramp i nedre magmunnen. Till nyår gav vi henne en sömntablett så vi fick lite lugnt.

Magdalena var lite sen, hon var åtta månader när hon kunde sitta, nästan ett år innan hon började krypa men hon var glad och snäll.

245

Martin, däremot, var vild. När han började i lekskolan blev han uppspelt och bråkig. En dag knuffade han in Magdalena i en vass kant på en fåtölj. Hon slog i pannan så att blodet rann. Nelly fick ta en taxi med henne till Kronprinsessan Lovisas vårdanstalt där hon fick sys. På lekskolan blev Martin förkyld och smittade resten av familjen. Magdalena fick luftrören fulla av slem, lät som ett mindre sågverk och gnällde hela nätterna Vi gick till barnavårdscentralen där vi fick något lugnande till henne så hon inte skulle skrika på nätterna. Sen fick hon lunginflammation, jag ringde doktorn och hon fick penicillin. Men förkylningarna fortsatte. Nästa gång vi besökte sjukhuset fick hon en spruta gammaglobulin för två månaders immunitet mot förkylning. Efter det vände det.

När Magdalena var 2 år hade hon blivit kavat, pratade och ordnade, blev arg om det inte blev som hon hade tänkt sig. Hon hade ett mycket gott minne, visste alltid var hon hade lagt en sak det var bara att fråga. Hon visste även var pappa och mamma hade lagt något de glömt. Med Martin var det tvärtom. Han var besvärlig, slängde sig i snösörjan med sina nya kläder. Han var gnällig för att han inte hade något att göra, fick i uppgift att diska och dammsuga och blev nöjd.

På sommaren var det varmt, vi åkte till Gålö och badade. Där var det fullt av getingar. Ett par av dem kröp ner i saftflaskan men vi klarade oss utan att någon blev stungen. Vi kunde bada med barnen i det långgrunda vattnet, lekte och skojade. Jag tog Magdalena i händerna, snurrade henne runt, runt och hon skrattade. Nelly lekte med Martin, de hade en luftmadrass som de turades om att dra varandra på. Nöjda, brunbrända och glada återvände familjen till stan.

I porten bredvid vår, i åttan, hade pyromaner varit i farten. Vår port hade klarat sig men portarna i huset var gamla och skulle bytas ut fast det hade dragit ut på tiden. Nu kom äntligen den nya porten på plats även hos oss.

Hela huset vi bodde i skulle renoveras. När renoveringen pågått en tid kom värden på att han själv skulle disponera den femte våningen där vi bodde. Han erbjöd oss istället ett byteslägenhet nere på S:t Eriksgatan på nedre botten och jag blev ordentligt förbannad. Vi skulle bli av med vår fina utsikt och dessutom ha trafikbullret utanför huset. Det blev möte hos

Byggnadsnämnden med resultatet att vi skulle få en trea en trappa ner, på fjärde våningen istället, där hans föräldrar skulle ha den andra lägenheten, en tvåa. När han skickade ut hyresavin skulle den nya hyran vara 547 kronor mot 160 innan. I tidningen kunde man läsa "Huset med Stockholms högsta hyror".

Jag skrev inte på hyresavtalet. När jag mötte honom i trappen några dagar senare hotade han med fan vet vad i dunkla ordalag om jag inte skrev på. Hyran bestämdes sedan till 4000 kronor per år plus värme.

När bilaffärerna gick sämre funderade jag på andra affärsbanor. Förutom grävmaskinerna, som hade blivit två till antalet, började jag med fastigheter. Det var större investeringar men också chans till större vinst.

Jag flög till Visby och köpte en stuga med maskiner och motorer som dellikvid. Jag hittade en sommarstuga i Åkersberga som kostade 20 000, det fanns lån på 12 400. Jag prutade ner priset till 19 500 och lämnade Studebakern emellan. Säljaren bjöd på Stallmästaregården efter avslutad affär.

När jag annonserade ut stugan till försäljning var det många spekulanter som hörde av sig och jag hittade snart en köpare. Jag städade ur kåken och åkte till tippen med skräpet.

"Vad fan gör du?"

Två sopåkare hade iakttagit mig när jag slängde skräpet. De stod och hängde vid infarten till tippen. Nu kom de emot mig.

Jag svarade inte, det var uppenbart att jag slängde skräp.

"Här får du inte tippa skrot. Det står där."

Den ena av dem pekade på en skylt som satt på staketet.

Jag hade redan läst. Det var förbjudet att kasta något *utanför* tippen, vilket jag påpekade. Jag vände mig om för att sätta mig i bilen.

"Passa dig. Annars ska du få stryk."

Jag startade bilen och körde därifrån.

Nästa fastighetsaffär blev en sommarstuga på Lidingö som blev nästintill omöjlig att sälja. Alla spekulanter trodde att de skulle få bygglov för en villa men något sånt besked gick inte att få. Till slut blev jag så pass desperat att jag gjorde en riktigt dum affär och bytte huset mot bilar som sålts på kredit, det var alltså meningen att jag skulle ta in avbetalningar från bilköparna. Detta visade sig snart omöjligt då bilarna var i dåligt skick och de flesta kände sig lurade.

"Du som har hållit på med affärer hela livet, hur kan du vara så korkad", sa advokaten som till slut hjälpte mig att få affären att gå tillbaka.
Han hade rätt förstås.

Jag fortsatte att sälja bilar. På somrarna gick det någorlunda men på hösten blev det svårt och jag hade dessutom tröttnat på de båda maskinerna jag hade så jag började annonsera om bytes och fick svar. Bytte den av de båda maskinerna som inte Korhonen körde mot en tomt i Lissma och ett par bilar mot en tomt i Långedrag utanför Göteborg.

Fastighetsaffärerna inkluderade även köpet av en stuga vid sjön Öran i Lissma, även den i byte mot bilar. Den mörkgula stugan låg idylliskt i ett nyanlagt område om 24 tomter vid en sjö och med omgivande skog. Stugan hade kök, vardagsrum och tre små sovrum, tomten var på drygt 4000 kvadratmeter och ordentligt igenvuxen. Vid den bortre gränsen rann en bäck och tvärsöver infarten fanns ett dike med en spång.

I april åkte vi ut till Öran i Ford Prefekten. En halvmeter snö och slirigt att köra på grusvägen de sista 3 kilometerna. Vi skottade snö och brände skräp, körde fast på hemvägen men hade en låda grus med så vi kom hem. Däremot gick avgasröret sönder.

Några veckor senare hade snön smält undan och vi for dit ut igen och eldade fjolårsgräs. Elden spred sig snabbt men som tur var kom det grannar som hjälpte till att släcka. Jag började ta ner träd och buskar vid bäcken men det var så igenvuxet att det knappt märktes.

Skorstenen var dålig men jag fick tag på en murare som lagade den för tvåhundra, en rörmokare fixade avloppet och en målare tapetserade ett av sovrummen. Nelly grävde upp ett potatisland.

Korhonen hade varit på besök hemma i Finland. När han kom hem satte han igång att laga maskinen som var trasig. Sen följde han med ut till Öran och hjälpte till att kratta och byggde en riktig bro över diket.

"Kan vi inte vistas lite därute under sommaren", undrade Nelly.

Vi skickade efter sängar från snickerifabriken i Anderstorp som Nellys svåger hade och sen for hela familjen ut till Öran för att bo där. Magdalena lekte med grannens flicka och Martin byggde riskoja med en annan grannes son.

Det var sommaren 1968, en sommar som skulle bli till tio år, tio fantastiska år.

Skogen var orörd, bitvis svårframkomlig och full av svamp och bär. Den var som en trollskog, som hämtad från en tavla av John Bauer eller egentligen ännu bättre. I sjön badade vi, rodde och fiskade. På området fanns varken el eller telefon, dricksvatten fick vi hämta vid en pump på områdets allmänning ett par hundra meter från stugan. Nelly och barnen tillbringade all tid där när de var lediga från skolan.

Jag tog med mig Martin ut i skogen för att plocka bär och svamp men vi gick vilse, kom till en liten sjö med näckrosor och ett berg. Vi var ute i flera timmar. Trots att Martin bara var sju år pinnade han på bra utan att klaga även om han var bra trött mot slutet. Senare skaffade vi en karta men gick ändå vilse då och då.

Det hölls sammanträde med den nybildade tomtföreningen där det bestämdes att bäcken skulle rensas. Midsommarfirande skulle det också bli, med lekar och dans, senare även kräftskiva samt surströmmingsskiva.

I augusti jobbade jag och de andra karlarna i området med den tre kilometer långa grusvägen från Lissma, fyllde i gropar och jämnade till med spadar och skyfflar.

På området fanns flera jämnåriga kamrater som barnen lekte med. Jag var där så mycket jag kunde.

Till jul åkte Martin och jag ut till Öran och hämtade en julgran.

Min gamle vän Rolf hörde av sig och ville att vi skulle jobba ihop. Han sålde Lyster silverputs och kopparputs. Min uppgift blev att sköta kontoret som hyrdes på Upplandsgatan 91. Det blev ett par timmars arbete per dag.

Vi anställde flera demonstratriser. Affärerna gick bra, vi sålde allt som producerades, mer än vi hann med. Vi besökte den amerikanska ambassaden för patentansökan. Medlen skulle även säljas i Danmark och de danska representanterna kom på besök för diskussioner om upplägg. Senare skrev vi kontrakt med Astra som ville överta försäljningen i Danmark. Rolf flög till London för att skriva avtal med engelsmännen. Vi åkte till Frankrike och kom överens om att importera Lactacyd, en speciell flytande tvål med lågt pH-värde.

249

En morgon fick jag en utskällning av Rolf som tydligen tyckte att vi skulle börja en särskild tid på morgonen och tyckte att jag kom för sent. Jag höll inte med honom, jag skötte alla papper och betalningar, han köpte och sålde. Ville han att vi skulle träffas en bestämd tid kunde han säga det. Händelsen ledde till att vi avslutade vårt samarbete och efter en tid fick jag tillbaka de pengar jag satt in i hans företag. Vi fortsatte dock att umgås som vänner.

1999

Jag blir trött av att berätta så mycket. Magdalena ska åka hem.

"När kommer du tillbaka?"

"Håller du reda på dagarna?"

Magdalena har tydligen bestämt sig för att hålla något slags förhör med mig.

"Det tror jag."

Nu ljög jag. Jag har ingen aning.

"Vilken dag är det idag?"

Jag får chansa.

"Tisdag."

"Nej, pappa, det är torsdag."

"Nästan rätt."

"Nja, så kan man se det. Men jag försöker komma på söndag."

Jag anstränger mig för att hålla reda på dagarna, frågar ibland flickorna, men jag kommer inte ihåg det ändå. Tiden går långsamt, men en dag kommer Magdalena igen och vill att jag ska fortsätta berätta.

1960–70-tal

På sextiotalet bestämde vi oss för att flytta ut till förorten, dels för den dyra hyran, dels för att de gamla lärarna i skolan saknade förståelse för Martin.

Jag hittade en tomt i Stortorp utanför Trångsund med utmärkt läge, högt uppe på ett berg.

Med hjälp av olika hantverkare uppförde jag en villa på tomten. Det tog längre tid än planerat och det blev betydligt dyrare. När huset var färdigt var jag barskrapad och hade dessutom lånat pengar av vänner och bekanta. Jag blev tvungen att sälja huset och istället köpa något enklare, billigare.

Jag bestämde mig för ett nybyggt parhus i Vendelsö, dit vi flyttade i början av 1965. Två och ett halvt år senare sålde jag huset med bra förtjänst. En lägenhet i ett nybyggt hyreshus i Handen med utsikt över sjön Rudan blev nästa köp. Jag föreslog att vi skulle flytta runt och leva på att köpa och sälja fastigheter, ungefär som vi hade gratis bil skulle vi ha gratis boende men det satte Nelly stopp för.

Nelly och jag hade en del dispyter även om vi för det mesta kom bra överens. Kanske behövde jag lära mig att hålla tand för tunga, kanske gick jag för långt i min vilja att kritisera och styra upp saker.

Jag minns en gång när maten var väldigt salt.

"Har du tappat saltkaret?" sa jag.

"Passar det inte kan du laga din mat själv", sa hon.

Sen pratade vi inte med varandra på ett bra tag. Jag tog väldigt illa vid mig.

En annan gång påpekade jag att man kan skära osten på ett sätt som gör att den inte ser ut som en skidbacke. Då började hon skaka, reste sig och gick från bordet. När hon kom tillbaka sa hon:

"Det är visst ingenting som jag gör rätt."

Det blev dålig stämning ett bra tag igen.

"Du kuvar hela familjen", sa Nelly vid ett tillfälle när barnen var lite större och började uttrycka åsikter.

Först förstod jag inte vad hon menade och blev förbaskad, det var väl också en sak att säga.

"Det är alltid ditt ord som gäller", fortsatte hon. "Du kanske skulle försöka lyssna på mig eller på dina barn någon gång."

Jag tyckte inte att hon hade rätt att kritisera mig på det sättet men undrade samtidigt om det fanns fog för vad hon sa. Men det var väl min uppgift som karl i huset och familjeförsörjare att bestämma?

Martin började på gymnasiet, utbildade sig till gymnasieingenjör. Magdalena fortsatte i grundskolan, gick sedan naturvetenskaplig linje på det nybyggda Fredrika Bremergymnasiet.

All ledig tid tillbringade vi ute på Öran. Martin övergick så småningom från att bygga kojor i skogen tillsammans med de andra pojkarna och meka med mopeder till att åka till Lissma för att dricka alkohol och umgås med raggarna.

Det blev dags att sälja stugan.

Det fanns många spekulanter. De som till slut kom att köpa huset var ett äldre polskt par som hade suttit i koncentrationsläger.

Magdalena som hade börjat rida, kom att spendera större delen av sin lediga tid i stallet, ridskolan i Vendelsö. Hon började arbeta så fort hon fick, jobbade i korvkiosken i Handen på helger och lov. Genom sin chef där började hon ta hand om hans hästar. När hon gick ut gymnasiet flyttade hon ut till gården utanför Tungelsta där hon bodde och jobbade i några år. Martin fortsatte att umgås med raggarna och tog sig ut till Lissma på egen hand. Han fick jobb på Philips och jobbade där i många år. Även han flyttade hemifrån, till en lägenhet i Skogås. Han träffade en flicka som visade sig vara dotter till en av Nellys vänner i Haningekören där hon sjöng och nu blev hon orolig att han inte skulle sköta sig, att hon skulle få skämmas inför sin väninna. Tyvärr fick hon rätt i sina farhågor och förhållandet tog slut en kort tid efter att vi hade blivit farföräldrar.

Martin ställde till med en del bekymmer, något som jag tror att tog hårt på Nelly. Det var inbrott och fyllkörningar och han fick även en tid i fängelse. Jag tyckte att hans idéer var underliga men för Nelly var det värre, hon skämdes över att ha en son som inte kunde sköta sig. Hon tänkte att det var hon som hade gjort något fel som inte klarat att uppfostra honom.

Jag trodde att han skulle göra som jag hade gjort och börja idrotta.

När barnen hade flyttat ville Nelly att vi skulle hjälpa dem på olika sätt, hon ville åka dit och städa, köpa saker åt dem, hjälpa dem ekonomiskt men jag tyckte att de skulle klara sig själva. Det fick ju jag göra när jag flyttade hemifrån.

"Fick du väl inte, du fick ju gå hem till Erika och äta."

Så var det visserligen men det blev ändå som jag ville. Nelly bjöd emellertid ofta hem dem på mat. Det kunde jag inte säga något om.

"De åren var de allra bästa. Inte så feta, jag tjänade inte så mycket men vi klarade oss fint."

"Jag tyckte att vi aldrig hade några pengar. Och bilen var gammal, man fick putta igång den på vintern."

"Vi var inte fattiga, det fanns pengar men vi var ekonomiska."

Vi fick i och för sig vända på slantarna i perioder men vi hade alltid mat. "Det kan inte ha varit så illa när vi hade ett landställe", säger jag. Det var inte alla förunnat."

Trötsheten väller över mig och jag nickar till. Inget att göra åt. Men jag vaknar när Magdalena säger:

"Mamma tyckte det blev jobbigt. Hon fick göra allt själv. Vi hade ingen el, inget rinnande vatten och ingen telefon. Men jag älskade det."

Magdalena lämnar mig men fortsätter att hälsa på då och då. Martin kommer på sommaren när han är hemma från Thailand. Ibland stannar Magdalena och pratar en stund, ibland har hon inte tid. Ibland är jag lite rörig och då går hon lika snabbt som hon kommer.

Jag funderar över mitt liv och vad det blev av mig. Trots att det började så illa och höll på att ta slut innan det börjat blev det ändå ett liv. Mitt liv. En lång väg har jag vandrat, många vedermödor har jag upplevt men också många fina stunder. Trots allt fick jag uppleva kärlek, kärlek till mina kvinnor och barn. Jag tänker på min stora kärlek, Nelly, och på det Martin sa när hon dog. "Man skulle ha varit annorlunda." Kanske skulle jag ha lyssnat mer på henne, hjälpt henne och inte alltid låtit henne dra det tyngsta lasset.

Då var jag fullt upptagen av mig själv.

De säger att den största lyckan är att göra någon annan lycklig.

Men visst var vi lyckliga tillsammans?

Jag tänker på det som jag fick till mig som barn att såväl kunskap som pengar är makt. Utan någon formell utbildning har jag på egen hand läst mig till kunskap. Jag är ingen rik man men jag har skaffat tillräckligt med pengar för att kunna styra över mitt eget liv.

Ett viktigt mål var att bli en framgångsrik idrottare och nog tycker jag att jag rönt en viss framgång. Jag tittar på skåpet där jag har mina priser. Där har någon ställt en ängel. Den får mig att tänka att jag var ett änglabarn men fick ändå ett liv. När jag tittar nästa gång har ängeln ramlat och gått sönder, krossats. Är det mitt liv som rinner ut? Jag förstår att mitt liv är på väg att ta slut men det blev ändå ett bra liv. Jag har nått slutet på min vandring. När jag ser tillbaka fanns det höjdpunkter och svackor men det var mitt liv. Upplevelserna var många och det ger mig en tillfredsställelse att veta att för det mesta gjorde jag så gott jag kunde. Mer kan man inte göra.